2. RED LIGHT

PALISADES PARK

W0334876

Tous droits réservés. Ce livre, ou quelque partie que ce soit, ne peut être reproduit de quelque manière que ce soit sans la permission écrite de l'éditeur.
Ce livre est une fiction. Les noms, caractères, professions, lieux, événements ou incidents sont les produits de l'imagination de l'auteur utilisés de manière fictive. Toute ressemblance avec des personnages réels, vivants ou morts, serait totalement fortuite.

Image de couverture : Shutterstock © Lebedev Roman Olegovich
Couverture : Marion Rosière
Illustrations intérieures : Amandine Casaban

Collection créée par Hugues de Saint Vincent
et dirigée par Arthur de Saint Vincent
Ouvrage dirigé par Marine Flour

© 2023, New Romance, Département de Hugo Publishing
34-36, rue La Pérouse
75116 Paris
www.hugopublishing.fr

ISBN : 9782755663440
Dépôt légal : février 2023
Imprimé en France par Corlet
N° d'impression : 22080058 - janvier 2023

MALORIA CASSIS

NEW ROMANCE®

2. RED LIGHT

PALISADES PARK

Hugo Roman

McQueen
Grant
Astaire

BÂTIMENT GRANT

TRAVIS MILLER

FAMILLE REYES

LI FALL

FAMILLE GARCÍA

COUPLE ROBERTS

HARPER JOHNSON

BÂTIMENT McQUEEN

FAMILLE STEPHEN

COUPLE BAKER-CLARK

JUNE CAMPBELL

APPARTEMENT DISPONIBLE

DEREK HARMON

BÂTIMENT ASTAIRE

COUPLE DAVIS

MATTHEW TROXLER

FAMILLE GREEN

FAMILLE CROSS

AARON MITCHELL

AVA WALLER

1

JUNE CAMPBELL

Je referme mon ordinateur d'un coup sec, satisfaite. Mon dernier article paru, qui dénonçait la fermeture progressive des centres pour sans-abri, a moyennement plu à l'élue au logement de Los Angeles, et elle m'a demandé un droit de réponse. J'ai été ravie d'apprendre que la municipalité s'engageait à les rouvrir d'ici à deux mois, après des travaux de mise aux normes. Ces politiciens, tous plus sournois les uns que les autres ! Si personne n'en avait parlé, rien n'aurait bougé, c'est certain.

D'un coup d'œil jeté dans le miroir de mon entrée, je vérifie que je suis prête. J'attrape ensuite mon sac à main pour filer jusqu'aux locaux du journal pour lequel je travaille.

En descendant les marches, j'entends des voix chuchoter dans l'entrée. Ethan, mon voisin de palier, et Sharon Stephen, la mère de famille nombreuse qui vit au dernier étage de notre immeuble, sont en pleine discussion.

— Pourquoi vous parlez tout bas ? leur demandé-je en murmurant à mon tour, une fois arrivée à leur hauteur.

— Il est encore tôt, on ne voudrait pas réveiller Derek, m'explique Sharon, une boîte de bagel dans les mains.

— Vous vous foutez de moi ? m'écrié-je sans plus faire attention au volume sonore de ma voix. Ce type claque sa porte à n'importe quelle heure, et vous, vous prenez des précautions à son égard ?

— Il travaille à des horaires décalés et il sauve des vies, je te rappelle, me rétorque Ethan.

Bien qu'il soit marié à David, je le soupçonne de craquer pour le valeureux pompier de Palisades Park.

— Et ça l'empêche de veiller à être discret lorsqu'il rentre ? De plus, on ne peut pas dire que les femmes qu'il ramène quand il est là soient discrètes, si vous voyez ce que je veux dire… Ça ne vous gêne pas, par rapport à vos enfants ?

— C'est vrai qu'il est arrivé une fois que nous rentrions précisément à cet instant-là, confesse Sharon en affichant néanmoins un sourire en coin. Les plus grands se sont marrés, et les plus petits nous ont demandé si la dame s'était fait mal. On a répondu que oui, et qu'elle était justement venue chercher un pompier pour la soigner, pouffe-t-elle.

Je la regarde avec un air effaré, ce qui ne l'empêche pas de poursuivre :

— Il faut bien que jeunesse se fasse… Et puis, vous savez, je n'ai pas conçu mes petits anges avec le Saint Esprit. Je comprends que Derek veuille en profiter pour relâcher la tension !

Je dois mal entendre, ce n'est pas possible !

— OK, je ne veux pas en savoir plus, la coupé-je alors qu'elle ouvre à nouveau la bouche. Je file sinon je vais être en retard.

Je leur tourne le dos, hausse les yeux au ciel, stupéfaite de cette conversation, et je file en direction du parking de la résidence. J'hallucine qu'ils continuent de le défendre envers et contre tout juste parce qu'il porte un uniforme et qu'ils l'imaginent se servir de sa lance comme personne !

(Et je ne fais pas référence à celle de son camion, pour le coup.) *Rah, ce mec a vraiment le don de m'énerver !*

En voiture, le trajet jusqu'à la rédaction n'est pas très long. Je pourrais prendre exemple sur Li, qui va travailler à pied à son salon de massage, ou opter pour un vélo car j'ai tout de même plus de distance à parcourir, mais j'aime trop traîner dans mon lit pour ça. Perdre de précieuses minutes de sommeil est inenvisageable.

Sur le parking, les places les plus proches de l'entrée sont réservées à la direction et aux journalistes « stars ». Docile, je me gare donc sur l'une des plus éloignées et traverse ensuite la zone, perchée sur mes talons, en me jurant qu'un jour j'aurai une place juste devant, moi aussi.

À l'intérieur, le brouhaha de l'immense *open space* m'accueille. Je salue quelques collègues d'un signe de la main en me rendant à la place qui m'a été attribuée il y a quatre mois, lorsque j'ai été embauchée. J'imaginais montrer rapidement de quoi j'étais capable et obtenir ainsi un bureau fermé, mais c'était sans compter sur Megan Sanders, la journaliste vedette du *Santa Monica Daily Press*, qui ne laisse personne marcher sur ses plates-bandes.

— Briefing ! se met-elle justement à hurler en sortant de son point quotidien avec notre boss, Tom Young.

Tout le monde s'active alors, se saisit de quoi écrire et rejoint la salle de réunion. Deux fois par semaine, une conférence de rédaction a lieu avec l'ensemble du personnel pour faire le point sur les avancées de chacun et dispatcher les nouveaux sujets. J'espère parvenir à décrocher quelque chose d'intéressant aujourd'hui, ce qui n'est pas évident car Megan a une sorte de droit de priorité sur ses sujets de prédilection. Aux autres de prendre ce qu'il reste.

Il y a quinze jours, je suis parvenue à lui piquer l'article sur les centres pour sans-abri, ce qu'elle a encore en travers de la gorge. J'ai sorti les griffes, et mon patron a eu l'air d'apprécier que je réagisse enfin puisqu'il m'a donné gain de cause. Je crois que c'est ce qu'il attend de moi : que je me batte pour avancer au lieu de rester dans l'ombre de Megan, comme tout le monde ici. Le message est passé. Ce matin, le meilleur sujet sera pour moi.

— Bien, commençons, ordonne-t-il en s'installant en bout de table.

Il avale ce qui doit être son neuvième café à tout juste 10 heures du matin. Je ne peux m'empêcher de remarquer qu'il a une petite mine, aujourd'hui.

— Megan, le coup de couteau au parc Tongva hier, on en est où ?

— Mon informateur devrait me communiquer des informations dans l'après-midi.

— Tu n'as rien pour l'instant ? s'étonne Tom en desserrant le nœud de sa cravate.

— Je sais que les deux victimes sont hors de danger, et que quatre personnes ont été entendues par la police, mais on ignore encore si elles ont un rapport avec l'agression ou si ce sont de simples témoins.

— OK. Il nous faut des informations rapidement. Drew ! interpelle-t-il ensuite un de mes collègues. Le papier sur le futur procureur général, on a du concret ?

— J'ai un nom, lui assure-t-il sans nous le révéler.

— Tu es sûr de ton coup ?

— Oui.

— Très bien. Dans ce cas, tu me trouves tout ce que tu peux sur cette personne et je veux ton article sur mon bureau pour demain matin !

J'espère pour Drew qu'il ne va pas se vautrer sinon c'est la porte assurée. Il en va de la crédibilité du journal. Ce qui serait dommage parce qu'il est compétent et plutôt sympa. Charmant aussi, au passage, ce qui ne gâche rien.

— June ! Tu es sur quoi ? me questionne mon chef.

— Le droit de réponse exigé par l'élue au logement à la Mairie de Los Angeles est déjà rédigé et dans votre boîte mail pour validation. Et au-delà des foyers, je suis certaine qu'il y a une série d'articles à faire sur les sans-abri de Los Angeles pour décrypter ce qui les a conduits à la précarité et la manière dont la société leur permet ou non de s'en sortir.

Tom Young me regarde et hoche la tête, visiblement convaincu. Megan m'observe d'un air dédaigneux à l'autre bout de la pièce. Je lui adresse un clin d'œil discret juste pour le plaisir de la voir enrager un peu plus.

Une fois le tour de table terminé, alors que Tom quitte habituellement la salle le premier, au pas de course, il reste cette fois assis et nous fait signe de partir.

— Vous allez bien patron ? osé-je lui demander en voyant son teint devenir encore plus livide.

— Oui, gémit-il d'une petite voix en vacillant sur sa chaise.

Je me précipite vers lui pour l'empêcher de tomber. Megan et Drew me prêtent main-forte pour l'allonger à même le sol.

— Je... J'ai du mal à respirer, parvient-il à nous dire entre deux inspirations difficiles.

— Il fait une attaque ? demande Megan, affolée.

— Aucune idée, répond Drew, dont le teint commence à se rapprocher de celui de notre patron sous le coup du stress.

Ne pas perdre son sang-froid. S'il fait une crise cardiaque, il faut agir vite, les premières minutes sont cruciales. J'ordonne à Drew d'ouvrir la chemise de notre boss et de le mettre en position latérale de sécurité avant de récupérer mon téléphone abandonné sur la table.

Je compose le 911 en me rongeant les ongles.

— Tu crois vraiment que c'est le moment de passer un coup de fil ? s'emporte Megan.

— Je contacte les secours, car je ne sais pas si tu as déjà fait un massage cardiaque, mais moi pas.

L'opératrice décroche et me demande la raison de mon appel.

— Mon patron vient de faire un malaise. Il a du mal à respirer et ne tient plus debout… Oui, il est conscient… C'est au *Santa Monica Daily Press.* OK. Merci.

Je raccroche et prends conscience que tous mes collègues sans exception me regardent pour savoir quoi faire.

— Ils nous envoient une équipe, les informé-je. Que tout le monde retourne à son poste en attendant. Tom a besoin d'air.

J'imagine que les secours se passeront bien de spectateurs.

— Je vais les attendre dehors, nous prévient Drew en retrouvant son calme.

Megan et moi acquiesçons et restons auprès de Tom. Nous lui parlons, mais même s'il a les yeux ouverts, il ne semble pas avoir la force de nous répondre. La panique commence à me submerger à mesure que les minutes s'écoulent.

— C'est par là, entends-je enfin la voix de mon collègue.

— C'est pas trop tôt ! m'écrié-je alors que trois pompiers débarquent dans la pièce.

Mon regard croise celui de Derek au moment où je relâche la main de mon boss.

— June… me salue-t-il en déposant un grand sac à dos au sol.

Megan et moi nous relevons pour laisser la place à ses collègues.

— Tu connais ce mec ? me demande-t-elle en posant sur lui un regard intéressé.

— Pas par choix, avoué-je en soufflant.

Les pompiers prennent les constantes de Tom, lui posent quelques questions et semblent rassurés sur son état. Mon patron parvient maintenant à répondre.

J'ai l'impression de voir mon voisin sérieux pour la première fois.

Il finit par se relever et se dirige vers Megan et moi.

— Son cœur a dû s'emballer pendant un court instant et il commence à ralentir tout doucement. On va le transporter au *Santa Monica Medical Center* pour qu'ils puissent surveiller son état. Vous pouvez prévenir l'un de ses proches ?

— Oui bien sûr, je m'en occupe, affirme Megan avant de se diriger vers son bureau.

— Il va vraiment bien ? interrogé-je mon voisin, inquiète.

— Il ne s'en sort pas trop mal. Son corps vient de tirer une sonnette d'alarme. Il va falloir qu'il l'écoute.

— Ça devait finir par arriver. Il bosse comme un fou et mange n'importe quoi à longueur de journées... soufflé-je.

— Son épouse est au courant, nous informe Megan en revenant, sans se gêner pour reluquer Derek. Elle part immédiatement pour l'hôpital.

Tom, désormais assis dans une sorte de fauteuil roulant, n'a plus rien du boss qui nous hèle à longueur de journée pour savoir où nous en sommes. Il ressemble à un vieil homme qui aurait trop tiré sur la corde.

— Attendez, demande-t-il à la femme pompier qui le pousse.

Elle l'immobilise juste à côté de nous et il puise dans ses forces pour nous dire :

— Je compte sur vous deux pour valider les papiers et les envoyer à l'imprimeur. Ne vous disputez pas pendant mon absence.

Je lève les yeux au ciel en entendant les recommandations de mon patron, mais nous acquiesçons toutes les deux.

Alors que Derek s'éloigne à ses côtés, je l'entends lui dire :

— Chez vous aussi June cause du grabuge ?

2

DEREK HARMON

— Derek, Luis ! retentit la voix de William Mitchell, notre commandant. Vous vous occupez de nettoyer le camion et la remorque. Mia et Lenny, vous vérifiez le matériel.

Laver et faire briller cet engin de plus de treize mètres de long va nous accaparer pour un moment, mais il est important qu'il soit impeccable et que nous disposions de tout ce dont nous avons besoin pour chaque intervention. Il n'est pas dans nos habitudes de traîner à ne rien faire. Chaque minute de notre temps est occupée et la caserne ne manque pas de travail.

Alors que la radio diffuse *Closer* de The Chainsmokers, on se met au boulot au rythme de la musique.

— C'est toujours nous qui nous tapons le lavage du véhicule, se lamente Luis une fois que nous sommes seuls.

— C'est parce qu'on le fait bien.

— Ouais, ça doit être ça… souffle-t-il, clairement pas convaincu.

— Allez, cesse de te plaindre et fais-moi briller ce chrome, le rabroué-je avec le sourire.

Que Luis râle des corvées auxquelles on ne peut se soustraire est habituel. Nous le prenons tous avec philosophie, d'autant qu'en dehors de ces moments il fait toujours preuve d'une bonne humeur communicative.

— Tu savais que râler est bon pour la santé et augmente l'espérance de vie ? demande-t-il en fouillant dans le carton dans lequel nous rangeons nos ustensiles de ménage.

— T'as lu ça dans un magazine entre deux parties de Sudoku ?

— Moque-toi, mais contenir tes émotions accélère ton rythme cardiaque et t'expose à des problèmes cardiaques, explique-t-il, très sérieusement, en revenant vers moi avec une brosse dans chaque main.

— Donc, là, si j'ai envie de t'en coller une pour que tu la fermes et que tu te mettes enfin à bosser, faut pas que j'hésite, c'est ça ?

— Oublie ça et frotte, rétorque-t-il en me tendant une brosse tout en se marrant. Il est hors de question que je fasse tout le boulot tout seul.

Nous nous mettons au travail côte à côte.

— Comment se porte Térésa ? le questionné-je à propos de sa femme.

— Elle a enfin moins de nausées, mais je me suis retrouvé à la supérette sur Wilshire Boulevard à 3 heures du matin pour lui acheter un pot de glace aux cookies, parce qu'elle avait épuisé notre stock et qu'elle en avait une cruelle envie.

— Il te reste combien de mois à tenir ? le questionné-je en riant.

— Cinq, souffle-t-il comme si ça allait être un enfer.

Luis est fou amoureux et il n'y a rien qu'il ne ferait pas pour le bien-être de Térésa et de leur futur bébé. Ils font partie de ces couples pour qui l'amour semble facile, comme si rien n'était insurmontable lorsqu'on est deux pour l'affronter.

— Quand est-ce que vous saurez si c'est une fille ou un garçon ?

— Le mois prochain, normalement.

— Faut qu'on aille boire un verre un de ces soirs, avant que tu ne veuilles plus sortir de chez toi en dehors de tes heures de travail.

— On peut se faire ça vendredi après le service. Térésa est chez sa mère avec sa sœur.

— Parfait !

— Au *Speak Easy*, comme d'habitude ? Vingt heures ?

— Ça me va !

Le bruit strident de l'alarme annonçant notre départ sur une nouvelle mission retentit. Le pompier régulateur qui gère le standard nous explique qu'il s'agit d'un accident de la circulation, entre deux voitures, qui semble sans gravité. Les conducteurs seraient simplement choqués. Nous prenons néanmoins toujours les choses au sérieux, l'adrénaline peut parfois cacher des traumatismes.

Nous passons notre tenue, montons à bord du véhicule d'intervention léger et filons sans attendre.

Sur place, il n'y a pas de blessé grave. Nous transportons toutefois l'un des conducteurs aux urgences afin qu'il passe une radio de contrôle car il se plaint de douleurs à la nuque.

— Dis-moi, Anna, demandé-je à l'une des infirmières que je connais bien. Le monsieur qu'on a amené ce matin pour détresse respiratoire, il est encore là ?

Elle vérifie parmi les nombreux dossiers étalés sur le bureau.

— Oui, box 36.

— Merci.

— Je finis dans une heure, ajoute-t-elle en me gratifiant d'un clin d'œil. C'était plutôt sympa, l'autre fois.

— Si tu n'as trouvé ça que sympa, c'est que je ne devais pas être en forme. Il va en effet falloir vite remettre ça, mais pas aujourd'hui, hélas.

— Tu sais où me trouver.

Nous échangeons un dernier sourire aguicheur avant de retourner chacun à nos occupations.

Je souhaite profiter que le central ne nous ait pas encore rappelés pour essayer d'obtenir des informations sur l'état de monsieur Young. Ne pas savoir comment s'en sortent les personnes auxquelles nous prêtons assistance est l'un des aspects de mon travail que je trouve les plus durs à gérer. Dès que j'en ai l'occasion, je tente donc de prendre des nouvelles.

En approchant, j'entends des voix féminines sermonner Tom Young à propos de sa charge de travail. J'ouvre le rideau de séparation permettant un semblant d'intimité et adresse un sourire séducteur aux trois personnes face à moi.

Une femme que je devine être l'épouse du patron de presse lui tient la main, tandis que June est debout non loin. Sa crinière rousse attire irrésistiblement mon regard, comme toujours.

Ses yeux bleus s'assombrissent en me détaillant. Je regrette que nous soyons partis d'un si mauvais pied elle et moi. June dégage un charme fou et si elle ne s'était pas mise à me crier dessus dès notre première rencontre, il ne fait aucun doute que je l'aurais invitée à boire un verre chez moi.

— Mesdames, bonjour. Monsieur Young, je venais voir comment vous vous portez.

— Je vais déjà beaucoup mieux, répond celui-ci avec un sourire. Nous attendons juste la visite du docteur et je pourrai rentrer.

— C'est très gentil à vous de vous en inquiéter, déclare sa femme.

— Ça tombe bien que vous soyez là, je tenais à vous remercier personnellement. J'ai été pris en charge avec sérieux et efficacité, reprend-il.

— C'est notre job, balayé-je son compliment en haussant les épaules.

Le faire correctement me paraît une évidence.

— Tu pourrais peut-être publier un article sur la caserne dans ton journal pour rappeler le dévouement de nos pompiers, suggère madame Young en serrant un peu plus fort la main de son mari. On a tendance à le prendre pour un acquis.

— On va faire encore mieux. June, interpelle-t-il la journaliste pour avoir toute son attention. Vous me rebattez les oreilles depuis des semaines pour faire des reportages d'investigation diffusés sous forme de petits épisodes sur notre site.

— Euh… oui, balbutie-t-elle.

— Eh bien, vous avez mon feu vert. Et vous allez commencer par suivre les pompiers de Los Angeles.

— Mais je ne peux pas, s'écrie-t-elle horrifiée. Je suis sur le dossier des sans-abri.

— Megan reprendra le flambeau, tranche-t-il.

— Sans vouloir vous vexer, j'ai tissé un lien avec certains d'entre eux. Je ne suis pas certaine qu'ils acceptent de se confier à quelqu'un d'autre.

Pourquoi June tente-t-elle à tout prix d'éviter ce reportage à la caserne alors que ça ressemble à une putain d'occasion en or ? Surtout si c'est elle qui a eu l'idée de ce format. Me déteste-t-elle à ce point ? Quoi qu'il en soit, je suis d'accord avec elle, pour une fois. Si on doit se supporter en dehors de Palisades Park, ça va finir en étripage, c'est certain.

— C'est une intention louable, interviens-je à mon tour pour tenter de tuer cette idée dans l'œuf, mais je ne pense pas que ce sera possible.

Les épaules de June se relâchent un peu quand elle comprend que je m'allie à elle sur ce coup.

— Et pourquoi ça ? me demande monsieur Young.

— Mon commandant est très tatillon sur les procédures et les mesures de sécurité. Devoir veiller sur une journaliste en intervention serait bien trop compliqué à gérer.

— J'appellerai moi-même votre commandant, assène monsieur Young. En lui faisant comprendre ce qu'il a à gagner, je suis sûr qu'il sera d'accord. June, trouvez-moi le numéro du chef de la caserne, je vais l'appeler tout de suite.

La journaliste a les mâchoires crispées, elle fulmine de la tournure que cette discussion a prise. Et je ne suis pas plus ravi qu'elle. Devoir croiser ma séduisante voisine au caractère affirmé à Palisades Park, passe encore, mais avoir ses jolies courbes sous les yeux au travail et subir ses remarques à longueur de journée me laisse présager le pire.

Je m'éclipse après un dernier échange de regards assassins avec la journaliste. En sortant de l'hôpital, j'ai encore l'espoir de faire refuser cette proposition à mon commandant.

De retour à la caserne, je fonce directement dans le bureau de William en espérant qu'il n'est pas trop tard.

— Chef, l'interpellé-je alors qu'il s'apprête à sortir. On a été appelés au *Santa Monica Daily Press* aujourd'hui. Le patron avait fait un malaise.

— Oui, je suis au courant, s'impatiente-t-il, puisqu'il connaît le détail de chacune de nos missions.

— Il a émis l'idée d'envoyer une journaliste nous suivre pour faire un reportage vidéo sur la caserne.

— Tu as une information à me transmettre que j'ignorerais ? J'ai raccroché avec lui il y a quelques minutes.

— Et ? Qu'est-ce que vous avez répondu ?

— Que je serais ravi qu'on rappelle aux habitants de Santa Monica que nous leur sommes dévoués, et leur signaler par la même occasion que nous manquons cruellement de moyens.

Merde ! Je devrais me réjouir de cette opportunité et être prêt à supporter June pour ça, mais la pilule a du mal à passer.

— Tu sais, ce camion-citerne supplémentaire que nous réclamons depuis des mois, nous pourrons nous servir de cette communication pour l'obtenir. C'est une sacrée opportunité.

Il a raison. Les contreparties valent bien de me coltiner ma voisine pendant quelque temps.

— Tu ne sembles pas apprécier l'idée, me lance mon commandant en fronçant les sourcils. Il y a un problème à propos de ce reportage, quelque chose qui devrait me le faire refuser ?

— Non, non... Je connais même la journaliste qui s'en occuperait. C'est une de mes voisines à Palisades Park. Elle est professionnelle et elle obéira aux mesures de sécurité.

Je suis sûr du contraire. Il est clair que June outrepassera les règles si ça lui permet d'obtenir une meilleure image, mais si ce reportage peut obliger la ville à nous octroyer plus de budget afin de mieux protéger et servir ses habitants tout en renforçant notre propre sécurité, je peux m'accommoder de la belle rousse.

— Tu te portes garant d'elle ?

Jamais de la vie ! ai-je envie de crier, mais je ne peux plus faire machine arrière.

— Bien entendu.

— Je te laisse gérer les détails, comme c'est toi qui as pris en charge son patron et que tu la connais. Tiens-moi au courant de la date de son arrivée pour que je briefe l'équipe d'ici là.

— OK.

Je hoche la tête en ravalant difficilement ma salive. Dans quoi me suis-je embarqué ? Je sens que je viens de creuser moi-même ma tombe et que ma charmante voisine va se faire une joie de m'ensevelir sous terre.

3

JUNE CAMPBELL

J'avais du mal à y croire mais cette journée pouvait devenir encore pire… Après avoir dû passer du temps avec Megan pour lui présenter les quelques sans-abri qui avaient accepté de témoigner pour moi et les convaincre de lui faire confiance, j'ai eu le droit à un entretien d'une heure par téléphone avec Tom.

Mon patron tenait à me détailler ce qu'il attend des vidéos que je dois tourner dans l'une des casernes de Los Angeles la semaine prochaine. Pas n'importe quelle caserne, évidemment. Celle de Derek.

Il s'est entretenu avec le commandant, qui a dressé une série de règles que je dois respecter scrupuleusement, sous peine d'annuler son autorisation de tournage. Bien entendu, j'ai accepté toutes ses demandes, et je verrai bien une fois sur place si je juge nécessaire de les contourner. Même si je risque de ne pas faire la maligne.

L'idée de déambuler dans une caserne ne m'enchante déjà pas plus que ça, mais penser ne serait-ce qu'un instant à un départ de feu me donne envie de démissionner et de rentrer à Salt Lake City sur-le-champ.

La seule bonne nouvelle a été le budget que Tom m'alloue pour réaliser le reportage. Dès demain, j'irai acheter une caméra de poing avec stabilisateur afin de pouvoir filmer facilement toutes les scènes qui attireront mon attention.

J'ai donné rendez-vous à Li et Ava dans l'entrée de Palisades Park à 20 h 30, pour filer au *Speak Easy*. J'ai besoin d'un bon cocktail pour oublier le fait que je vais être immergée dans le quotidien d'une caserne de pompiers la semaine prochaine. Comment ai-je pu me laisser embarquer là-dedans ? Moi, avec des pompiers ! On croirait à une mauvaise plaisanterie.

D'ailleurs, quand j'appellerai mes parents pour leur apprendre la nouvelle, mon père va bien se moquer de moi. Pour l'instant, je ne les ai pas prévenus, car ma mère, elle, comprendra immédiatement que mes angoisses risquent de resurgir et je ne veux pas les inquiéter.

Au pied de mon immeuble – le McQueen –, je retrouve Sharon Stephen et Ethan, mes deux commères préférées.

— Je vais finir par croire que vous passez votre temps ici à papoter.

— J'expliquais à Ethan que mon fils Scott est rentré tard hier soir et qu'il est persuadé d'avoir vu la porte de l'appartement en face de celui de Derek s'ouvrir puis se refermer aussi vite, me détaille la mère de famille nombreuse.

Ce n'est pas la première fois que cet appartement fait parler de lui. Tous les logements de Palisades Park sont occupés, à l'exception de celui-là. L'agent immobilier chargé des ventes et des locations nous l'a déjà confirmé plusieurs fois.

— Vous savez ce que j'en pense... soupiré-je, ne comprenant pas pourquoi mes voisins font une fixation là-dessus alors que le boucan occasionné par les conquêtes de Derek ne les fait même pas sourciller.

— Comment tu expliques que nous soyons deux à avoir vu cette porte bouger, alors ? Et Travis a dit qu'il avait aperçu de la lumière entre les interstices des volets.

— Quelqu'un crie au loup et tout le monde pense l'avoir vu. Le bruit que tu as entendu venait certainement plutôt de chez Derek. Scott s'amuse à appuyer le mystère d'un appartement habité par un fantôme. Et pour Travis, il a dit lui-même qu'il était très fatigué ce soir-là et qu'il a pu se tromper. Mais si vous préférez faire un sit-in devant cette fichue porte pour en avoir le cœur net, faites-vous plaisir !

J'aperçois Ava et Li qui m'attendent devant le portail principal et m'excuse donc auprès de mes voisins. En avançant, je me rends compte qu'Harper est de la partie. Son côté excentrique me la rend sympathique, malgré son obsession pour les réseaux sociaux. Ce soir, elle a revêtu une mini-jupe en cuir avec une chemise blanche nouée au-dessus du nombril. Des pompons roses lui servent de boucles d'oreilles et ses cheveux sont rehaussés en deux chignons sur sa tête. Son maquillage est ultra coloré, assorti à ses bijoux.

— Désolée, les paranos de mon immeuble m'ont retenue.

Ma meilleure amie me serre dans ses bras. Elle arbore comme toujours des fleurs dans les cheveux et elle a mis le paquet sur sa tenue. J'en connais une qui n'a pas envie de rentrer seule ce soir ! Je fais une bise à Li et Harper et nous nous mettons en route pour notre bar de prédilection. Nous avons désormais nos habitudes au *Speak Easy*. Il est proche de la résidence, le personnel et l'ambiance sont sympa, pourquoi aller ailleurs ?

— Ils pensent encore que l'appartement voisin de Derek est habité ? demande Li.

— Ils n'en démordent pas.

— Ils doivent être du signe du Scorpion pour être aussi suspicieux, estime Ava.

— Une personne profiterait encore moins du soleil qu'Aaron ? Je n'y crois pas une seconde, nous lance Harper.

Il est vrai que le *gamer* qui vit en face de chez Ava au rez-de-chaussée de l'immeuble Astaire sort rarement.

— Lui, au moins, il ouvre sa porte quand on sonne, le défend-elle.

— Personne n'ouvre dans notre immeuble parce que l'appartement est vide, m'agacé-je. Ils se sont monté un film tout seuls et j'ai déjà suffisamment de mes problèmes pour ne pas me prendre la tête avec ça !

Nous pénétrons à l'intérieur du bar, où un des serveurs nous repère tout de suite. Il nous fait signe de le rejoindre et nous installe à une table qu'il vient de débarrasser.

— Tequila ? nous demande-t-il, même s'il connaît déjà la réponse.

Nous acquiesçons d'un signe de tête et nous mettons à l'aise. Comme toujours, je souffle sur la flamme de la bougie placée sur la table pour l'éteindre. Ava a cessé de me questionner à ce propos et Li ne s'y est encore jamais risquée. Quant à Harper, elle est bien trop occupée à scroller sur Instagram pour s'apercevoir de mon manège.

— Qu'est-ce qui te met dans cet état ? me demande Li.

— Des soucis au boulot.

— Raconte-nous, m'intime Ava, qui sait à quel point mon travail est important dans ma vie.

— J'ai enfin obtenu l'accord de mon patron pour faire des reportages d'investigation, comme je le lui réclame depuis mon embauche.

— Et où est le problème ? m'interroge Harper tout en prenant en photo la salle bondée.

— Ce serait parfait si je ne devais pas suivre les pompiers de Santa Monica.

Ava ne peut pas se retenir de rigoler, ce qui entraîne le rire de Li. Harper a loupé l'information, trop concentrée sur son téléphone.

— Tu veux dire qu'en plus de devoir supporter Derek à la résidence, tu vas lui coller au train à la caserne ? glousse Li en tentant de reprendre son sérieux.

— Oui ! Brillante idée de mon boss...

Je leur raconte mes dernières aventures. Évidemment, la scène de l'hôpital les fait rire comme des dindes. Je ne leur en veux pas, même Ava ignore tout de ma peur du feu et de ce qui l'a provoquée.

Heureusement, notre serveur refait son apparition avec une bouteille de tequila, des citrons et du sel. Je vais pouvoir oublier tout ça le temps d'une soirée.

— Oh ! Mon Dieu ! s'écrie tout à coup Harper en posant une main devant sa bouche. Une photo du petit ami d'Amaia Cox en pleine action avec une autre femme vient de fuiter.

— Quand tu dis « en pleine action », tu ne veux pas dire « en plein tournage », n'est-ce pas ? la questionne Li.

— Oh non !

Harper tourne l'écran de son téléphone dans notre direction. Mes paupières se ferment et ma bouche esquisse une grimace face à ce cliché clairement interdit aux plus jeunes.

— Rien que pour ça, je suis bien contente de ne pas être célèbre, déclare Li.

Je ne peux qu'être d'accord avec elle. J'ai beau être journaliste, le respect de la vie privée me paraît primordial.

— C'est qui cette Amaia Cox ? nous demande Ava.

— Comment peux-tu ne pas la connaître ? s'étonne Harper. Elle a gagné l'Oscar de la meilleure actrice pour son rôle dans *Le Bleu de son âme*.

— Je ne suis pas très cinéma, argumente mon amie, gênée.

D'un signe de tête discret, je lui montre que je la soutiens. Même si elle fait de sacrés progrès, elle n'assume pas encore pleinement son passé.

— La pauvre ! la plaint Harper tout en continuant de farfouiller sur le Net à la recherche d'autres informations croustillantes sur le couple. Avec John Rockefeller, on les disait séparés depuis cet été. Fin juillet, elle a été vue en vacances à Dubaï toute seule. Depuis, les ragots allaient bon train, mais aucun des deux n'avait confirmé quoi que ce soit. Amaia est d'ailleurs aux abonnés absents sur les réseaux depuis plusieurs semaines. Et lui sort peu et se montre chaque fois très discret.

— Tu es paparazzi ou influenceuse beauté ?

— J'aime bien la presse *people,* avoue-t-elle avec un petit sourire mutin. Ça me permet de me rappeler que l'argent ne fait pas le bonheur.

J'hésite à lui demander si se créer une vie virtuelle le fait, mais je m'abstiens. Je ne suis pas venue ici pour plomber l'ambiance, mais pour m'amuser. Et surtout, je ne connais pas assez Harper pour savoir quel manque elle tente de combler à travers son nombre d'abonnés.

— Et toi, interpellé-je Li pour changer de sujet, raconte-nous ta vie trépidante de femme amoureuse puisqu'on est condamnées à vivre la nôtre à travers toi.

— Matthew continue à porter son tee-shirt avec mon prénom dessus et je dois avouer que ça me plaît plutôt bien.

— Et qu'est-ce qu'il en est de Lindsay ?

Jalouse, l'esthéticienne avait posté des commentaires calomnieux sur le salon de massage de Li. Notre amie avait alors croulé sous les appels de vicieux et les annulations de la clientèle qu'elle était parvenue à se créer. Heureusement tout s'est bien terminé et les réservations de Li sont désormais quasiment toujours pleines.

— J'ai décidé de ne pas me venger. Les choses se sont tassées d'elles-mêmes et je ne lui donnerai pas la satisfaction de constater qu'elle a réussi à me toucher.

— Bien dit ! Trinquons à ça.

J'avale un premier shot de tequila et, en claquant mon verre sur la table, je repère Derek assis un peu plus loin, en bonne compagnie. À la manière dont rit la fille en face de lui, je sais que l'affaire est déjà bouclée et la perspective d'entendre ses hurlements de plaisir toute la nuit me donne une idée pour préserver ma sérénité. Je vais déjà devoir me coltiner le pompier en permanence, pas besoin qu'il se rappelle à moi quand je suis seule chez moi.

— Je reviens, préviens-je les filles en quittant ma chaise.

Je me dirige vers le pompier d'un pas léger tout en redonnant un peu de volume à ma crinière rousse. Je baisse légèrement mon top pour dévoiler un peu plus ma poitrine.

Lorsque j'arrive à sa table, sa conquête me repère avant lui. Du bout de l'ongle, je griffe son avant-bras musclé pour attirer son attention.

— June ? s'exclame-t-il, surpris par mon approche tactile.

— Je venais voir si tout se passe bien pour toi, mon chéri, déclaré-je en éteignant également par pur réflexe la bougie qui trône au milieu de leur table avant d'exagérer mon sourire.

La nana perd le sien et observe Derek d'un regard perdu.

— J'ai aussi trouvé mon partenaire pour ce soir, continué-je mon petit manège. Je vais le ramener à la maison, c'est à mon tour, cette fois.

Je dépose un baiser sur la joue de mon voisin en le faisant bien claquer. Il gagne même une belle marque de rouge à lèvres au passage.

— Ne rentre pas trop tôt. Enfin... à moins que tu souhaites nous rejoindre, ajouté-je, mielleuse, avant de mettre les voiles sans lui laisser le temps de réagir.

Je retourne m'asseoir avec les filles, qui n'ont rien loupé de mon petit spectacle. La conquête de Derek se lève et sort du bar sans même lui accorder un dernier regard.

4

DEREK HARMON

Je ne commence mon service qu'à midi, mais le commandant m'a demandé d'être présent pour accueillir June, alias la briseuse de plan, pour son premier jour d'immersion à la caserne. J'étais à deux doigts de rétorquer qu'elle préférerait sûrement que je ne sois pas là, mais après son coup d'éclat au bar vendredi, elle mérite bien que je m'occupe d'elle personnellement.

J'ai été abasourdi par le culot dont elle a fait preuve pour casser ma soirée avec la demoiselle rencontrée un quart d'heure auparavant. Le feeling passait bien entre nous, et voilà ma voisine qui se ramène la bouche en cœur comme si on était un putain de couple libertin. Je n'ai rien contre les couples libertins, chacun fait bien ce qu'il veut de sa sexualité, mais ça ne m'intéresse pas. Et je n'aime pas qu'on me fasse passer pour ce que je ne suis pas.

En tout cas, je dois avouer que je ne l'avais pas vue venir. Et je compte bien me venger.

J'avance vers le parking de la résidence en faisant tourner les clefs de mon pickup entre mes doigts lorsque j'entends justement ma charmante voisine râler. Rien qui sorte de l'ordinaire.

Elle ne porte pas une robe cintrée et des talons comme elle en a l'habitude, mais un short en jean simple qui lui arrive à mi-cuisses et un tee-shirt ample, sur des baskets un peu usées. J'imagine que c'est pour être à l'aise pour sa mission du jour. Mais si elle pense pouvoir nous accompagner en intervention vêtue de la sorte, elle se fourre le doigt dans l'œil.

Ses cheveux aux couleurs du feu sont attachés dans une queue-de-cheval haute, et ses beaux yeux bleu clair, qui me troublent chaque fois que je les croise, sont cachés derrière ses lunettes de soleil. *Dommage !*

Cette nana est définitivement trop attirante pour être ma voisine. Mon instinct me dit que les choses vont déraper un jour ou l'autre entre nous. Que ça va être explosif, mais que ça finira mal.

— Fait chier ! vocifère-t-elle avant de balancer un coup de pied dans le pneu de sa petite citadine.

Le cri qu'elle pousse ensuite laisse peu de place au doute, elle vient de se faire mal.

— C'est ce qui arrive quand on s'en prend à plus fort que soi, ne puis-je me retenir de me moquer.

Elle se tourne vers moi et un sourire soulagé fait apparaître de légères fossettes sur ses joues.

— Oh ! Derek. Dis-moi que tu vas à la caserne !

— Oui.

— Tu me sauves la vie ! Ma voiture refuse de démarrer, sans toi j'aurais été en retard. Et mon patron me tuera si ton commandant se plaint de moi. Encore plus le premier jour.

— J'ai dit que j'allais à la caserne, pas que j'acceptais de t'y emmener, répliqué-je en haussant un sourcil.

Je savoure pleinement la situation en la voyant se décomposer.

— Tu n'oserais pas faire ça ? On va au même endroit.

— Je vais me gêner, tiens ! Dois-je te rappeler ton petit numéro au *Speak Easy* ?

Tout en prononçant ces mots, je déverrouille la portière de ma voiture et me glisse derrière le volant. Je dois me contenir pour empêcher une expression triomphante de s'afficher sur mon visage.

J'enclenche le moteur et commence une marche arrière pour quitter ma place de parking. Tout ça sous le regard médusé de June. *Si seulement je pouvais photographier ce moment !*

Son air ahuri me fait exploser de rire. J'ouvre la vitre côté passager et lui lance :

— Allez, je rigole, c'est bon ! Grimpe.

Elle s'empresse d'ouvrir le coffre de sa citadine et d'y prendre son matériel. Elle dépose le tout sur le siège arrière de la mienne avant de s'installer à mes côtés.

— Ton humour est vraiment pourri, m'assène-t-elle en attachant sa ceinture.

— Je n'ai pas forcément apprécié le tien au bar, donc on est quittes.

J'avance jusqu'à la grille d'entrée de Palisades Park et appuie sur la télécommande d'ouverture qui traîne dans le vide-poches, mais rien ne se passe. J'appuie une nouvelle fois dessus. Toujours rien.

— Attends, j'essaie avec la mienne.

Après avoir fouillé dans son sac à main pendant deux longues minutes, June parvient enfin à mettre la main sur ce qu'elle cherche. Elle actionne le boîtier à plusieurs reprises. Sans succès.

— Je vais m'approcher, déclare June. Peut-être qu'on ne capte pas le signal.

Je suis persuadé du contraire, mais je ne la retiens pas et la laisse tenter sa chance. Elle claque la portière et s'éloigne vers le portail. J'en profite pour admirer ses jambes bronzées par le soleil et regretter encore une fois son mauvais caractère.

— Putain ! Tout est détruit, crie-t-elle à mon attention. Quelqu'un s'est acharné sur le capteur. Pas étonnant que ça ne fonctionne pas.

Je la rejoins et constate les dégâts de mes propres yeux.

— Il y a un sérieux souci dans cette résidence, pesté-je. Comment on va sortir, maintenant ?

— Avec la clef, dit-elle en agitant son trousseau sous mon nez comme si j'étais un demeuré.

Jamais je n'avouerai que je n'y avais pas pensé.

June se dirige vers la serrure et pousse elle-même la lourde grille pendant que je me remets derrière le volant pour sortir.

Elle s'apprête à refermer quand je l'arrête.

— Laisse ouvert, sinon tout le monde va galérer.

— Je n'aime pas trop l'idée que n'importe qui puisse pénétrer dans la résidence.

— Ouais. Mais si les secours avaient besoin d'intervenir aujourd'hui, ils ne pourraient pas entrer rapidement s'ils n'ont pas accès au parking. Et ensuite, la personne qui aurait appelé se plaindrait du délai d'intervention, persiflé-je en référence à sa remarque lorsque nous sommes arrivés dans les locaux de son journal.

— Oh ! Ça va, j'ai compris, grogne-t-elle. Désolée d'avoir irrité ton ego de pompier. J'étais stressée. Mon patron était en train de me claquer entre les doigts.

Tête de mule, elle referme le portail à quatre-vingts pour cent avant de remonter en voiture.

— Voilà, comme ça c'est plus discret, et si besoin, on peut entrer et sortir. Content ?

— Je serai content quand j'aurai mis la main sur la personne qui s'amuse à foutre le bordel à Palisades Park.

Je me faufile dans la circulation encore assez fluide à cette heure matinale de la journée. Le délicat parfum de ma voisine envahit l'habitacle. Il est fruité. Je me demande si je pourrais en goûter la saveur sur sa peau en dévorant son cou de baisers.

— Qu'est-ce que tu penses de l'idée de Victoria Reyes d'installer des caméras à certains endroits ? me questionne-t-elle, me sortant par la même occasion de mes pensées.

— Que les méfaits auront lieu uniquement là où il n'y en a pas. C'est une fausse bonne idée.

— En tout cas, Ethan et Sharon en mettraient bien une dans l'entrée de notre immeuble pour vérifier si quelqu'un vit ou non dans l'appartement en face du tien.

— Ils risquent de se retrouver avec quelques sextapes sur moi s'ils font ça, plaisanté-je.

Elle secoue la tête de droite à gauche, insensible à ma vanne.

— Je pense qu'il y a bien eu quelqu'un, au moins à un moment, lui assuré-je. J'ai entendu du bruit. Et malgré ce que tu peux penser, je ne suis pas encore sénile.

— Et tu ne trouves pas ça flippant de ne pas savoir pour de bon ?

— Le plus urgent est de faire cesser le vandalisme, si tu veux connaître le fond de ma pensée.

— Mais si quelqu'un se cache en face de chez toi, c'est peut-être lui le responsable de tout ça...

— C'est une possibilité. Ou alors un sans-abri est parvenu à pénétrer je ne sais comment dans l'appartement et il a saboté le boîtier de la résidence pour pouvoir revenir.

Je me gare à la première place disponible sur le parking de la caserne. Il n'y en a de toute façon aucune à l'ombre.

— Pourquoi tout de suite un sans-abri et pas plutôt un dealer ou un arnaqueur ? Ils sont comme toi et moi, sauf qu'ils ont tout perdu... Ça ne les rend pas malhonnêtes, argue-t-elle, excédée.

Elle ouvre sa portière avec véhémence, sort de ma voiture et attrape sa caméra et le sac à dos qu'elle avait entreposés à l'arrière. Comme une furie, elle me tourne le dos et se précipite à l'intérieur de la caserne. OK, ce n'était pas très intelligent de ma part comme remarque, mais est-elle obligée de réagir aussi violemment ?

— Et de rien pour le trajet ! m'écrié-je.

Elle ne daigne pas se retourner et se contente de lever son majeur dans ma direction. Dire qu'il va falloir que je gère son tempérament volcanique si je ne veux pas que le commandant me passe un savon d'anthologie.

— Harmon ! claque justement la voix de l'intéressé. Tu comptes prendre racine sur le parking ou tu bouges tes fesses pour qu'on puisse démarrer ?

5

JUNE CAMPBELL

— Monsieur, je comprends parfaitement vos réticences à me laisser tourner autour de vos hommes pendant une intervention, mais si je ne peux pas être au plus près d'eux, ce reportage n'a aucun sens.

Le commandant de la caserne de Santa Monica est un homme impressionnant qui force le respect. Il faudra tout de même lui dire que la moustache est passée de mode, mais personnellement je ne m'y risquerai pas. Il m'a de toute évidence déjà dans le collimateur, vu qu'il vient de perdre quinze minutes à me répéter chacune des règles que je dois suivre. Ne pas déranger ses équipes sur le terrain. Rester dans le camion. Ne pas m'adresser aux victimes, et j'en passe…

— Vous allez suivre Derek, puisqu'il a accepté d'être votre chaperon. C'est lui qui vous dira si vous pouvez filmer les lieux sur lesquels ils se rendent avec son équipe, et ce après avoir jugé de la situation. Je compte sur vous pour lui obéir.

Je manque de m'étouffer en l'entendant prononcer ces mots. Mon voisin, présent dans un coin de la pièce en face de moi, jubile. Il prend son pied en sachant que je vais devoir me montrer docile pour boucler mon reportage. Pour le boulot, je suis prête à quelques sacrifices. Cependant, il n'est pas exclu que je me venge dans le privé à Palisades Park s'il exagère.

— Si nous sommes tous d'accord, vous pouvez commencer.

J'opine de la tête et le commandant me signifie que je peux quitter son bureau.

— Oh ! J'allais oublier, me retient-il alors que je suis sur le pas de la porte. J'espère que vous avez un pantalon et une veste sur vous pour vous rendre en opération, sinon vous pourrez revenir demain avec une tenue adéquate.

— J'ai apporté tout ce qu'il faut, soyez rassuré, lui affirmé-je en souriant de façon un peu méprisante parce qu'il m'agace avec son air supérieur.

Derek me laisse sortir du bureau la première et referme derrière lui.

— Tu ne devrais pas répondre ainsi au commandant, m'alerte-t-il alors que nous remontons le couloir.

— Comment vous faites pour supporter son ton condescendant ? J'ai eu l'impression de me retrouver au lycée et d'avoir été convoquée par le proviseur parce que j'avais fait une connerie.

Il rit à ma remarque.

— Il est juste très consciencieux et n'a que la sécurité de tout le monde en tête : la tienne, la mienne et celle des habitants de Los Angeles.

— Je te préviens que tu n'as pas intérêt à abuser de ton autorité avec moi, affirmé-je avec mordant pour changer de sujet.

D'une main sur mon épaule, il m'incite à m'immobiliser et à lui faire face. Il semble soudain très sérieux.

— June, on ne joue pas ici. Certaines interventions seront peut-être anodines, comme sauver un chat coincé dans un arbre. Mais pour d'autres, j'ai besoin d'être certain que tu feras exactement ce que je dis. Je suis là pour porter secours aux personnes qui nous appellent, je ne peux pas me permettre d'avoir l'esprit occupé à savoir si tu pourrais te mettre en danger. Donc, quand je te donne un ordre, tu l'appliques !

— Je ne suis pas stupide. Je sais reconnaître le danger, affirmé-je, sûre de moi.

— Non. Si on intervient sur un départ de feu, tu ne sauras rien reconnaître du tout. Appréhender correctement les risques demande des années d'expérience. Donc je me répète : quand je te donne un ordre, tu l'appliques. Si je te dis de rester dans le camion, tu y restes. Si je te dis de t'éloigner, tu t'éloignes.

Sans le savoir, il vient de taper dans le mille en évoquant ma plus grande crainte. « Si on intervient sur un départ de feu »... Mon Dieu, comment vais-je pouvoir faire face à ça ?

— J'ai compris, opiné-je pour couper court à mes pensées. Je te promets de ne pas vous gêner et de me tenir à carreau, mais j'ai aussi besoin que tu me laisses filmer de bonnes scènes pour l'audimat. C'est un nouveau format et mon patron compte sur moi. Il s'agit aussi de ma carrière.

— Je suis certain qu'on trouvera un terrain d'entente le moment venu.

J'en doute, mais je n'ajoute rien.

— Je te laisse te changer, me dit-il en indiquant le vestiaire réservé aux femmes. Je dois aussi aller enfiler ma tenue.

Une fois prête, je m'avance vers la salle commune.

Rien que d'être au sein de la caserne rend mes mains moites et fait accélérer mon rythme cardiaque. La peur est tapie au fond de moi. J'observe les lieux et admire les photos encadrées. Elles sont installées entre les barreaux d'une échelle en bois accrochée au mur. Je reconnais Derek sur deux d'entre elles. Le cliché d'un immense incendie de forêt me fait froid dans le dos. Je sais que c'est encore de saison et je tremble d'angoisse à l'idée de me retrouver entourée de flammes. Je me rappelle la chaleur et la difficulté à respirer que l'on ressent à ce moment-là. Je porte la main à ma gorge qui se serre. *Tout va bien, tu es saine et sauve.*

J'entre dans la pièce d'où proviennent de nombreuses voix. Le silence s'installe dès que je franchis la porte. Nous nous sommes déjà tous salués lorsque je suis arrivée et que leur commandant m'a présentée.

— L'idée c'est que vous vous comportiez comme si je n'étais pas là, leur dis-je en souriant. Restez naturels.

— Oh non, June ! s'exclame la jeune femme qui était intervenue avec Derek au journal, tu n'aurais jamais dû dire ça. Moi qui espérais que ta venue allait les inciter à se montrer civilisés.

Ses collègues masculins s'esclaffent et celui à côté d'elle émet un rot spectaculaire.

— Je ne vois pas du tout ce que tu veux dire par là, déclare-t-il en riant.

— Luis, tu es répugnant !

Elle le frappe à l'abdomen avant de se lever et de venir à ma rencontre.

— Je suis Mia. Bienvenue parmi nous, et... bon courage.

— Merci.

Elle quitte la pièce et me laisse seule avec ces énergumènes. Ils reprennent la partie de cartes qu'ils avaient entamée, me laissant découvrir les nombreux portraits accrochés au mur. Je m'approche et remarque qu'il s'agit de pompiers décédés en opération. Ce qui me serre le cœur. Je prends quelques plans vidéo de cet hommage. Je ne sais pas encore ce que j'en ferai, mais ça me semble important.

Tout à coup, une alarme retentit, me faisant sursauter. Luis s'écrie :

— Non ! Pas maintenant ! J'avais enfin une bonne main. C'est toujours pareil.

Il balance ses cartes sur la table sous les rires de ses collègues.

Je les suis sans savoir avec précision ce que je suis censée faire et où me mettre. Même si je ne suis pas croyante, je prie tous les dieux pour ne pas partir tout de suite sur un incendie.

Où est mon chaperon, d'ailleurs, quand j'ai besoin de lui ?

Comme par magie, Derek apparaît à ce moment-là. Il a revêtu son uniforme jaune et porte déjà son casque de la même couleur. De mon côté, j'enfile une chasuble portant l'inscription « presse ».

— C'est mignon, ça te va bien, me taquine mon voisin.

— Et elle est jaune, t'as vu ? Je vais me fondre dans le décor.

— Ça reste à prouver. Allez, en piste !

Je lui emboîte le pas jusqu'au camion rouge dont la sirène retentit déjà. Face à l'immense engin, je me demande comment je dois me débrouiller pour grimper dedans.

— Un problème ? me demande Derek, visiblement amusé.

— Il faudrait que tu me fasses la courte échelle pour que je puisse monter à bord.

Il part dans un rire rauque et j'avoue que je préfère quand nous nous taquinons de cette façon plutôt que de nous voler dans les plumes. Et puis il est quand même vachement plus canon le sourire aux lèvres.

Sans prévenir, il m'attrape par la taille et me soulève comme si j'étais une brindille. Il embarque à bord à son tour et me montre du doigt le siège où je dois m'installer.

Le camion démarre sous le bruit assourdissant des sirènes et fonce au milieu de la circulation. Je ne suis pas certaine que mon cœur tienne le rythme de ce que ce reportage va me faire vivre. *Est-ce que je peux encore demander à descendre ?*

— C'est le moment d'allumer ta caméra, madame la journaliste, me lance Luis depuis le siège conducteur, mettant fin à mon plan de fuite.

Il ne me reste plus qu'à espérer que nous ne partons pas sur un incendie pour mon baptême. Mon cœur cavalcade dans ma cage thoracique et menace de me briser des côtes. J'ai la sensation de me retrouver projetée il y a cinq ans.

Ma gorge se serre et s'assèche, comme ce fameux soir où la fumée m'a intoxiquée.

— Piéton fauché par un véhicule léger sur Olympic Boulevard, entends-je Derek annoncer.

OK. Relax, June !

J'inspire. J'expire.

Ce n'est pas toi la victime.

Mon corps est ballotté sur la route, mais je ne parviens pas pour autant à reprendre pied dans la réalité.

Je me rappelle la chaleur du feu, la vue des flammes, la peur immense d'être encerclée et de ne pas sortir à temps. La voix de mes parents, les cris, mon prénom inlassablement répété. Les pompiers qui rencontrent un problème pour nous évacuer. La honte.

Derrière le brouillard de mes souvenirs douloureux, je perçois Luis et Mia sortir du véhicule de secours et se précipiter vers la victime. Je suis incapable d'esquisser le moindre mouvement pour les suivre. La bouche de Derek forme des mots à mon attention mais le son de sa voix ne m'atteint pas.

Mon voisin ne s'attarde pas sur mon cas et finit par claquer la portière pour aller prêter main-forte à ses collègues.

6

DEREK HARMON

Je frappe à la porte, comme toujours avant d'entrer, et ce bien que j'aie vécu ici toute ma vie avant d'emménager à Palisades Park.

— C'est ouvert ! entends-je ma mère hurler depuis la cuisine.

— Je t'ai déjà dit de fermer à clef, rouspété-je, comme chaque fois que je lui rends visite.

— Je savais que tu allais venir, rétorque-t-elle en attrapant le torchon de vaisselle pour s'essuyer les mains.

Je m'approche d'elle et la serre dans mes bras.

— Ce n'est quand même pas prudent. Fais-le au moins pour moi, ça me rassurerait.

Elle m'observe sous ses longs cils, l'air de me dire que je n'ai aucune leçon à donner à ma mère, mais mon sourire charmeur la fait craquer. Elle n'a jamais su y résister, ce qui m'a évité bien des punitions à la suite de mes conneries, gamin.

Woofy daigne enfin se ruer sur moi. *Je ne peux même pas compter sur ce chien pour la défendre !*

— Viens par ici, toi.

Je le soulève et lui offre les câlins qu'il réclame. Ce chihuahua est le premier animal que j'ai sauvé dans ma carrière. Un incendie s'était déclaré dans un refuge pour chiens et chats. Nous sommes parvenus à sortir des flammes pas mal d'entre eux, mais pas tous, hélas. Woofy était tout tremblant, complètement paniqué. Je m'en souviens comme si c'était hier. Je l'ai adopté dans les jours qui ont suivi. Ma mère s'est prise d'un amour inconditionnel pour lui alors je n'ai pas eu le cœur de l'emmener avec moi à Palisades Park. D'autant qu'avec mes services à la caserne, je ne suis pas assez présent pour le sortir.

— Tu portes encore une nouvelle tenue ? m'adressé-je à lui. Maman ! Quand vas-tu arrêter de prendre mon chien pour une poupée ? la sermonné-je faussement.

— Il est si mignon avec cette petite veste, répond-elle en le caressant, attendrie. Il y avait tellement de nouveautés à l'animalerie, j'ai eu du mal à ne pas craquer.

— Combien en as-tu achetées ?

Ma mère, Paula Harmon, est ce qu'on appelle une *doggy mom*. Elle est complètement gaga de ce chien et le gâte comme si c'était un enfant. Il a le droit aux toilettages avec option massage. Un vrai pacha. Je ne peux m'empêcher d'être attendri par l'amour qui les unit. Woofy est désormais plus le chien de ma mère que le mien. Elle ne le dit juste pas par peur de me blesser, sans se rendre compte que je suis heureux qu'elle se sente moins seule grâce à lui.

— Aide-moi à couper les courgettes au lieu de me faire la morale, gronde-t-elle en me tendant un couteau.

Bon garçon, je m'exécute et découpe les légumes afin qu'elle puisse y mettre la farce qu'elle a préparée.

— Et toi, quand me ramèneras-tu une belle jeune femme ? Tu exiges que je ferme ma porte à clef, moi, ce que je veux, c'est te voir accompagné !

Et c'est reparti pour un tour !

— Maman, moi je te parle de sécurité. Jusqu'à preuve du contraire, ce n'est pas dangereux d'être célibataire.

— On ne peut pas être heureux quand on est seul.

Je ne suis pas d'accord avec elle, mais il ne sert à rien de lui faire entendre raison. On peut tout à fait être épanoui célibataire.

— J'ai des amis.

— Tu couches avec tes amis ? me questionne-t-elle en haussant un sourcil.

— Très drôle !

— Ce n'est pas normal qu'un si beau jeune homme n'ait pas encore trouvé chaussure à son pied.

— Peut-être que le problème ne vient pas de moi… osé-je avancer.

— Je te vois venir, me lance-t-elle par-dessus ses lunettes qui ont glissé au bout de son nez, tu méritais mieux que ces deux filles que tu as ramenées.

— Tu ne leur a laissé aucune chance ! m'offusqué-je devant sa mauvaise foi.

— Derek, me dit-elle de sa voix douce. Tu es courageux, fort, respectueux et bienveillant. Tu ne mérites rien de moins que la perfection. De mon vivant, je ne te laisserai pas construire ta vie avec une fille superficielle qui ne connaît même pas l'identité de nos différents présidents.

Elle passe sous silence que l'inculte en politique à laquelle elle fait référence s'est révélée être une belle garce qui m'a laissé tomber quand l'image parfaite que je renvoyais s'est effritée. Ashley ne m'a pas brisé le cœur en me quittant, mais elle m'a fait perdre confiance en moi. Elle a ébranlé le charmeur que j'étais. À cause d'elle, je refuse d'exposer une partie de moi à quiconque, de peur d'y lire le même dégoût que dans son regard ce jour-là.

— Tu es bien trop exigeante, la taquiné-je pour chasser ces pensées de ma tête.

J'attrape la courgette qu'elle vient de farcir pour la mettre dans un plat.

— Si je ne te présente personne, c'est justement parce que je prends tes recommandations en compte. Je veux que la prochaine qui m'accompagnera ici trouve grâce à tes yeux.

Je tais le fait que la seule prétendante que j'entrevois a du mal à m'encadrer et semble avoir un réel blocage avec mon métier.

Chaque jour de la semaine, June est restée comme pétrifiée en mission et n'est jamais descendue du camion. J'ignore ce qui la retient de la sorte – je mettrais ma main à couper que ça n'a rien à voir avec les menaces de notre commandant –, mais pour l'instant ça me convient, ainsi elle ne nous gêne pas. Elle s'est contentée de filmer quelques scènes par la vitre baissée, elle ne doit donc pas avoir grand-chose d'intéressant en stock.

— Si un jour tu te sens seul, ma porte reste ouverte, hein !

— C'est donc ça ton plan machiavélique pour me faire revenir au bercail ?

— Oh non ! Crois-moi, j'ai pris mes marques depuis que tu es parti. Ta chambre est devenue mon atelier peinture. Si tu reviens, ça sera sur le canapé, mon grand !

— Ravi de savoir que je peux compter sur toi en cas de coup dur.

Nous rions alors qu'elle me tend encore une courgette.

— Pourquoi tu prévois autant ?

Ma mère se gratte le menton, signe de nervosité qui me fait aussitôt tiquer.

— Nous aurons un invité à midi.

Pitié ! Tout mais pas ça !

— Maman, soufflé-je, fatigué par avance.

— Il est vraiment très gentil, tu verras. Il peint aussi, comme moi. On s'est rencontrés au club d'art. Je lui ai dit que j'avais un fils et il a eu envie de te connaître avant d'aller plus loin. Quel homme se soucie encore de ce genre de détail aujourd'hui ?

— Et si moi je n'en avais pas envie ?

— Tu peux t'en aller, si tu le souhaites, me précise-t-elle la moue boudeuse. Mais ton avis est important pour moi.

— Ah bon ? m'écrié-je un peu plus fort que voulu.

À 21 ans, j'en ai ma claque de jouer les fils parfaits auprès des mecs qui croisent la vie de ma mère. Du haut de ses 50 printemps, elle attire encore tous les regards. J'ai hérité de sa grande taille et de ses cheveux châtain clair. Ses beaux yeux bleus ont le don de captiver les hommes qui osent l'approcher. Malheureusement pour elle, ils ne restent jamais bien longtemps dans le périmètre. Tout comme mon père, qui est parti dès l'annonce de ma venue au monde, ses petits amis finissent toujours par mettre les voiles. Ma mère est exigeante et intransigeante. Ils finissent donc par étouffer auprès d'elle. C'est Frank, celui qui a passé le plus d'années auprès d'elle et qui m'a fait découvrir le métier de pompier, qui me l'a expliqué lorsqu'il nous a quittés. Ses mots n'ont pas trouvé de sens dans les oreilles du gamin de 12 ans que j'étais, mais j'ai compris plus tard. Qu'elle recale les quelques copines que je lui ai présentées est un bon exemple. Difficile d'être à la hauteur selon ses critères. Je suis le seul à qui elle autorise des moments de faiblesse, et uniquement parce que je suis son fils. Le problème, c'est que depuis que celui qui m'a servi de modèle est parti, c'est le défilé.

— Maman, je sais que tu n'aimes pas quand je te dis ça, pourtant tu es amoureuse de l'amour. Mais tu peux en trouver partout de l'amour, pas uniquement auprès d'un homme. Je suis là, moi, et tu as tes copines avec lesquelles tu partages toutes tes activités. Pourquoi tu t'obstines à vouloir quelqu'un dans ta vie ?

— L'amour qui nous unit n'est pas le même que celui qui me manque. Et l'amitié n'a rien à voir là-dedans. Mes copines ne remplaceront jamais un homme.

— N'en dis pas plus, la stoppé-je, mal à l'aise.

Je ne comprends pas ce besoin maladif d'être avec quelqu'un. Je fuis même ce genre d'engagement comme la peste. Cela signifierait dévoiler mes cicatrices, ce qui est tout simplement inenvisageable.

Je devrais probablement me réjouir que ma mère ne se contente pas de s'envoyer en l'air comme je le fais, mais sa lubie nuptiale lui cause toujours de la peine. Et j'ai horreur de la savoir triste. Je protège ma mère comme je le peux de ses chagrins d'amour et c'est déjà bien suffisant. Il est hors de question que je me soucie comme ça d'une autre femme, donc je me satisfais de petites aventures auxquelles je mets fin avant que les choses ne deviennent sérieuses.

— Il sera là à quelle heure ? la questionné-je en tentant de faire redescendre la tension entre nous.

Ses yeux se perdent dans les miens et elle pince les lèvres, comme pour retenir le souffle de soulagement qui menaçait de lui échapper.

— D'une minute à l'autre, m'indique-t-elle juste avant que la sonnette ne retentisse.

Elle prend le plat désormais rempli, le glisse au four, lisse sa jolie robe blanche et s'éloigne vers la porte, talonnée par Woofy. J'aurais dû remarquer qu'elle s'était plus apprêtée que d'ordinaire.

Je l'entends accueillir son invité et le remercier pour les fleurs qu'il lui offre. Je lève les yeux au plafond. *Le mec sort le grand jeu !*

Lorsque la voix de l'homme résonne, je me glace d'effroi. *Ce n'est pas possible !* Cette même tonalité me hurle des ordres à longueur de journée.

Le nouveau jules de ma mère apparaît dans la cuisine et semble tout aussi surpris que moi lorsqu'il m'aperçoit.

— William, je te présente mon fils, Derek, déclare ma mère sans avoir conscience de ce qu'il se joue.

Peu importe à quel point je respecte cet homme à la caserne, dans l'appartement de ma mère, il n'est pas mon commandant. Je ne le laisserai pas causer de la peine à celle qui a tant sacrifié pour moi.

— On va avoir un problème, articulé-je en oscillant d'un pied à l'autre car il faut que je bouge sinon je vais devenir dingue.

Ma mère. William. Ma mère et William. Ma mère et le commandant Mitchell. C'est non. Un grand non. Genre écrit en gras en police deux cents et souligné.

— Je suis désolé, Paula, dit mon supérieur d'un ton mielleux dont j'ignorais jusque-là l'existence. Je ne savais pas que ton fils était pompier.

— Comment le sais-tu ? Et en quoi est-ce un souci ? s'étonne ma mère qui est très fière du métier que j'exerce, même s'il lui rappelle toujours Frank.

— Ton collègue de peinture est mon commandant, éclairé-je sa lanterne. Tu ne savais même pas ce qu'il faisait dans la vie ?

Ils n'ont pas discuté ensemble ou je rêve ?

— Non, en effet, se défend-elle. William vient à peine de s'inscrire à l'atelier peinture. Nous avons été sensibles aux coups de pinceau de l'autre. Et lorsque nous créons, nous ne discutons pas de tout et de rien. Mais je ne vois pas où est le problème, après tout !

— Tu ne vois pas où est le problème ? répété-je, agacé.

— Non, persiste-t-elle. J'ai évidemment un profond respect pour les soldats du feu, donc je suis plus que contente d'apprendre que William dirige la caserne de Santa Monica. Et ça vous fait un point commun.

Je lance un regard éloquent à mon supérieur afin qu'il lui explique que ça ne va pas être possible entre eux, mais il n'a pas l'air de comprendre puisque je le vois sourire à ma mère.

— J'ai apporté une bouteille de vin, nous informe-t-il, signifiant ainsi qu'il compte bien rester.

OK. Je suis le seul à être gêné que mon boss puisse faire des trucs peu catholiques avec celle qui m'a mis au monde...

7

JUNE CAMPBELL

Assise en face de mon patron, j'attends sa réaction avec appréhension.

Tom Young est revenu travailler deux jours à peine après son malaise au bureau. Il a promis à sa femme de ne manger que des repas équilibrés et de ne pas quitter le journal après 19 heures. Et pour l'instant, il s'y tient. Reste à savoir combien de temps dureront ses bonnes résolutions. Les paris ont été lancés entre nous avec mes collègues. J'ai misé sur une semaine, pas plus.

J'ai conscience que les vidéos que je lui ai apportées sont moyennes. Celles qui sont tournées dans la caserne sont plutôt réussies. On y voit les soldats du feu vérifier leur matériel et se préparer à bondir à tout instant pour nous porter secours. J'ai notamment quelques clips d'eux en off dans la salle de pause qui pourraient être exploités. Mais rien qui retienne vraiment l'attention.

— C'est soporifique, tranche-t-il en arrêtant de visionner le montage que j'ai préparé. Ça manque d'action, de tension. Où est le danger, là ? Je veux voir un pompier en mauvaise posture, se dépasser, aller au bout de lui-même.

Tu nous les montres en train de ranger les lances, on s'en fout ! On dirait qu'ils se tournent les pouces à longueur de journée !

Je baisse la tête le temps d'accuser le coup.

— J'ai à peine le droit de sortir du camion de secours ! me défends-je comme je peux, sans mentionner mes craintes. Le commandant Mitchell a donné des ordres très précis et ses hommes lui obéissent au doigt et à l'œil. Ils le craignent trop pour accepter ma présence sur les lieux d'un accident.

— Et vous, June ? De qui avez-vous le plus peur ? De ce commandant ou de moi ? me demande-t-il de façon tout à fait sérieuse.

— Euh je... bafouillé-je en sentant mes mains devenir moites.

— Je veux que ça bouge ! s'écrie-t-il en refermant l'écran de mon portable dans un claquement qui me fait sursauter. Alors vous vous débrouillez, mais samedi prochain, je veux un montage qui me file des frissons, c'est compris ?

— Bien patron, dis-je en tentant de paraître sûre de moi.

La vérité, c'est que les exigences du commandant m'ont permis de rester bien à l'abri.

Dans la vie, je ne suis pas une trouillarde, tant s'en faut, mais mon cœur frôle la crise cardiaque lors de chaque intervention à l'idée de me retrouver face à un feu. Dès que l'alarme de la caserne retentit pour signaler un incendie, je crains que ce ne soit l'équipe de Derek qui y soit envoyée. J'y ai échappé jusqu'à maintenant, mais ma chance va finir par tourner. Ce qui explique la médiocrité de ce que j'ai présenté à mon boss. Je dois de toute urgence parvenir à surpasser ma phobie pour capter les moments qui feront vibrer Tom Young sous peine de perdre mon poste. Car il me semble bien avoir compris le message subliminal.

— Si je ne trouve pas votre travail à la hauteur, je mettrai Megan sur le coup.

Le salaud !

— Derek Harmon a accepté que je le suive parce qu'on se connaît, me récrié-je.

Voilà que je brandis mon voisin comme mon porte-drapeau ! Je nierai si quelqu'un lui en touche un mot.

— Soyez tranquille, je saurai l'imposer. Bon, filez maintenant, je dois rentrer chez moi sinon ma femme va m'enfermer dans la cave pour que je ne puisse plus venir au journal.

Nous nous levons et sortons de son bureau en même temps. Avant de me diriger vers le mien, je me tourne une dernière fois vers mon patron pour lui garantir qu'il a fait le bon choix.

— Ne vous inquiétez pas. J'ai mieux cerné ce que vous attendiez et vous ne serez pas déçu.

— Vous êtes talentueuse, June. Si je vous ai débauchée de ce journal miteux de Salt Lake City, c'est parce que vous avez l'œil, le souci du détail. J'ai confiance en vous. Faites-en autant, me conseille-t-il avec un sourire bienveillant.

Journal miteux, il ne faut pas exagérer tout de même ! Ce n'est pas parce qu'il était uniquement en ligne qu'il était bâclé.

Un peu plus sereine qu'il y a quelques minutes, je m'assieds sur mon siège. Dans l'*open space*, seulement deux de mes collègues sont présents, en train de taper frénétiquement sur leur ordinateur. Ils lèvent la main par-dessus les cloisons qui séparent les espaces de travail de chacun pour me saluer. Je leur réponds par le même geste avant de tourner sur moi-même.

— Entretien difficile ? me surprend Drew en apparaissant.

— On peut dire ça, soufflé-je en esquissant une grimace.

— Tu lui proposeras mieux la semaine prochaine, me rassure-t-il. Il faut juste que tu comprennes ce qu'il attend.

— Ouais… me contenté-je de répondre car je ne tiens pas à me confier sur les difficultés que j'ai à affronter à la caserne. Dis-moi, tu connaîtrais un garagiste de confiance dans le coin ? Ma voiture refuse de démarrer et j'ai peur de me faire arnaquer en appelant le premier venu. Je suis déjà venu en Uber ce matin et je vais vite finir ruinée si je ne la fais pas réparer rapidement.

— Je m'y connais un peu en mécanique, m'apprend-il. Je pourrais passer voir ce qu'elle a, si tu veux. Ça t'évitera peut-être d'appeler un professionnel.

— Tu ferais ça ? m'étonné-je car nous ne sommes pas particulièrement proches.

— Bien sûr. Par contre, je suis pas mal occupé ce week-end. Lundi soir, ça te va ?

— C'est parfait, merci beaucoup.

Son portable se met à résonner sur son bureau alors que je finis de lui donner mon adresse.

— Le travail m'appelle ! s'exclame-t-il avant de retourner sur ses pas.

J'espère que Derek acceptera de nouveau de covoiturer avec moi lundi. Je n'ai aucune envie de me trimballer mon matériel à pied sur une telle distance. Je vais ravaler ma fierté encore fois et prier pour qu'il se montre serviable, comme toute cette semaine.

Le capuchon de mon stylo entre les dents, je réfléchis à la meilleure manière de me contrôler lors des interventions, et donc de parvenir à descendre de cet engin de malheur. *Je sais qui pourra m'aider !*

Je me lève pour rejoindre la petite terrasse qui sert aux fumeurs et m'abrite sous un parasol pour ne pas rougir. Avec ma peau de rousse, je brûle en un rien de temps. Une fois mon téléphone déverrouillé, j'appelle ma mère.

Sans surprise, elle décroche dès la première sonnerie.

— Rookie ! s'exclame-t-elle, joyeuse.

— Salut, ma petite maman, dis-je avec une légère pointe de tristesse dans la voix due au fait de ne plus être aussi proche qu'avant de ma famille. Comment ça va à la maison ?

— Super. Ton père est parti faire une marche, ce matin. Il devrait rentrer dans l'après-midi.

— Tu ne l'as pas accompagné ?

— Non, marcher pour faire du shopping, OK, mais sinon inutile de compter sur moi.

Je ne peux m'empêcher de pouffer. Elle est incorrigible.

— Et toi ? Très occupée à siroter des cocktails avec tes copines à ce que je vois, me taquine-t-elle.

— Arrête de m'espionner en regardant mes stories sur Instagram, maman !

— Tu vois un peu à quoi j'en suis réduite depuis que tu es partie.

— Tu es bien contente d'avoir récupéré ma chambre pour y installer un dressing géant.

— Tout sera très vite enlevé si tu veux revenir, ma Rookie.

— Je sais.

— Comment ça se passe pour toi, sinon ? Tu es toujours aussi contente d'avoir emménagé à Palisades Park ?

— Oui, même si je suis tellement prise par mon job que je n'arrive même pas à trouver le temps de faire un peu de sport.

À quand remonte ma dernière séance ? Aucune idée. Plus de deux semaines, c'est certain. Ça me manque de ne plus me vider l'esprit en dégoulinant sur une machine ou en courant. J'en ressens le besoin urgent pour décompresser.

— June…

Oulah ! Elle utilise mon prénom et pas mon surnom, signe qu'elle n'est pas contente. Elle trouve que je fais une trop grande fixation sur le sport et sur mon alimentation.

— Je ne vais pas te faire la leçon. Mais tu connais mon avis. Te remplumer ne te ferait pas de mal.

Si elle savait que j'ai pris trois kilos depuis mon installation à Los Angeles, elle sauterait de joie.

— Je sais, soufflé-je en levant les yeux au ciel.

Elle juge toujours que je suis allée trop loin dans ma perte de poids, ce qui est faux, bien entendu. Notre nutritionniste avait même dû la rassurer à ce sujet, à l'époque.

Ma mère s'est toujours aimée ronde, et si elle s'est jointe à mon père et moi lors de notre remise en forme, c'était uniquement pour sa santé. Elle a perdu juste ce qu'il fallait pour diminuer les risques, sans jamais désirer affiner sa silhouette. Quant à mon père, il a surtout voulu être plus dynamique et avoir un meilleur souffle. Aucun d'eux n'a perdu autant de poids que moi.

— Demain, j'accompagne ton père à la salle de sport vers 10 heures. On peut s'appeler en visio pour se faire une petite séance ensemble, si tu veux.

— Ça me ferait super plaisir, accepté-je, ravie à l'idée de passer un moment en famille, même s'il n'est que virtuel. Sinon, je t'appelais pour quelque chose d'autre.

— Oui ?

— J'ai été choisie par mon boss pour faire de courts reportages vidéo.

— Mais c'est une super nouvelle ! Félicitations !

— Le problème, c'est que je dois suivre les pompiers de Santa Monica lors de leurs interventions.

— Je vois… Comment tu t'en sors ?

— Je bloque complètement.

— De quoi as-tu peur exactement ?

— De me retrouver au milieu des flammes.

— Je sais que ça brûle pas mal en Californie, mais il me semble qu'ils ont tout de même beaucoup d'autres types de missions.

— Oui, confirmé-je. J'ai démarré lundi, et pour l'instant, l'équipe que je suis a été appelée uniquement pour des accidents de la route sans gravité ou des accidents domestiques.

— Attends ! Ça fait une semaine et tu ne m'appelles que maintenant ?

— Je ne voulais pas vous inquiéter avec ça et faire remonter à la surface de mauvais souvenirs.

— De nous trois, tu as été la plus marquée par cet événement, déclare-t-elle en visant juste. Je ne pense pas que ce soit une bonne idée de garder ça pour toi. Tu as prévenu la brigade que tu suis que tu as réchappé d'un incendie ?

— Je ne vois pas en quoi ça les concerne. C'était il y a longtemps.

— Pas assez, visiblement, puisque tu angoisses encore à la vue du feu.

Touchée !

— Ça ne les regarde pas et ça ne joue pas sur mon travail.

Mensonges !

— Ça pourrait être l'occasion de me libérer, ajouté-je avant qu'elle ne revienne à la charge. J'ai juste besoin d'arriver à sortir du camion une fois sur les lieux de l'intervention. Pour l'instant, l'angoisse me paralyse. Je n'ai rien filmé d'intéressant jusqu'ici. Mon patron n'est pas particulièrement ravi de mes résultats.

— Tu dois travailler sur toi-même en amont des appels. Il faut que tu sois prête avant d'être dans l'urgence.

— Tu vas me reparler de la méditation, c'est ça ?

— Ne critique pas sans avoir essayé ! me dispute-t-elle. Tu pourrais être surprise des résultats. En attendant, pense à mettre un élastique autour de ton poignet. Tu le fais claquer contre ta peau dès que tu sens que tu es happée par le passé. Ça te permettra de revenir au présent.

Je savais qu'elle était la bonne personne à qui me confier. Elle parvient toujours à me rassurer.

— Je t'aime, lui confié-je, comme je le fais toujours avant de raccrocher.

— Moi aussi, me répond-elle. Et surtout, donne de tes nouvelles plus souvent.

— Promis. Embrasse papa. Et n'oublie pas, demain matin, 10 heures, salle de sport.

— Oui, oui !

Elle raccroche sans me dire au revoir. Je ne m'en offusque pas, je suis habituée.

Il ne me reste plus qu'à l'écouter. Lundi matin, je serai au taquet pour affronter une journée à la caserne.

8

DEREK HARMON

Grâce à Roy Bennett, l'agent immobilier chargé de notre résidence, j'ai pu accéder au toit de mon immeuble. Le McQueen. Je compte bien prendre sur le fait celui qui s'amuse à dégrader Palisades Park.

J'ai une vue plongeante sur la rue, l'entrée principale et le jardin commun. Rien ne peut m'échapper. Sans trop savoir pourquoi, je suis persuadé que le responsable habite ici. J'ignore quelles sont ses motivations, mais il est hors de question que ça continue. Il ne me reste plus qu'à espérer qu'il passe à l'action aujourd'hui. Un beau flagrant délit et nous pourrons tourner la page. Après les boîtes aux lettres scellées, la terre déversée dans la piscine et la détérioration du mobilier extérieur, je me demande à quoi on va avoir droit.

Le bruit de la porte de service qui s'ouvre me signale l'arrivée de mes complices.

— Qu'est-ce que tu fous ici ? m'interpelle Travis en scrutant les trois chaises pliantes que j'ai prévues, ainsi que la glacière remplie de bières.

J'ai juste envoyé un message à mes deux potes en leur demandant de me rejoindre. Je savais qu'en restant énigmatique, ils rappliqueraient.

— On va devenir des héros aujourd'hui, en mettant la main sur le coupable des dégradations, expliqué-je en décapsulant une bouteille.

— Tu ne crois pas qu'on fait assez de surveillance comme ça au boulot ? demande Matthew en observant ce qui se passe plus bas. J'avais d'autres choses de prévues.

— Depuis que tu es maqué, tu es aux abonnés absents. Ça craint, mec, sérieux !

— Il n'a pas tort, sur ce coup-là, approuve Travis.

— Bon… reprend-il, conscient qu'on ne le voit plus beaucoup ces derniers temps. C'est quoi le programme ?

Je me penche vers la glacière et leur tends une bière à chacun avant de répondre :

— Observer les allées et venues en croisant les doigts pour qu'il se passe quelque chose.

— C'est ça ton plan ? Se contenter d'attendre ? se plaint-il, sceptique.

— On pourra en profiter pour vérifier si un inconnu entre dans ton immeuble, ajoute Travis. Scott, un des fils de Sharon, est persuadé d'avoir entrevu la porte de l'appartement en face du tien se refermer il y a quelques jours.

— Je ne sais pas trop quoi en penser, avoué-je en haussant les épaules. Il m'avait semblé entendre du bruit aussi, mais ça venait peut-être d'ailleurs. Comment une personne pourrait vivre là sans qu'on la voie jamais sortir ou entrer ?

— Le plus flippant, c'est qu'elle vivrait constamment les volets fermés, et dans la plus grande discrétion, précise Matthew avant de boire une gorgée. C'est louche, tout de même. S'il y a bien quelqu'un, je ne veux même pas imaginer ce qu'il fait dans cet appart.

— Je suis d'accord. Pourquoi se cacher si ce n'est parce qu'on a quelque chose à se reprocher ? approuve Travis.

— C'est le flic qui parle, là, le taquiné-je parce qu'il vire un brin parano.

— Nous avons donc deux missions à remplir, s'exclame Matthew. Trouver le responsable des dégradations et découvrir s'il y a bien un habitant mystère à Palisades Park. Qui aurait cru que ce serait aussi palpitant de vivre ici ?

— D'ailleurs, en parlant de palpitation, tu as trouvé à qui appartenait le *womanizer* ?

Il mime le geste de fermer sa bouche à double tour et d'en jeter la clef.

— Raconte-nous plutôt comment tu t'en sors avec la journalise collée à tes basques à longueur de journée, me charrie-t-il. Vous aviez du mal à vous supporter ici, alors ça doit être explosif.

— Comment tu es au courant de ça, toi ?

— Li m'a parlé du reportage, m'apprend-il.

— Et puis tout Palisades Park ne parle que de vous deux partant ensemble tous les matins, ajoute Travis pour enfoncer le clou.

J'hésite à faire une réflexion sur le respect de la vie privée à Palisades Park, mais je me reprends car je suis loin d'être exemplaire sur la question.

— Étonnamment, elle est plutôt calme. Elle a passé pas mal de temps à filmer à l'intérieur de la caserne, mais lors des interventions, elle est restée dans le camion sans même qu'on ait besoin de le lui demander.

— J'ai du mal à y croire, s'étonne Travis.

— Moi aussi, mais je ne vais pas m'en plaindre. Je me suis porté garant pour elle auprès du commandant, leur indiqué-je en grimaçant en repensant à William et ma mère.

Mes deux potes me regardent comme si j'avais perdu la tête.

L'apparition de Sean, l'aîné de Sharon Stephen, attire soudain mon attention ainsi que celles de Matthew et Travis. L'adolescent observe les alentours, comme s'il vérifiait que personne n'était dans les parages. Il se faufile derrière un palmier, longe le bâtiment McQueen sur sa gauche pour arriver à la grille de la résidence.

Dans un même mouvement, Matthew, Travis et moi reculons, même s'il y a peu de risque que quelqu'un nous aperçoive d'en bas.

— Qu'est-ce qu'il fout ? demande Matthew.

— Je ne sais pas, mais il a un comportement carrément suspect, constaté-je.

— On ne va pas tarder à savoir ce qu'il trafique, murmure Travis. Mais si vous voulez mon avis de flic, il est inoffensif !

Sean pianote sur son téléphone jusqu'à ce que Summer, la fille de la discrète famille Cross, le rejoigne.

— On croise rarement ses parents, analysé-je plus pour moi que pour mes potes.

— Ils bossent tous les deux comme des malades, m'indique Travis. Ils ont monté leur boîte de décoration intérieure et ne comptent pas leurs heures pour la faire décoller. C'est pour être sûrs que leurs enfants soient en sécurité qu'ils ont choisi Palisades Park.

— Tout dépend s'ils craignent que leur fille ne se fasse dépuceler contre le mur d'un immeuble ou pas, déclaré-je en la voyant entre les bras d'un Sean aux mains baladeuses.

— Elle n'est pas un peu jeune pour lui ? s'interroge Travis en fronçant les sourcils.

— La mère de Sean et Li discutaient ensemble l'autre jour et il était question de choix de faculté pour l'année prochaine, nous apprend Matthew. Et il me semble que la fille Cross est en deuxième année au lycée.

— Tu en sais des trucs, toi ! m'étonné-je.

— J'écoute mes voisins, tout simplement.

Lorsque l'adolescent remonte le tee-shirt de Summer, nous nous détournons. Cette histoire ne nous regarde pas.

— Concentrons-nous sur l'entrée... chuchote Travis.

Nous retournons prendre place sur les chaises et nous nous installons confortablement.

La famille Reyes sort de chez elle. Les parents se disputent à propos d'un problème de planning pour emmener leur fils Jayden à une activité sportive. Aucun des deux ne semble disponible et leur enfant les suit la tête baissée, visiblement peiné.

— Ce gamin est adorable, intervient Matthew. Il participe à mon cours de surf et il est plutôt doué. Dommage que son père persiste à vouloir le mettre au base-ball alors qu'il n'en a aucune envie.

— Ne te mêle pas de ça, lui conseille Travis.

Matthew lève les mains pour signifier qu'il comprend. Nous n'avons pas à nous immiscer dans leurs histoires de couple.

— Comment ça se passe avec Li ? lui demandé-je pour combler le silence alors que nos ados en rut sont encore planqués au fond de la résidence.

— Tout est rentré dans l'ordre. Cette histoire d'application est derrière nous. Je ne peux que vous souhaiter de trouver à votre tour la femme qui vous rendra heureux.

— Oh ! La ferme… soupiré-je face à son ton théâtral.

— Sois pas jaloux, me taquine-t-il pour me faire chier.

Ses yeux débordants d'amour pour Li me donnent envie de gerber. Cela me rappelle immanquablement le déjeuner avec ma mère et le commandant. Ils m'ont paru tellement en symbiose que je me vois mal m'imposer comme un obstacle entre eux. Mais il va me falloir encore un peu de temps pour accepter la situation.

Après deux heures de surveillance, il n'y a toujours rien de répréhensible à signaler. Nos jeunes dévergondés ont fini par mettre les voiles et par rentrer chez eux, juste avant que leurs parents ne fassent de même. *Petits malins !*

Les bières sont terminées et je me rends à l'évidence : mon plan tombe à l'eau.

— Bon, je ne vais pas vous retenir plus longtemps. A priori, il ne se passera rien.

— Essaie de monter la garde le soir ou pendant la nuit plutôt qu'en plein jour, me conseille Travis alors que nous replions les chaises.

— Ouais, j'essaierai à d'autres horaires, tu as raison.

J'emporte la glacière et nous quittons le toit. Je prends soin de refermer la porte à clef derrière moi.

Alors que nous descendons les marches, une June transpirante déboule dans l'entrée, vêtue uniquement d'une brassière et d'un legging de sport. Une partie bien précise de mon anatomie se réveille instantanément, et ce n'est pas mon cerveau. La journaliste a des écouteurs dans les oreilles et boit de l'eau à sa gourde, les yeux fermés. Je distingue les gouttes de sueur perler sur sa peau et glisser sous la barrière du tissu. Mes doigts fourmillent de les imiter. J'ai une furieuse envie de mordiller sa gorge ainsi exposée tout en baladant mes mains sur les courbes de ses fesses rebondies.

Le raclement de gorge de Matthew me ramène à la réalité tandis que Travis se marre. Ma voisine remarque enfin notre présence.

— Qu'est-ce que vous faites tous les trois dans l'escalier ? nous demande-t-elle suspicieuse, puisque j'habite au rez-de-chaussée.

— À plus, mec, me salue Matthew avec un clin d'œil. June, au plaisir de te voir autour d'un verre de tequila à l'occasion.

Travis me serre la main et file à son tour en adressant un sourire à notre voisine. De mon côté, je ne bouge pas. Je continue à profiter de la vision de rêve que m'offre June.

— Tu vas te décider à parler ou bouger ?

Je secoue la tête pour me reprendre. Est-ce que c'est parce que je sais qu'elle me déteste qu'elle me fait autant d'effet ? Ou parce que je la découvre vraiment intéressante lorsque je la vois à l'action à la caserne ?

— Ta voiture a de nouveau accepté de démarrer ? l'interrogé-je pour orienter la discussion sur un autre sujet que sur la raison de ma présence dans les étages.

— J'ai un collègue qui doit passer voir ce qu'elle a demain soir. Je comptais te demander si tu pouvais encore me servir de chauffeur demain matin, m'explique-t-elle en adoucissant sa voix afin de faire pencher la balance en sa faveur.

— On dirait que tu ne peux plus te passer de moi, la taquiné-je parce que j'aime trop l'emmerder. C'est quoi la prochaine étape ? Me demander d'emménager chez moi sous prétexte d'une coupure d'électricité dans ton appart ? Je te préviens tout de suite, ça ne sera pas crédible.

— Je t'ai déjà dit que ton humour était pourri, réplique-t-elle sans pouvoir retenir un demi-sourire.

— Quel genre de voisin ça ferait de moi si je refusais et que tu perdais ton boulot par ma faute ?

— Un connard égoïste ? propose-t-elle.

— Alors si j'accepte tu n'aurais plus cette opinion de moi ?

— Je ne te trouverais plus égoïste, non, ose-t-elle me répondre.

Je m'esclaffe en parcourant le reste du chemin jusqu'à mon appartement. J'évite de m'approcher d'elle car elle m'attire bien trop.

— Huit heures sur le parking. Sois ponctuelle.

Je claque la porte de chez moi avant de rebrousser chemin pour attirer June à l'intérieur. Je crève d'envie de lui proposer de résoudre nos différends sous une douche. On pourrait ainsi une bonne fois pour toutes passer à autre chose elle et moi. Enfin ça, ce serait envisageable si j'étais prêt à me dessaper en sa présence, ce qui n'est pas près d'arriver. Même à la caserne, je ne prends plus ma douche dans les vestiaires collectifs. Peu importe qu'aucun de mes collègues n'aurait un regard déplacé. Personne n'en parle. Les gars respectent mon intimité, et avec les femmes qui paradent dans mon pieu, je ne retire jamais mon tee-shirt. Elles n'ont pas le temps de me questionner à ce sujet avant de passer à l'action, et après, elles sont bien trop éreintées et ne restent de toute manière pas pour discuter.

Je suis certain que June ne se laisserait pas manipuler de la sorte. Elle me tirerait les vers du nez. Elle gratterait l'épaisse couche d'arrogance qui me sert de protection. Raison de plus de me rappeler que je dois la garder éloignée de moi. Même si je présume que c'est aussi une des raisons pour lesquelles elle me trouble.

9

JUNE CAMPBELL

Lorsque Derek arrive sur le parking, je l'attends adossée contre sa voiture. Comme tous les matins de la semaine dernière. Il porte un tee-shirt et un short de sport typique des basketteurs. Les muscles de ses bras sont exposés au soleil matinal et sont un vrai plaisir pour les yeux. Je devine ses pectoraux développés sous le tissu de son haut et me gifle mentalement de le dévorer ainsi du regard. *Pas touche à Derek Harmon. Tu n'apprécies pas ce mec.*

Il faut que je veille à me le répéter plusieurs fois par jour parce que j'ai tendance à l'oublier depuis que je le découvre patient, altruiste et courageux à travers son métier.

— Merci encore d'avoir accepté de m'emmener une nouvelle fois, le salué-je avec un grand sourire.

Il me rend service, je peux bien faire l'effort d'être aimable. D'autant que, depuis quelque temps, il ne m'horripile plus avec ses prouesses sexuelles. C'est le calme plat de ce côté-là. Peut-être a-t-il acheté un bâillon pour ses conquêtes.

Il se contente de déverrouiller les portières, sans me répondre.

Harper fait son apparition et elle nous salue d'un geste de la main. Elle mâchouille un chewing-gum et crée une bulle énorme avant de la faire claquer pour la ravaler. *Charmant.*

— Derek, alpague-t-elle notre voisin. Je cherche un endroit original pour une séance de photos. Tu crois qu'il serait possible de disposer de la caserne quelques heures ? Un soir, quand vous aurez fini de bosser. C'est pour une marque de vêtements urbains et je suis certaine que ça donnerait un super résultat pour les mettre en avant.

— Aussi surprenant que ça puisse paraître, on est en activité vingt-quatre heures sur vingt-quatre, répond-il, agacé.

— Alors peut-être juste d'avoir à disposition un camion sur lequel monter ? Vous en avez plusieurs, je suppose ?

— Oui et pour de bonnes raisons. Les shootings de photos n'en font pas partie, cingle-t-il. Je te conseille vivement de regarder le reportage de June lorsqu'il sortira. Tu y apprendras sûrement deux ou trois informations utiles sur les pompiers.

Harper n'a pas l'air de comprendre sa réaction. Je hausse les épaules et lui fais comprendre de laisser tomber. Il semble mal luné, inutile qu'elle me l'énerve davantage.

— Au fait, June, est-ce que ton journal publie des articles *people* ? me demande-t-elle tout à coup.

— Euh... Ça nous arrive, oui. Pourquoi ?

— Il paraît qu'Amaia Cox est à Santa Monica, me dit-elle sur le ton de la confidence.

Voyant que je ne réagis pas, elle poursuit :

— Tu sais, c'est l'actrice dont je vous ai parlé au bar.

Je hoche la tête pour lui faire comprendre que je vois très bien de qui elle parle. Mais je ne comprends pas pourquoi ça la met dans un état pareil.

— Elle aurait été aperçue très tôt ce matin sur la plage Will Rogers. C'est une information qui circule sur les réseaux, mais personne n'a réussi à prendre de photo assez nette. Si ton patron paie bien, je suis prête à faire le guet pour obtenir un cliché où le doute ne sera pas permis.

— Je lui en toucherai un mot.

— Merci.

Elle m'envoie un baiser avec sa main et replonge aussi vite ses yeux sur l'écran de son smartphone.

— Vous avez fini de papoter, on peut y aller ? m'alpague Derek.

Je lui souris, l'air contrit, et me dépêche de contourner sa voiture. Je ne voudrais pas l'agacer plus qu'il ne semble l'être.

Je me glisse côté passager et laisse le silence s'installer entre nous.

Devant le portail d'entrée, je suis obligée de sortir pour ouvrir avec ma clef. Le boîtier automatique n'a pas encore été changé.

— Tu sais quand il sera réparé ? demandé-je à Derek en reprenant ma place.

— Roy Bennett m'a promis cette semaine.

— Et il compte faire quelque chose pour démasquer les fautifs ?

— Lui, je ne sais pas, mais moi, oui.

— Comment tu comptes t'y prendre ?

— Je ne vais pas te le révéler. Si c'est toi, je ne vais pas te donner de quoi échapper à mon radar, me nargue-t-il avec un sourire qui fait accélérer mon rythme cardiaque.

— Moi ? N'importe quoi !

— Tu penses à qui, toi ? me demande-t-il.

— J'ai du mal à concevoir que ça puisse être quelqu'un de Palisades Park. Sérieusement, on se connaît tous. Qui prendrait le risque de faire perdre de la valeur à son bien immobilier ?

— Un adolescent pour se venger de ses parents l'ayant forcé à déménager, par exemple…

— Je ne crois pas qu'un des ados de la résidence ferait ça. Il y a pire comme lieu pour vivre… Je pencherais plus pour quelqu'un qui est en mesure d'entrer et sortir. Quand Matthew a fait livrer des fleurs à Li, le livreur a pénétré dans la résidence comme dans un moulin.

— Mouais. Il y a eu plusieurs dégradations, à des heures différentes. Je ne pense pas que ce soit une personne de passage qui a juste profité d'une opportunité. Et puis cet acharnement témoigne d'une volonté de nuire. Alors je préfère arrêter tout ça avant que ça n'aille trop loin.

— Tu vas être notre justicier ! Le Batman de Palisades Park.

— Je suis sûr que tu fantasmes rien qu'à l'idée de me voir dans le costume, me taquine-t-il.

— Le collant noir doit tellement bien t'aller... raillé-je avant d'éclater de rire alors que je sens mes joues s'échauffer.

Le silence revient pendant quelques secondes dans l'habitacle avant que Derek m'interroge sur mon travail.

— Alors, ton patron était content de ton premier rendu ?

Je me rencogne dans mon siège et scrute l'extérieur.

— Non... avoué-je, dépitée. Il m'a dit que c'était nul, et il n'avait pas tort. Donc il n'est plus question que je reste bien sagement dans le camion pendant que vous intervenez.

— Le commandant Mitchell a été clair à ce sujet.

— Tu obéis toujours aux ordres ? le questionné-je, mordante.

— Quand ma vie est en jeu, oui !

S'il se met à me rappeler la dangerosité des situations qu'ils affrontent avec ses collègues, je ne suis pas près de vaincre ma peur !

— Je ne risque pas grand-chose en restant derrière vous. Je ne m'imposerai pas au beau milieu d'un accident. Je te promets que je ne vous gênerai pas, mais il faut que je donne du concret à mon boss.

Ma voix suppliante ne m'enchante pas, mais je n'ai pas le choix. Ce serait tellement plus simple qu'il accepte de son plein gré de me faire confiance. Heureusement que je ne lui ai jamais parlé du drame que j'ai vécu, sinon il ne me laisserait même pas mettre un pied dans la caserne.

— Si je n'y parviens pas, il va me virer. Cela voudra dire passer tout mon temps dans mon appartement. Je vais ruminer, faire les cent pas, entreprendre de bouger les meubles à toute heure pour m'occuper…

— Ça va, j'ai compris ! m'interrompt-il. Tu ne vas pas lâcher le morceau, c'est ça ?

Je lui réponds par un sourire espiègle, histoire de mettre toutes les chances de mon côté pour le faire craquer.

— Si je te demande de retourner à l'abri dans le véhicule, tu ne poseras pas de questions et tu obéiras immédiatement ?

— Promis.

— Au premier problème, je te jure que je ne te laisserai pas revenir avec nous.

— Il n'y en aura pas.

J'ai envie de hurler tellement je suis contente. Aujourd'hui, je me sens prête à me dépasser et à affronter la réalité. Derek ne le sait pas encore, mais en plus de ma caméra de poing, j'ai prévu d'en porter une sur mon buste grâce à un harnais. Je filmerai donc en continu et je pourrai élaborer un montage des deux. Ça rendra le tout beaucoup plus dynamique. Je suis certaine que cette idée plaira à mon boss.

Derek se gare sur le parking attenant à la caserne. Alors que nous arrivons ensemble dans la cour, je vois les sourires complices que s'échangent ses collègues. Les ragots vont bon train puisque nous venons ensemble depuis le début du reportage et que je n'ai pas jugé bon de leur expliquer que ma voiture est en panne.

Derek leur tape dans la main sur son passage tandis que je me contente de les saluer d'un signe de tête. Seule Mia a droit à un sourire plus appuyé.

Je constate, comme tout le monde, que le commandant Mitchell semble attendre Derek, mais ce dernier passe à ses côtés sans même lui accorder un regard.

10

DEREK HARMON

Revoir William dans son uniforme me rappelle le respect que je lui dois, ce qui me met les nerfs à vif. Enfin, je les avais déjà en partant de chez moi ce matin, ainsi que tout ce week-end, mais mon envie de mordre quiconque m'adresse la parole s'accentue.

Je n'en reviens toujours pas que mon commandant ait déboulé dans l'appartement de ma mère comme une mauvaise surprise sortant d'une pochette pour enfants. Je n'ai aucune envie de discuter avec lui, et encore moins ici.

Je pars me réfugier dans les vestiaires et l'alarme se met aussitôt à retentir. *Parfait !* Me concentrer sur mon travail va me permettre de mettre de côté mes interrogations sur ma vie personnelle.

Après avoir enfilé ma tenue à la vitesse de l'éclair, je me presse pour monter dans le camion. June y est déjà installée. Elle a pris l'habitude de se débrouiller par elle-même pour grimper dedans, ce qui m'a un peu chagriné. J'aimais bien l'aider à s'y hisser. Ça me donnait une raison de la toucher l'espace de quelques secondes. Je note son accoutrement différent de d'habitude et prends conscience qu'elle était sérieuse quand elle m'a expliqué vouloir s'immiscer sur le terrain cette semaine.

— Tu t'es transformée en Lara Croft ? la questionné-je avec un ton narquois.

Une caméra portative est maintenue par un harnais autour de son buste, il ne lui manque plus qu'un couteau glissé dans la poche de son pantalon pour ressembler à la célèbre aventurière.

— Surveille tes arrières, Harmon, me répond-elle dans un demi-sourire. Je pourrais sortir mon flingue si tu la ramènes trop.

Mes collègues explosent de rire et ne se gênent pas pour se foutre de ma gueule. Je ris avec eux tout en dardant mon regard sur ma voisine. Je ne parviens pas à voir clair dans ce qu'elle me fait ressentir. Il est évident qu'elle m'agace et me rend barge, mais si je suis honnête, elle m'attire aussi et éveille en moi une forme de désir assez primaire. Pas juste une envie de baiser. J'aimerais qu'elle m'apprécie. Voilà ce qui me fait vriller. Depuis quand je me soucie de ce genre de détail ?

Depuis que j'ai découvert que June était intelligente et espiègle, et que, si je n'avais rien à cacher, je n'hésiterais pas une seconde à lui proposer que nous sortions ensemble car elle me plaît. Vraiment. Il est vain de le nier à ce stade. Mais je ne suis pas prêt à me dévoiler entièrement et June n'accepterait rien de moins.

— On a une blessée à la *Destroy Room*, informé-je l'équipe pour leur donner plus de précisions sur la mission annoncée par le régulateur avant notre départ.

— Encore ? s'exclame Luis. Je croyais que les mesures de sécurité devaient être renforcées.

— Faut croire que ce n'est pas encore le cas.

— C'est quoi la *Destroy Room* ? nous demande June en avançant sa caméra de poing entre nous.

— C'est une salle de jeux dans laquelle tu peux tout détruire. Il y a différents décors. Une cuisine, un salon, et même une salle de classe. L'idée c'est de fracasser ce que tu veux à l'intérieur. Sur place, ils te filent une batte de base-ball, un marteau ou un pied-de-biche. Paraît que ça déstresse de tout foutre en l'air.

Ma voisine semble sceptique, mais elle n'ajoute rien. Sa jambe gauche tressaute comme chaque fois que nous nous rendons sur une intervention. Elle pose sa main dessus pour l'arrêter et claque un élastique contre son poignet. Elle répète ce geste plusieurs fois en fermant les paupières. Je peux voir qu'elle se concentre, comme si elle essayait de rassembler son courage.

Soudain, son attitude prend sens et je comprends. Le fait qu'elle n'ait eu aucune envie d'être la journaliste nommée pour nous suivre, son acceptation bien trop facile de rester dans le camion, cette façon de rester ancrée dans la réalité à l'aide de ce moyen connu de tous : elle me cache quelque chose et je n'aime pas ça. Car j'ai comme la sensation que son secret remettrait en question sa présence parmi nous.

Hélas, je n'ai pas le temps de l'interroger car nous arrivons sur les lieux de l'accident. Je suis soulagé de savoir que nous ne serons pas au milieu d'un incendie ou d'un carambolage sur la voie rapide. Je n'ai pas à m'inquiéter pour elle, mais je compte bien aborder ce sujet au plus vite.

J'ouvre la porte et June bondit pour sortir. Je lui barre le passage à l'aide de mon bras.

— Tu restes derrière moi, n'oublie pas !

Elle hoche la tête tout en tournant sa caméra de poing vers l'enseigne devant nous. J'insiste en la regardant droit dans les yeux. Les taches de rousseur sur son nez et ses joues la rendent irrésistible. Je me demande si elle en a ailleurs, à des endroits qui me sont encore inconnus. Je mentirais si je prétendais ne pas mourir d'envie de les découvrir et de les embrasser l'une après l'autre.

— À moins de vouloir qu'on publie un reportage qui te soit entièrement consacré, ce qui ne serait sûrement pas très intéressant, tu devrais t'activer pour suivre tes collègues…

June me fait perdre le sens des priorités. *Focus, Derek, bordel !*

Sur place, je fonce près du bar où nous attend notre victime. Luis a commencé à la prendre en charge.

— Qu'est-ce qu'on a ? l'interrogé-je en m'agenouillant face à la jeune femme blessée et en pleurs.

— Multiples plaies aux joues et au menton.

— Vous pouvez m'expliquer ce qui s'est passé, mademoiselle ?

— J'ai jeté une pile d'assiettes par terre et j'ai senti des éclats me rentrer dans le visage. Ça m'a effrayée et je suis tombée par terre au beau milieu des débris, me détaille-t-elle en sanglotant encore.

— Le casque qu'elle portait ne protégeait pas l'ensemble du visage, précise Luis. Elle l'avait déjà retiré quand on est arrivés.

— Qu'est-ce qui vous a amenée à venir tout casser ? demandé-je à la victime pour détourner son attention tandis que j'examine les éclats encore fichés dans sa peau.

— Je suis venue évacuer ma colère contre ma mère qui me met la pression parce que je ne suis toujours pas fiancée alors que ça fait deux ans que je sors avec mon mec, et surtout parce que je viens d'avoir la preuve que ledit petit ami me trompe avec ma meilleure amie.

June semble peinée pour elle si j'en crois son regard compatissant.

— Alors je ne vais pas pouvoir soigner vos maux de cœur, lui dis-je avec empathie, mais on va vous emmener à l'hôpital pour qu'ils puissent vous retirer tout ça. Et ne vous inquiétez pas, je suis sûr que vous ne garderez aucune cicatrice.

Je me relève et laisse Luis et Mia gérer le transfert vers le camion. Je contacte le central pour les prévenir des suites.

June braque sa caméra sur moi et filme mon échange avec eux.

Dès que j'ai terminé, elle s'avance vers moi et me prend de court en me posant des questions.

— Derek, combien d'interventions avez-vous déjà faites pour ce type d'incident dans cet établissement ?

— C'est la quatrième fois en trois mois.

— Est-ce que vous diriez qu'il y a un manque de sécurité ?

— Je ne suis pas responsable des normes imposées, mais je recommanderais à quiconque ayant envie de venir pour se défouler de prévoir au minimum un casque intégral, des gants et des chaussures de sécurité.

— Ne trouvez-vous pas que c'est une perte de temps d'être appelés sur ce type de drame qui pourrait être évité alors que vous êtes formés pour lutter contre le feu ou intervenir lors d'un accident grave ?

— Aider un citoyen de cette ville n'est jamais une perte de temps. C'est mon métier et mon devoir. Si un pompier se sent blasé de porter secours à une personne, alors c'est qu'il est temps pour lui de mettre fin à sa carrière.

Je pensais lui rabattre son clapet avec ma tirade sur l'engagement profond de notre profession, mais vu son sourire étincelant, je devine qu'elle attendait exactement ce genre de réaction. Un truc qui vient des tripes et qui fera palpiter les abonnés de son journal.

— Tu as eu ce que tu voulais ? raillé-je en lui rendant son sourire malgré moi.

Elle abaisse sa caméra pour mieux me voir.

— C'était parfait ! On a ressenti les valeurs de votre métier à travers tes mots et ton intonation un brin colérique. C'est exactement ce dont j'avais besoin. Merci.

— Tout le plaisir est pour moi, raillé-je. Si tu remets des Oscar à la fin du reportage, j'espère remporter celui du meilleur acteur.

— Tu n'auras le droit qu'à un Razzie Awards. Celui du plus mauvais voisin du monde.

— Sans lui, tu ne serais pas sur le coup de ces documentaires vidéo que tu réclamais à ton boss, lui rappelé-je.

— Et je ne serais pas obligée de te suivre toute la journée en plus de te supporter à la résidence... Je ne sais pas si j'ai réellement gagné au change, rétorque-t-elle en faisant de nouveau claquer son élastique.

— Pourquoi tu portes ça autour du poignet ? la questionné-je en redevenant sérieux.

— Pour rien.

Elle prend aussitôt la fuite vers mes collègues pour les filmer. Luis ouvre le fauteuil roulant que Mia a apporté pendant que j'échangeais avec elle. J'en suis désormais certain, elle cache bien quelque chose.

11

JUNE CAMPBELL

Cette journée a été à la fois terrifiante et incroyable. Le plus difficile était de me lancer, finalement. Je me sens maintenant stupide d'avoir perdu une semaine à ne rien faire.

Les interventions se sont enchaînées, sans aucun incendie pour nous. Ce qui n'a pas été le cas pour les autres équipes. Le détail de leurs missions, que j'ai pu capter en salle de pause, m'a fait froid dans le dos. J'ignore encore si je serai capable d'être aussi désinvolte lorsque je devrai faire face aux flammes, mais je suis déjà très fière de mes progrès.

J'ai pu me rendre compte à quel point Derek est un pompier investi et empathique. Il est patient et à l'écoute des victimes, peu importe leur âge et les raisons de leurs blessures. Il a soigné un jeune homme responsable d'une rixe entre deux bandes, sans jugement et avec le même professionnalisme que le gentil papi qui a raté le trottoir et s'est fracturé le coccyx. Tout ça mis bout à bout commence à casser l'image du voisin arrogant que je m'étais faite de lui.

Je pense qu'elle me reviendra vite dès que j'entendrai de nouveau les gémissements d'une de ses conquêtes d'un soir.

Un coup frappé à la porte m'interrompt dans la préparation de ma salade composée. Je vais ouvrir tout en sachant qu'il s'agit d'Ava. Elle devait passer en fin de journée. Nous ne nous sommes pas vues depuis la soirée au *Speak Easy*, il y a dix jours. Soirée mémorable durant laquelle j'ai réussi à casser le coup de Derek. J'en jubile encore rien que d'y repenser.

— Coucou ! s'exclame mon amie en faisant claquer une bise sur chacune de mes joues, après que je lui ai ouvert.

— Ça me fait plaisir de te voir. Comment tu vas ?

Je referme derrière elle et retourne m'afférer en cuisine.

— Bien, mais c'est plutôt à toi qu'il faut le demander, répond-elle.

— Pour ne rien te cacher, je suis claquée. Il faut tenir un sacré rythme pour suivre les pompiers.

— J'imagine ! Et comment ça va sur le terrain avec notre voisin qui aime faire hurler les femmes au lit ? glousse-t-elle.

— Il est différent, lui réponds-je en levant les yeux au plafond.

— Mais encore ? insiste-t-elle en haussant un sourcil.

— Disons que le voir évoluer dans son milieu professionnel m'a obligée à ouvrir les yeux et qu'il n'est peut-être pas uniquement le sale type que je pensais.

— Intéressant, dit-elle en affichant un immense sourire.

— Inutile de prendre cette petite voix qui laisse croire qu'il y a plus que ce que je dis.

— Moi ? Je n'insinue rien du tout. Je dis juste que tu faisais tout de même déjà une légère fixette sur lui. Ce qui suppose peut-être qu'il te plaisait... Même si son caractère de merde te faisait exploser. Note que je ne te jette pas la pierre, Derek est carrément à tomber.

— La place semble libre, je n'entends plus de cris chez lui depuis quelque temps. C'est le moment de tenter ta chance. Je te préviens juste que ça mettra fin à notre amitié.

— Tu sais que je n'ai d'yeux que pour Travis... lâche-t-elle comme si c'était une évidence. Et puis tu étais sur le coup la première, jamais je ne te ferais ça !

— Je ne suis pas intéressée ! m'écrié-je bien trop vite, ce qui fait plisser les yeux à Ava.

— Tu peux prétendre ça à d'autres, mais pas à moi, déclare-t-elle en plongeant ses yeux dans les miens.

— Au lieu de t'occuper de mon cas, parle-moi justement du policier et toi ? Ça en est où ?

— Au point mort, souffle-t-elle en piquant un bout de carotte. J'arrive à peine à le croiser et j'ai l'impression qu'il trouve une excuse pour s'enfuir dès que je le coince.

— Tu es peut-être trop pressante avec lui.

— Peut-être... semble-t-elle douter.

— Allez, assez parlé des mecs, lance-nous une série, lui demandé-je pour lui remonter le moral. J'ai presque fini notre plateau télé.

Une soirée entre copines, voilà ce qu'il me faut pour décompresser de cette semaine stressante à la caserne.

À la fin du deuxième épisode, je n'en peux plus d'entendre Ava bâiller à s'en décrocher la mâchoire. J'attrape la télécommande et éteins l'écran.

— Bon allez, inutile de continuer, tu as besoin de dormir.

— C'est moi qui gère la livraison des fleurs, cette semaine. Le grossiste vient à 6 heures pétantes. Ce rythme de vie n'est pas fait pour moi.

Je ris avec elle et la raccompagne jusqu'à la porte.

— Et je vais écouter tes conseils pour Travis. Si quelque chose doit se faire entre nous, cela se fera. J'en ai marre de lui courir après.

— J'aime entendre ça ! On se prévoit un truc avec Li ce week-end ?

— Yes ! Je m'occupe de lui proposer.

— Tu invites Harper aussi ?

— OK. Fais attention à toi avec les pompiers, me recommande-t-elle en dévalant les marches.

Je n'ai pas le temps de refermer la porte que mon portable se met à sonner.

— Allô ?

— C'est Drew, je suis devant le portail d'entrée.

Je l'avais complètement oublié, lui ! Il faut dire que je ne pensais pas qu'il viendrait si tard. Je me suis changée et ne porte qu'un petit short et mon débardeur fin.

— June ? Tu es bien chez toi ?

— Oui, oui ! J'arrive.

Et merde ! Mon collègue a l'habitude de me voir en tailleur ou en robe cintrée. Il ne va peut-être même pas me reconnaître dans cette tenue. J'enfile des tongs, attrape mes clefs et file le rejoindre.

Évidemment, il faut que toute la résidence passe comme par hasard à ce moment-là dans le jardin, chacun rentrant des courses ou du boulot. Je salue tout le monde avec un sourire pincé. Purée, je ne sais même pas à quoi peut ressembler mon chignon attaché à la va-vite quand je suis rentrée, éreintée.

— Salut ! m'exclamé-je comme si tout était normal lorsque je vois mon collègue avec sa caisse à outils.

Il m'observe de la tête aux pieds le temps que j'insère la clef dans le portail. Je ne prends même pas la peine de taper le code qui nous joue des tours depuis des semaines. J'espère que Derek mettra vite la main sur le responsable des troubles au sein de Palisades Park.

— Tu es... différente, s'exclame Drew en me souriant.

— Je ne sais pas comment je dois le prendre.

— Bien ! Très bien, même.

Je suis mal à l'aise face à mon collègue, qui lui aussi est habillé de façon plus décontractée qu'habituellement. Il porte un jean un peu destroy avec un tee-shirt noir très simple. C'est un peu comme si chacun dévoilait à l'autre un bout de sa personnalité dans le privé. Et je n'ai pas encore décidé si c'était une bonne ou une mauvaise chose. Drew est déjà pas mal dans son habit de journaliste qui inspire confiance, mais là il dégage un certain sex-appeal qui ne me laisserait pas de marbre s'il n'était pas mon collègue.

— On va la voir, cette voiture ? me sort-il de mes pensées.

— Euh... Oui, oui, bien sûr !

12

DEREK HARMON

— Maman, c'est bon, détends-toi ! soufflé-je dans mon téléphone.

— Jure-moi que tu vas arrêter de l'éviter ! s'énerve-t-elle de son côté. Ce n'est pas bon pour ton travail, et en plus, je n'aime pas te savoir énervé et l'esprit ailleurs quand tu es en intervention.

Si elle apprenait qu'une certaine journaliste me détourne bien plus de mon travail que mon commandant, elle exigerait de la rencontrer sur-le-champ.

— Et moi, je n'aime pas que tu laisses la porte de chez toi ouverte, mais tu ne la fermes pas pour autant !

— Oh ! Derek, cesse de te comporter comme un enfant ! soupire-t-elle, de manière lasse.

Elle est fatiguée par cette situation et moi aussi. Je n'ai pas à choisir qui ma mère a le droit de fréquenter ou non, mais je suis mal à l'aise de les savoir ensemble. C'est plus fort que moi. Que ses histoires de cœur interfèrent avec ma vie professionnelle me dépasse.

— On se ressemble sur beaucoup de points, William et moi, ajoute-t-elle. Si tu acceptais d'ouvrir les yeux, tu saurais le constater aussi.

— Je dois être devenu aveugle, dans ce cas.

— Tu savais qu'il y a deux ans il a perdu sa femme des suites d'un long cancer ? Ils se sont mariés jeunes et ont eu deux enfants. Un couple heureux jusqu'à ce que la maladie les sépare.

— Je savais que son épouse était malade et qu'elle est décédée, annoncé-je, la gorge serrée, en me rappelant cette période difficile où le commandant n'était plus que l'ombre de lui-même.

— Je sais que je t'ai souvent déçu à cause de mes relations passées, mais William est différent des autres hommes que j'ai connus. Il ne cherche pas à accélérer les choses entre nous et à... Enfin, tu vois.

— Oui, merci, et je me serais bien passé des détails.

— Derek, il ne m'a même pas encore embrassée. Il est respectueux et loyal. Il ne fera rien si tu n'es pas d'accord avec ça.

Ça ressemble bien à mon commandant. Il est droit dans ses bottes et il ne désire pas créer de conflit entre ma mère et moi. C'est honorable, et ça lui fait indéniablement gagner des points.

— Donc c'est à moi de valider ton choix ? Les rôles sont inversés, la taquiné-je. Si je me rappelle bien, tu t'es montrée plutôt vache avec les deux pauvres filles que j'ai osé t'amener.

— Tu vas me le faire payer ?

— Tu as de la chance, j'ai été bien éduqué et ma mère m'a appris à pardonner.

— Tu me rappelleras de la remercier.

Nos rires se font écho à travers le combiné. Il n'y a rien que je ne ferais pas pour ma mère. Elle a tant sacrifié pour moi. M'élever seule la plupart du temps n'a pas été une mince affaire après que mon père l'a abandonnée en apprenant sa grossesse, sans plus jamais donner signe de vie. Elle a enchaîné plusieurs boulots pour subvenir à nos besoins. Si elle a envie de découvrir ce que cette liaison avec William peut donner, je ne l'en empêcherai pas. Et comme toujours, je serai là pour la soutenir si ça tourne mal.

Un bip me signale que la batterie de mon portable est bientôt déchargée.

— Maman, je vais devoir te laisser.

— Jamais de batterie, l'entends-je se plaindre. Il y a des choses qui ne changent pas avec le temps.

— Moi aussi je t'aime.

— Prends soin de toi, mon fils.

Je n'ai pas le temps de lui répondre car mon téléphone rend l'âme. Où est-ce que j'ai pu mettre mon chargeur ?

Je fouille dans les tiroirs de ma commode dans l'entrée. Sans succès. Je file dans ma chambre, mais il n'est pas abandonné à la prise près de mon lit. Je réfléchis pour visualiser où je l'ai utilisé la dernière fois. *La voiture !* J'attrape mes clefs et pars en direction du parking.

Les jeunes de la résidence préparent un barbecue dans la cuisine extérieure. J'aime bien les voir graviter tous ensemble. Ils semblent constituer une belle bande de potes et j'aime cet esprit.

— N'oubliez pas de couper le gaz quand vous aurez terminé, leur recommandé-je par déformation professionnelle.

— On te garde quelque chose ? me propose Sean, le fils aîné de Sharon, préposé aux grillades, en compagnie de Carmen, la fille de Luisa.

— Vous avez quoi de bon ?

— Côte de bœuf et maïs.

— Waouh ! Vous ne rigolez pas ! m'exclamé-je en apercevant la taille des morceaux de viande.

— Maman ne fait jamais les choses à moitié, m'explique l'adolescent en ajoutant encore des épis de maïs sur le feu. On en a beaucoup trop donc je peux te préparer une assiette, si tu veux.

— Je ne refuse jamais des protéines.

— Je viendrai te l'apporter, me propose Carmen.

— Merci, c'est sympa, leur dis-je en apercevant Summer arriver et se coller à Sean, l'air de marquer son territoire. Et reste concentré sur le barbecue pendant la cuisson.

Sean comprend à mon regard que j'insinue qu'il ne doit pas se laisser déconcentrer par les filles. Décidément, peu importe la génération, les voisines de Palisades Park font tourner les têtes des habitants masculins. Sean se marre, un peu gêné par ma remarque, et Carmen les laisse en plan. Quelque chose me dit que la jeune fille n'est pas au courant que Summer a déjà une longueur d'avance sur elle.

Je reprends mon chemin en direction du parking de la résidence. À mesure que j'approche, le rire cristallin de June me parvient plus nettement.

— Merci, Drew ! Je ne pensais pas que tu pourrais la réparer toi-même. Je m'attendais au mieux à pouvoir rouler jusqu'au garage.

— C'étaient juste les bougies à changer, les niveaux d'huile et de liquide de refroidissement à refaire. Tu ne t'alarmes jamais quand le voyant rouge s'allume ?

— Pas vraiment... Mais je ferai attention, maintenant. Comment je peux te remercier ?

— Si tu as une bière au frigo, je ne dis pas non.

Ben voyons ! Le mec s'invite chez elle sans gêne. D'où je suis, je distingue sans l'ombre d'un doute ses intentions. Le collègue de ma voisine souhaite devenir plus que ça. Je devrais m'en foutre, mais ce n'est pas le cas. Et je m'attarderai plus tard sur le pourquoi, car pour l'instant, je tiens une opportunité de me venger du coup que m'a fait June au *Speak Easy*.

— Chérie ! m'écrié-je avec mon plus beau sourire.

June et Drew tournent leur visage dans ma direction. Elle perd son air chaleureux, et lui fronce les sourcils.

— Salut mec ! dis-je d'un ton enjoué en lui serrant la main. C'est super sympa d'avoir dépanné June. Je sais faire beaucoup de choses avec mes mains, mais pas sur un moteur.

Merde ! Même à mes oreilles, ma vanne est bien trop lourde. Le type ne sait plus où se mettre ni quoi dire alors que je passe un bras dans le dos de ma voisine.

— Je te propose une bière ? Les jeunes de la résidence sont en train de faire un barbecue et y'a largement assez pour que tu restes avec nous. En plus, June apprécie quand on est nombreux.

Cette dernière me donne un coup de coude dans les côtes. OK, je vais trop loin, mais elle ne récolte que ce qu'elle a semé.

— Drew, je te présente Derek, mon voisin, insiste-t-elle sur mon statut en se dégageant de mon bras.

— J'ai été content de pouvoir t'aider, lui lance-t-il, visiblement confus face à notre comportement. On n'a qu'à dire que tu me payeras un café demain au boulot pour me remercier.

— Je te raccompagne jusqu'au portail, lui propose-t-elle.

Taylor et Nathan apparaissent à cet instant. Les jeunes parents promènent Isabella dans sa poussette. Ils se dirigent justement dans cette direction et s'apprêtent à quitter les lieux.

— Je vais les suivre, ça devrait aller, l'éconduit-il avant de reprendre sa caisse à outils et de s'enfuir.

June croise les bras sous sa poitrine, attirant par la même occasion mon regard dessus. *Self-control, Derek !* Depuis quand je n'ai pas baisé ? Il va falloir que je contacte Anna, l'infirmière des urgences, au plus vite. Ça doit être à cause du manque que ma très chère voisine me chauffe aussi vite. Pas parce qu'elle se révèle intéressante et drôle en plus d'être sublime.

— Tu es fier de toi ? m'engueule-t-elle en me fusillant du regard.

— Je n'ai fait qu'appliquer ta technique.

— Mais c'est mon collègue de travail ! Toi, tu ne connaissais même pas cette fille.

— Comment le sais-tu ?

— Je… Euh… Rah, laisse tomber.

Elle s'éloigne d'un pas vif pour rentrer chez elle. Son short est si court que je peux voir la courbe de l'arrondi de ses fesses. J'ai envie de les empoigner en l'embrassant jusqu'à en perdre haleine.

C'est décidé, je charge ce fichu téléphone et je me trouve une nana avec laquelle passer la nuit. Je ne peux pas laisser June occuper autant mes pensées et mes fantasmes. Ça m'exposerait bien trop à tout ce que je ne suis pas prêt à partager avec quelqu'un.

13

JUNE CAMPBELL

Je quitte la résidence peu après 8 heures, en avance sur mon horaire habituel. Je veux absolument éviter de croiser Derek et de me retrouver juste derrière sa voiture sur la route menant à la caserne. Ça me paraîtrait trop bizarre de le croiser sur le parking après cette semaine de covoiturage.

Je dévale l'escalier et salue Savannah, Stanley et Sally, les trois plus jeunes enfants Stephen, assis sur le banc du jardin commun. Ils sont toujours impeccablement habillés, comme s'ils se rendaient tous les jours à l'église et non à l'école. Les filles sont adorables avec leurs petites couettes.

— Vous attendez quelque chose ?

— Stanley a oublié son sac de sport, m'explique la petite Sally. Maman est remontée le chercher.

— D'accord. Bonne journée.

— Bonne journée madame Campbell, me répondent-ils en chœur.

Je leur ai déjà répété à maintes reprises de m'appeler June, mais ils n'y arrivent pas et me font me sentir vieille chaque fois.

Je continue à avancer et découvre Sue et Harper en pleine conversation.

— J'ai un kiwi, si tu veux, ma belle, mais le Wi-Fi, je ne sais pas ce que c'est.

Je pouffe et prie pour échapper à leur discussion. Si je ne veux pas perdre mon avance sur Derek, je ne dois pas traîner. Et je préfère ne pas savoir ce qui réunit mes deux voisines aux antipodes l'une de l'autre.

— June ! s'écrie Harper comme si m'apercevoir pouvait lui sauver la vie. Est-ce que tu es allée sur Internet ce matin ?

Maintenant qu'elle est face à moi, elle me semble dans tous ses états.

— Non, pas encore. Pourquoi ?

— Je n'arrive à rien avec mon téléphone. Mes réseaux sociaux ne s'ouvrent pas, je frôle la crise de nerfs, là !

Je fronce les sourcils et saisis mon portable au fond de mon sac à main. J'ouvre le site du *Santa Monica Daily Press,* mais ça rame. J'essaie d'appeler Ava pour faire un test, sans succès. La communication ne passe pas.

— Vous avez aussi des soucis de téléphone ? nous interpelle Sharon qui a fini par rejoindre ses enfants. Sean et Scott m'ont fait tout un fromage ce matin avant de partir au lycée.

— Je ne vais pas survivre à une panne d'Internet, se lamente Harper.

— Les appels ne passent pas non plus, précisé-je.

— Comment est-ce que ça peut se produire ? m'interroge Sharon.

— Il doit y avoir une panne de réseau. Je suis désolée mais je dois filer au travail, expliqué-je en m'éloignant. Je me pencherai sur ce problème ce soir s'il est toujours d'actualité.

— Harper, vous devriez aller voir Aaron, il saura sûrement quoi faire, lui qui est toujours sur ses ordinateurs, indique Sharon alors que je presse déjà le pas vers ma voiture.

— Bonne idée ! lui répond celle-ci.

— Tiens-nous au courant, lancé-je à Harper.

— Si je peux le faire, oui !

— Allez, ce n'est pas la mort ! la taquiné-je face à sa moue désespérée. Tu verras que la vie réelle, ce n'est pas si mal.

Elle me fusille du regard, ce qui me fait rire.

Je m'installe derrière le volant et suis soulagée de constater que ma voiture démarre au quart de tour. J'ignore encore comment je vais réussir à affronter Drew au journal. Si encore il pensait juste que je me tape mon voisin, ça ne me dérangerait pas, mais il doit croire que j'aime les orgies. J'ai bien cru mourir de honte sur le moment, mais je n'ai que récolté la monnaie de ma pièce. En plus, Derek a eu raison. Je n'avais pas la moindre idée de s'il connaissait cette fille avant de lui jouer mon petit numéro, je ne pouvais donc rien lui reprocher.

Arrivée à la caserne, j'ai à peine le temps de prendre un café, d'attacher ma caméra embarquée à mon buste et de m'armer de celle de poing que nous partons en mission sur un énorme accident sur la voie rapide menant à Los Angeles. Derek saute dans sa tenue dès qu'il franchit la porte et court jusqu'au camion, dont il enclenche la sirène.

Un nombre de véhicules considérable sont impliqués, pourtant je ne peux m'empêcher de ressentir du soulagement. Je me sens horrible envers les victimes, mais mon angoisse du feu est trop imprégnée en moi pour que je puisse la canaliser.

— June, on n'aura pas le temps de répondre à tes questions sur le terrain, me prévient mon voisin dans le camion.

— Pas de souci, je me contenterai de vous filmer. On pourra débriefer après.

— Je veux que tu fasses attention aux débris de verre et à tout ce qui pourrait traîner sur la chaussée, me recommande-t-il encore, le regard soucieux.

— Ne t'en fais pas pour moi. Je regarderai où je mets les pieds.

— Tu ne touches à rien, c'est très important.

— J'ai le droit de respirer, au moins, j'espère. Parce que sinon, tu vas devoir t'occuper d'une personne supplémentaire.

Ses collègues se marrent, comme chaque fois que nous nous chamaillons.

— Ça dépend, je pourrai te faire du bouche-à-bouche si tu t'évanouis ?

Mia et Luis susurrent des « wouhou » dans notre dos. *Génial, ils ne loupent aucune miette de notre conversation !*

Alors que le camion se gare et avant d'être ramenée à la terrible réalité, je rétorque :

— Utilise directement le défibrillateur, ça aura sûrement plus d'effet.

Sur place, je ne fais pas la fière. De la fumée sort du pare-chocs de certains véhicules. Les carrosseries sont embouties, les voitures encastrées les unes dans les autres. Ce spectacle me fait froid dans le dos.

Je suis Derek comme son ombre et suis admirative du calme olympien qu'il conserve alors que certaines personnes sont vraiment mal en point. Heureusement que la vue du sang ne me gêne pas plus que ça.

Avec Mia et Luis, ils ont pour mission de trier les victimes par ordre d'urgence. J'aimerais faire quelque chose pour soulager les blessés ou même les ambulanciers et les médecins déjà présents sur place, mais ce n'est pas mon rôle. Pourtant ma caméra me semble inappropriée dans ce décor digne d'un scénario catastrophe. J'ai du mal à accepter de filmer ce qui sera un douloureux souvenir pour certains.

Je chasse ces pensées de mon esprit et rattrape Derek qui est efficace, contrairement à moi. Des pieds dépassent sous ce qui semble être une portière arrachée. Il soulève la tôle et nous découvrons un jeune homme inanimé d'à peu près notre âge. Mon voisin s'agenouille et prend son pouls. Je comprends tout de suite à son visage crispé et à ses lèvres pincées qu'il n'y a hélas plus rien à faire pour lui. À cet instant, je ne me sens plus à ma place. Je cherche à monter un reportage pour prendre du galon. Et il est certain que ces vidéos au cœur de l'action plairont à mon patron, mais au détriment des familles qui ont perdu un être cher et qui reconnaîtront peut-être les lieux de l'accident. Qu'est-ce que ça fait de moi ?

Je coupe ma caméra embarquée et prends mes distances en allant derrière la rambarde de sécurité. Je ne ferai pas dans le trash ou le scandale.

Je suis secouée par la vision du défunt à même l'asphalte et je sais que celle-ci me hantera cette nuit. C'est la première fois de ma vie que je fais face à un mort et je n'y étais pas préparée. Comment Derek peut-il vivre ça régulièrement ?

Mon jugement sur lui continue à se nuancer. Je ne le voyais que comme un collectionneur de filles arrogant. Alors certes, il est bien cette personne, mais aussi plus que ça. Et ma curiosité innée me pousse à me questionner à ce propos. Que cherche-t-il à cacher derrière cette façade de play-boy ?

14

DEREK HARMON

Avec les gars, nous rentrons d'un sauvetage de chat tombé dans un égout. Après l'énorme carambolage sur l'autoroute de ce matin, ça a eu le mérite de nous changer les idées.

Je quitte la cabine de douche individuelle déjà rhabillé en civil et rejoins Luis et Mia dans la salle de repos.

— Un Coca ? me propose mon collègue.

Je hoche la tête et m'assieds à côté de Mia.

— Ça va, toi ? la questionné-je en croisant son regard jusque-là perdu dans le vide.

— Ouais. C'est juste que… on a beau être déjà intervenus sur des accidents mortels, ça reste difficile.

— Le jour où ça ne te fera plus rien, c'est là qu'il faudra t'inquiéter.

— On connaît les circonstances de l'accident ? nous demande Luis en m'apportant mon soda.

— L'enquête commence à peine, mais la vitesse et le non-respect des distances de sécurité ont dû jouer.

Le commandant Mitchell entre dans la pièce et se sert un café. J'avale quelques gorgées de ma boisson fraîche en le détaillant. Ça me fait chier qu'il y ait maintenant un malaise entre nous. J'ai fait bonne figure durant le déjeuner l'autre jour chez ma mère, mais depuis je l'évite. En d'autres mots, je me comporte comme un gamin.

— Vous savez pourquoi June a dû quitter la caserne avant la fin de notre service ? l'interrogé-je pour esquisser un premier pas dans sa direction en lui adressant à nouveau la parole.

Sans compter que je suis intrigué par la disparition de ma voisine. Elle s'est vite éclipsée, sans une explication pour nous.

— Elle m'a dit avoir une urgence à gérer à sa rédaction. Prétexte auquel je ne crois pas, si vous voulez mon avis, ajoute-t-il.

— Et vous l'avez tout de même laissée partir ? m'étonné-je, car il est plutôt du genre à vouloir tout contrôler.

— Je n'ai pas pour mission de surveiller ses horaires de travail, donc elle peut bien aller et venir comme elle le souhaite.

— Je trouve ça bizarre, moi.

Je suis d'accord avec Luis. Depuis hier, June est remontée à bloc et nous suit partout lors des interventions. Elle nous harcèle ensuite de questions dans le camion pendant le trajet du retour. Ce carambolage était une belle opportunité pour avoir de quoi faire accrocher les abonnés de son journal et offrir un reportage d'action comme l'attend son boss. Elle est cependant restée silencieuse en quittant les lieux du carambolage ce matin. J'ai cru que c'était parce que nous-mêmes nous ne parlions pas – chevronnés ou non, nous avons tous besoin d'un petit moment de calme après ce genre d'accident –, qu'elle nous imitait par respect. Mais je vois les choses différemment, maintenant.

— Je crois que la petite a été ébranlée par ce qu'elle a vu, nous indique William. Je préviendrai son employeur pour qu'il prenne de ses nouvelles.

— Vous imaginez ce qu'elle peut ressentir ? Nous sommes secoués de notre côté, alors imaginez du sien ! s'exclame Mia en tapant sur la table. Elle n'avait peut-être jamais vu de mort jusqu'ici.

Et merde ! Elle doit être complètement chamboulée.

Cet élastique qu'elle claque frénétiquement contre son poignet tendait déjà à prouver qu'elle se forçait, d'une certaine manière, à être présente à nos côtés.

— Je vais passer la voir en rentrant, les informé-je. N'appelez pas son patron, commandant. June n'apprécierait pas, je pense.

— OK, mais seulement si tu me jures de lui parler aujourd'hui.

Je siffle le reste de mon Coca d'une traite, me lève et attrape mon sac avec mes quelques tenues à laver. Je serre la main de mes coéquipiers, et William m'offre une empoignade virile en braquant ses yeux dans les miens.

— À bientôt, dis-je en forçant sur mon sourire pour qu'il comprenne que je fais allusion à une éventuelle visite chez ma mère.

— Il va falloir qu'on parle, toi et moi, marmonne-t-il pour rester discret aux oreilles de mes collègues.

— Oui, mais pas tout de suite. Là, je dois passer voir ma voisine sur ordre de mon commandant.

Durant le trajet jusqu'à Palisades Park, je me fais la réflexion qu'on s'est peut-être monté un film et que June peut très bien avoir réellement eu une urgence à gérer. Si ça se trouve, je m'inquiète pour rien. Mais ça m'est égal. Au pire, ça me donne un motif légitime pour sonner chez elle et l'emmerder un peu, au mieux, elle aura besoin d'extérioriser et elle pourra compter sur moi.

J'ai à peine le temps de poser un pied dans le jardin commun de la résidence qu'Harper accourt dans ma direction, talonnée par Aaron.

— On a trouvé pourquoi nous n'avions pas Internet ! s'exclame-t-elle en me tendant un boîtier noir muni de plusieurs antennes. Grâce à Aaron. Ce n'était pas une panne de réseau.

— Ce n'était pas très compliqué, ajoute-t-il, visiblement mal à l'aise de passer pour un héros aux yeux de la jeune femme. J'étais déjà en train de chercher d'où pouvait provenir la panne chez moi quand Harper m'a prévenu que nous étions tous concernés.

— Vous m'expliquez ? Parce que je ne vous suis pas, là. C'est un brouilleur d'ondes, c'est ça ?

— June ne t'en a pas parlé ? me demande l'influenceuse.

— Euh... Non.

— Ce matin, c'était la catastrophe ! Plus personne n'avait de réseau. Donc plus d'Internet, ni de téléphone. C'était horrible, je ne veux plus jamais revivre cette sensation de vide.

Je suis à deux doigts de lui détailler ma matinée pour lui faire relativiser la sienne, mais je m'abstiens. Aaron et moi échangeons un regard circonspect face à sa détresse sincère. Elle aurait bien besoin d'une petite cure de désintoxication virtuelle.

J'inspecte l'objet qu'elle me tend et fulmine.

— Ce qui moi me fout en rogne, c'est que ce genre d'appareil est interdit pour la bonne raison qu'il empêche aussi tout appel vers les secours. Il était planqué où ?

— Près du boîtier principal d'électricité qui alimente toute la résidence, me précise Aaron.

— Il faut une clef pour accéder au local, non ?

— Oui, mais nous en possédons tous un double.

Je ne peux donc pas éliminer des suspects sur ma liste, qui regroupe donc toujours tous les habitants de Palisades Park.

— Je vais voir avec Travis s'il peut remonter jusqu'à la personne qui a effectué cet achat. On ne sait jamais, déclaré-je.

— Ça serait bien parce qu'il y en a marre de ces conneries, s'exaspère Aaron. J'ai perdu des heures de travail à cause de ça.

— Je vous tiens au courant.

Je m'éloigne vers l'immeuble McQueen, où est situé mon appartement, et je remarque qu'Harper suit Aaron dans le bâtiment Astaire plutôt que de filer vers le bâtiment Grant dans lequel elle habite. *Tiens donc...*

Comme promis, je passe par chez June avant de rentrer chez moi. De la musique provient de son appartement. Je toque à sa porte mais n'obtiens pas de réponse. J'insiste en frappant plus fort pour couvrir le bruit. Enfin, j'entends le déclic de la poignée de la porte.

— Derek ?

Je m'impose en la poussant un peu et en pénétrant à l'intérieur. Une tasse de thé fume encore sur la petite table basse du salon à côté d'un livre et un plaid est en boule au pied du canapé.

— Je t'en prie, entre, s'agace-t-elle.

— Je voudrais savoir pourquoi tu es partie avant la fin de notre garde, aujourd'hui, lui expliqué-je en m'asseyant dans son fauteuil, l'air tranquille.

Elle se décide à refermer la porte, non sans pousser un profond soupir. J'attrape le livre pour découvrir ce qu'elle lit. *Les Cinq Règles du mensonge*, de Ruth Ware. Je comprends au résumé qu'il s'agit d'un thriller.

— Jamais entendu parler, lui dis-je en reposant son bien sur la table.

— Tu devrais essayer autre chose que les magazines porno.

— Honnêtement, je préfère baiser que tuer.

— Ça dépend avec qui, ajoute-t-elle espiègle.

— Je propose qu'on commence par baiser. Je suis certain que tu ne voudras plus m'assassiner ensuite.

— Non, mais tu t'entends parler un peu ? J'ai du mal à croire que ça fonctionne avec certaines femmes.

— Pas de façon aussi tranchante, je te l'accorde.

— Ça me rassure.

— Tu n'as toujours pas répondu à ma question : pourquoi es-tu partie ?

— À quel moment a-t-il été stipulé que j'avais des comptes à te rendre ?

— Tu es vraiment un pitbull, June Campbell ! Tu es toujours autant sur la défensive ou c'est un privilège que tu me réserves ?

— Je te laisse deviner.

Elle m'offre son plus beau sourire assassin. Je suis lessivé par cette journée difficile, je n'ai plus de force pour batailler avec elle. Je suis venu comme je l'ai promis au commandant, mais vu son ton mordant, elle va bien. Rien à signaler. Ciao.

Je me lève de son fauteuil, bien décidé à foutre le camp. Juste avant de franchir sa porte, je me ravise et la pointe du doigt :

— Tu es la nana la plus désagréable que je connaisse, pourtant je sais que tu peux être cool. Je le vois bien avec Ava, Li ou encore Harper. Pourquoi tu m'attaques continuellement ainsi ?

— Pauvre petit Derek qui n'a pas l'habitude qu'une femme ne tombe pas en pamoison devant lui.

— Je ne sais même pas pourquoi je tente de comprendre. Oublie ça. Je m'en fous.

Je claque la porte derrière moi dans un bruit sourd. Ethan et son mari David sursautent alors qu'ils sortaient de chez eux. Mon regard les dissuade de tout commentaire. Je les salue à peine avant de descendre l'escalier menant à mon appartement au rez-de-chaussée. *Que cette rousse aille au diable ! Et encore, je les plains en Enfer une fois qu'elle y sera.*

15

JUNE CAMPBELL

Le son de la porte qui claque me fait tressaillir. Qu'est-ce qui m'a pris de me comporter comme ça avec Derek ? OK, il a exagéré en s'installant chez moi comme s'il avait l'habitude de prendre ses aises, mais ce n'est pas comme si je ne le connaissais pas. C'est mon voisin. Pas un tueur en série. L'homme qui a accepté de covoiturer avec moi toute une semaine parce que mon véhicule était en panne. Le mec qui sauve des vies et que je découvre bienveillant et à l'écoute des autres. Celui qui se pose des questions sur la raison de mon départ précipité aujourd'hui. Aurait-il compris que j'ai mal vécu cet accident ? Ça expliquerait pourquoi il est passé ce soir alors qu'il ne l'avait jamais fait depuis que je suis en reportage à la caserne. *Putain, je suis vraiment conne !* Comment rattraper le coup, maintenant ?

Ma mère m'a toujours dit que pour gagner le cœur d'un homme, il faut d'abord conquérir son estomac. Même si c'est juste son pardon que je veux obtenir, c'est une piste.

Dans mon frigo, j'attrape la mousse aux trois chocolats que je me suis achetée pour me réconforter en rentrant et dont j'ai déjà englouti une partie. Le sucre a cet effet de m'apaiser. Je coupe deux parts et les dispose sur une assiette. Je chausse mes tongs et décide d'aller faire la paix avec Derek.

En descendant les marches, je prends conscience que je n'ai pas mes clefs. *Merde, merde et merde !* Ni mon téléphone. *Re-merde !* Heureusement qu'Ava a un double. J'irai sonner chez elle tout à l'heure. Pour l'heure, il me faut assumer mes erreurs.

Je frappe un coup contre sa porte. Le bruit de ses pas résonne à mesure qu'il se rapproche. Il ouvre et semble surpris de me voir là. Le temps que je réfléchisse à la meilleure manière de faire amende honorable, il a retiré son sweat et ses chaussures. Il est pieds nus dans son jean, et il était certainement sur le point de le retirer si j'en crois les boutons ouverts et le fait qu'il tombe bas sur ses hanches. J'aurais dû attendre encore quelques minutes pour qu'il ait le temps de faire tomber son tee-shirt. J'avoue que ma curiosité perverse meurt d'envie de découvrir les muscles de son torse et ses abdominaux qui, je suis sûre, forment une tablette de chocolat parfaite sur un beau V profond.

Comme lui tout à l'heure, je tente une avancée dans son intérieur, mais son corps massif me barre le passage. Mon petit gabarit rebondit littéralement contre lui. J'aurai essayé.

Il me retient en agrippant le haut de mon bras.

— Tu voulais quelque chose ?

— M'excuser ? J'ai apporté de la mousse au chocolat, précisé-je en agitant l'assiette sous son nez.

Ses yeux lorgnent les parts en question avant de remonter sur mon visage.

— Pourquoi tu es partie ?

Quand il a quelque chose dans la tête, il ne l'a pas ailleurs ! Je soupire, embarrassée de m'apprêter à me livrer à lui.

— J'ai été ébranlée par ce que j'ai vu ce matin. J'avais besoin de me retrouver seule parce que je n'étais pas certaine de pouvoir faire face à un autre drame dans la journée. Et il fallait aussi que j'écrive à chaud ce que j'avais ressenti pour le décrire au mieux lors du montage vidéo.

Je reprends mon souffle après avoir débité tout ça d'une traite. Je n'aime pas laisser voir la June sensible. J'aurais préféré qu'il ne sache pas que je me suis sentie dépassée par ce que j'ai vu là-bas.

Il garde le silence en dardant sur moi un regard déstabilisant. Puis il baisse son bras, me permettant ainsi de pénétrer chez lui, et referme la porte derrière lui.

Me voilà dans l'antre du loup, pensé-je en mon for intérieur.

J'avance de quelques pas et découvre un intérieur tout ce qu'il y a de plus masculin. Rien ne manque : l'écran télé XXL, la console de jeu vidéo avec plusieurs manettes, des pochettes plastique en bazar à côté, et deux énormes baffles.

Je progresse lentement dans la pièce, comme une biche sur ses gardes. Une photo de Derek avec une femme plus âgée trône sur une commode. Sa mère, j'imagine. Leurs sourires sont radieux.

— Tellement cliché, le taquiné-je en découvrant une petite collection de camions de pompier miniatures.

Il se contente de me sourire en ouvrant le tiroir d'un meuble de sa cuisine pour en sortir deux cuillères. Je longe son divan en laissant traîner mon index sur le dossier tout en me demandant si c'est finalement une bonne idée d'être venue. Une petite voix me chuchote que s'il tentait de me dévorer, je me laisserais faire.

— Alors, quelle est ta décision ? me lance-t-il en prenant place au milieu de son canapé.

— À propos de quoi ?

— Tu restes ou tu pars ?

Démasquée. Je me mords la lèvre inférieure pour retenir le sourire qui cherche à m'échapper.

Derek me tend une des deux petites cuillères en arquant un sourcil interrogateur. *Et puis flûte ! J'ai oublié mes clefs, de toute façon, je peux bien rester cinq minutes.*

Puisqu'il n'a pas séparé la mousse sur deux assiettes, je dois m'asseoir près de lui.

— Alors c'est comme ça que tu t'y prends… soufflé-je avant de plonger ma cuillère dans le dessert.

— Qu'est-ce que tu veux dire ?

— Tu t'assieds exprès au milieu pour que les femmes soient obligées d'être proches de toi.

Il grimace en secouant la tête, un sourire canaille étalé sur ses lèvres charnues.

— Je savais qu'il fallait que je la joue plus fine avec toi.

— Non mais vas-y, montre-moi. Je suis curieuse de voir comment ça fonctionne.

— La seconde étape, c'est de prendre un bout de la mousse avec ma cuillère et de te la proposer.

Il joint le geste à la parole et soulève le couvert à hauteur de ma bouche. Je m'avance encore un peu plus vers lui pour refermer ma bouche autour. Je prends le temps de savourer ce délice, que je ne devrais d'ailleurs pas m'autoriser.

Je ferme les yeux et pousse un petit gémissement de satisfaction. Il n'y a pas de raison qu'il soit le seul à jouer à ce petit jeu. Un léger grognement lui échappe. Je jubile.

Lorsque je rouvre mes paupières, c'est pour voir son regard hypnotisé par mes lèvres. Je les pourlèche volontairement pour en rajouter une couche.

Il amorce un mouvement qui comble le peu d'espace restant entre nous. Ses lèvres sont à un millimètre des miennes, et je meurs d'envie de sentir sa langue contre elles. Sa main libre capture quelques-unes de mes mèches de cheveux qu'il frotte entre elles. Ses yeux se perdent sur les taches de rousseur qui parsèment mon nez et mes pommettes.

Alors que je m'apprête à céder et à fondre sur sa bouche, il lâche soudain :

— C'est à ce moment-là que ça dégénère et que tu rappliques dans les dix minutes parce qu'on fait trop de bruit.

Waouh ! Merci pour le rappel.

Je me recule d'un coup pour retrouver mon oxygène et ne plus respirer le parfum enivrant de Derek. Merde ! Je lui en veux de m'avoir chauffée de la sorte, mais je m'en veux encore davantage à moi-même de m'être laissée aller à ce point. Mes tétons sont douloureux et je ne parle même pas de la chaleur qu'il a fait naître entre mes jambes.

— Je te l'ai pourtant déjà dit, parviens-je à articuler après m'être raclé la gorge, c'est n'importe quoi de crier si fort. Tes conquêtes font semblant pour je ne sais quelle raison. Te faire plaisir, j'imagine...

— Tu veux vérifier ta théorie ? me demande-t-il d'un ton taquin. Tu n'as aucune envie de me faire plaisir, pourtant je suis sûr que tu crierais aussi.

Il feint la nonchalance, mais je décèle un désir sauvage dans son regard.

C'est tentant de lui confier mon corps. Celui-ci réclame les caresses d'un homme après tout ce temps passé à m'occuper de moi-même comme une grande. Mais pas comme ça. Pas avec Derek. Je dois garder en tête que nous vivons dans le même immeuble et, je me connais, je supporterai encore moins de l'entendre avec d'autres femmes si nous finissons par succomber.

— Je crois qu'il est temps de me montrer raisonnable et de rentrer chez moi, asséné-je alors, la bouche sèche.

Je me lève en inspirant un grand coup pour ne pas flancher. Il suffirait d'un effleurement de sa part pour que je craque.

Je ne me retourne pas une seule fois en marchant jusqu'à sa porte. Il ne bouge pas non plus de son côté pour me raccompagner. Nous avons bien trop conscience de la tension qui crépite entre nous. Nous sommes à une étincelle d'un incendie ravageur.

Je referme derrière moi et colle mon dos contre le battant en bois, dur et frais. Je cogne mon front contre mon poing pour me remettre les idées en place. Il va falloir que je frappe plus fort parce que ça n'a pas l'air de fonctionner. Je meurs toujours d'envie d'accepter ce corps à corps pour savoir si Derek est si exceptionnel que ça au lit.

16

DEREK HARMON

Derrière le volant, Mia fait se faufiler le camion dans la circulation dense de cette fin de matinée. Nous rentrons de mission. Un accident domestique sans gravité. June ne nous a pas accompagnés car elle avait prévu un entretien avec notre commandant. Elle a dû le cuisiner sur tous les aspects de son job et lui en ressortir avec une sacrée migraine.

— C'est qu'elle nous manque un peu, la journaliste, s'exclame Luis. J'aime bien quand elle nous pose plein de questions sur le chemin du retour.

— Pas étonnant, tu as toujours aimé être le centre de l'attention, lui balance Mia en retour.

— Oh ! Je ne crois pas être celui sur lequel elle se focalise, déclare-t-il en se marrant.

Mes deux collègues me regardent et échangent un sourire complice.

— Vous voulez ma photo ? leur demandé-je en arquant un sourcil.

— Avoue au moins qu'elle ne te laisse pas indifférent, insiste Luis.

— Il n'est insensible à aucune femme, rétorque Mia. June lui plaît plus que ça, voyons !

— Vous racontez de la merde.

— Tu vois, le simple fait qu'il ne l'admette pas prouve qu'il en pince pour elle, insiste ma collègue en riant.

— Il y a eu quelque chose entre vous ? m'interroge Luis. Vous êtes venus travailler ensemble toute la semaine dernière, et depuis mardi, c'est terminé.

— Je vous ai déjà dit que sa voiture était en panne. On habite dans la même résidence, je n'allais pas la laisser venir en bus. Il n'y a rien de plus entre nous.

— Si tu le dis, souffle Luis, de toute évidence pas convaincu une seule seconde.

— Je le dis, affirmé-je pour clore le débat.

— Il le dit, se moque Mia. Je te parie qu'il va se passer un truc entre eux, murmure-t-elle à Luis.

— Non mais ça c'est certain. La question, c'est quand ? Combien de temps tu crois qu'il va tenir avant de tenter sa chance ?

— Si ça se trouve, c'est déjà fait et elle l'a rembarré.

— Arrête, tu veux ! Elle craque complètement pour lui aussi, affirme Luis.

— On parie sur la date du premier baiser, alors ?

— Je suis là et je vous entends, leur rappelé-je en fronçant les sourcils.

— Rends-toi utile, alors, me lance une Mia remontée à bloc. Tu confirmes que vous ne vous êtes pas encore embrassés ?

— Putain, mais ça ne vous regarde pas ! m'emporté-je.

— La réponse est non, en déduit mon collègue. Sinon il aurait au moins eu un petit sourire en coin.

— Va te faire foutre.

Mia se gare dans la cour de la caserne et je sors prestement du camion pour ne plus les entendre. *De vrais gamins, ma parole !*

Le bruit de mes collègues qui m'imitent et scellent leur pari d'une poignée de main me parvient. Je m'arrête, effaré, et je dresse mon majeur devant eux alors qu'ils me dépassent pour rejoindre la salle de repos.

June y est déjà attablée, concentrée sur l'écran de son ordinateur, des écouteurs enfoncés dans les oreilles, les doigts volant sur le clavier. Je me rappelle la douceur de ses cheveux entre mes doigts, son souffle chaud contre mon visage, la tentation de ses lèvres pulpeuses si proches des miennes.

Quand elle est apparue sur le pas de ma porte, fébrile et hésitante, j'ai vu les failles qu'elle s'évertue à cacher. Ça m'a donné envie de la prendre dans mes bras et de ne pas la laisser remonter chez elle de la nuit. Elle a réveillé en moi un instinct protecteur nouveau, une envie de tout partager avec elle. Pourtant, à la seconde où j'ai senti qu'elle allait réduire à néant l'espace entre nos bouches, j'ai sorti la première connerie qui me passait par la tête pour la pousser à reculer.

Quelque chose me dit qu'embrasser June ne sera pas anodin. Ce ne sera pas un baiser sans importance comme avec les filles que je ramène d'ordinaire. Je le sens au plus profond de moi. La compassion que je décèle dans ses yeux quand elle observe les victimes que nous secourons me touche. Elle m'a impressionné lors du carambolage en se retirant des lieux par respect. Et j'adore qu'elle pose autant de questions sur notre métier. Même si je sais que c'est en partie pour son reportage, elle se montre réellement intéressée y compris par ce qu'elle ne pourra pas exploiter. J'aime sa manière de me renvoyer dans mes filets lors de nos joutes verbales.

Au fond, je pense que June et moi, ça pourrait fonctionner. À condition que l'on soit prêts l'un et l'autre à ne rien se cacher. Ce qui est inenvisageable pour ma part.

— Sodas ? propose Mia à tout le monde.

Nous acceptons et Luis se charge de déposer un bol de cacahuètes sur la table.

June referme le clapet de son ordinateur, retire ses écouteurs et remercie Mia d'un signe de tête pour la canette qu'elle vient de lui donner.

— J'ai quelque chose à vous demander, nous lance-t-elle alors que nous nous installons autour de la table. Est-ce que vous seriez d'accord pour que je vous suive une journée, ou même juste un après-midi en off, dans votre quotidien ?

— Je croyais que ton reportage portait sur notre métier, s'étonne mon collègue avant d'avaler une gorgée.

— Oui, mais depuis que je suis ici, j'ai pu voir à quel point être pompiers est ancré en vous. Les risques auxquels vous êtes exposés ont forcément une répercussion sur vos proches. Je pense que découvrir leur point de vue sur votre profession pourrait intéresser l'audimat.

— Donc tu veux poser des questions à nos familles, précisé-je, car j'ai la sensation qu'elle noie le poisson afin qu'on accepte.

— Si vous êtes d'accord.

— Térésa va adorer, affirme Luis. Elle a toujours voulu passer à la télé.

— Je te souhaite bien du courage avec mes frères et mon père, répond Mia. Ils sont horrifiés par la voie que j'ai choisie.

— Pourquoi ? s'étonne June.

— Je te laisserai le découvrir quand tu viendras.

Son regard s'oriente dans ma direction. Elle attend que je dise quelque chose.

— Tu me vois déjà en off, argumenté-je.

— Toi, oui, mais tu as bien de la famille, non ? ajoute-t-elle, hésitante.

— Je vais y réfléchir, me contenté-je de répondre pour l'emmerder parce que j'adore ça.

— OK, on en reparlera, alors. J'ai pas mal de boulot pour retranscrire l'entretien que j'ai eu avec votre commandant. Ça vous gêne si je squatte votre salle de pause pour le faire ?

— Pas du tout, lui assure Luis.

— On risque de te déranger, en revanche, avec nos allées et venues, la prévient Mia.

— Au contraire, je serai bien imprégnée par l'ambiance, comme ça, lui assure June.

La voix du commandant Mitchell retentit depuis son bureau. Il demande à Luis et Mia de venir le voir pour une histoire de paperasse. J'en profite pour faire le tour de la table et m'asseoir à côté de June. *Ça ne devrait pas autant me plaire qu'elle ait envie de rester ici.*

— Comment tu vas, ce matin ? lui demandé-je sans avoir besoin de préciser que je fais allusion aux conséquences du carambolage d'hier.

— J'accuse le coup, me confie-t-elle sans se dérober.

— Hier, j'étais venu chez toi avec de bonnes intentions, tu sais.

— Du genre ?

— On se rappelle tous de la première fois qu'on a été confrontés à la mort. Je voulais essayer de t'aider à extérioriser tes émotions.

— Et mon accueil t'a refroidi...

— Disons que j'ai revu mes intentions.

Nous rions tous les deux. Je peux encore sentir l'attirance qui a crépité entre nous dans mon salon. Je me retiens *in extremis* de recoiffer à nouveau une mèche de ses cheveux. Je crois que si je la touche de nouveau, je ne pourrai pas m'empêcher de fondre sur ses lèvres, cette fois-ci.

— Merci d'être venu t'assurer que j'allais bien.

— Si tu pouvais répéter cette phrase avec un air moins surpris, ça serait sympa, raillé-je.

— Je me souviens comment ça a fini et j'ai la désagréable sensation de m'être fait rouler dans la farine.

— Le but était de te changer les idées. Ça a fonctionné, non ?

— Tu voulais surtout que je ne pense qu'à toi après.

Je rêve ou elle relance le jeu entre nous ?

— Ça a marché ? la questionné-je, un frisson me parcourant la colonne vertébrale.

— Oui, avoue-t-elle sans me quitter des yeux. Toute la nuit, j'ai imaginé les mille façons dont je pourrais t'éliminer.

La garce !

— Très drôle ! m'esclaffé-je alors qu'elle est morte de rire. Je ne vais pas te présenter ma mère si tu envisages de me tuer.

— Si tu acceptes, je reverrai mes plans, tu as ma parole, me promet-elle avec un sourire qui ne me laisse pas indifférent.

L'alarme nous signalant une nouvelle intervention retentit. *Sauvé par le gong !*

— Donc soit je suis d'accord, soit je meurs ?

— Tu as tout compris, rigole-t-elle.

— Je tiens trop à la vie. On dit vendredi soir ? Chez moi ?

— Pas de traquenard, Harmon ! Si ta mère n'est pas là, je repars aussitôt.

— Tu as peur de rester seule avec moi ?

La vérité, c'est que moi, oui. Je crains notre prochain tête à tête sûrement autant que je le désire.

Je ne lui laisse pas le temps de répondre et file au pas de course rejoindre l'équipe. Je suis curieux de savoir ce que ma mère aura à dire au sujet de June. Je ne vois pas quels défauts elle pourrait lui trouver. Et c'est bien ça le problème.

17

JUNE CAMPBELL

— Donc tu vas rencontrer la mère de Derek… répète Li, comme si c'était saugrenu.

— Pour le travail, me justifié-je à nouveau avant de descendre une rasade de tequila.

— Pour quoi d'autre est-ce que ça pourrait être, de toute façon ? glisse Ava, espiègle.

— On se le demande, surenchérit la masseuse.

— Vous avez fini, oui ! les engueulé-je avant d'éclater de rire avec elles.

Il faut croire que nos premiers shots commencent à produire leur effet.

— Sérieusement, June, il se passe quelque chose entre vous ou pas ? reprend Li.

— Tu veux dire à part cette tension sexuelle palpable dès qu'ils sont dans la même pièce ? précise la fleuriste.

— J'aimerais savoir s'ils ont avancé, parce qu'ils me donnent la migraine à force de se tourner autour sans passer à l'action.

— Si je n'avais pas entendu toutes ces femmes défiler dans son lit depuis que je suis à Palisades Park, peut-être que j'aurais déjà craqué, avoué-je à mes amies.

— Le plus important, c'est qu'il n'y en ait pas d'autres après toi, estime Li qui a dû apprendre à vivre avec le passé de Matthew.

— Pourquoi changerait-il pour moi ? demandé-je, lucide sur le fait qu'on ne change pas un homme comme ça.

Matthew est une exception.

— Je me suis posé cette question tellement de fois ! s'exclame Li avant de porter son mini-verre à ses lèvres. Ne cherche pas de réponse, si tu penses qu'il en vaut le coup, fonce !

— C'est vrai que depuis que je le suis à la caserne, je découvre un autre Derek. Celui qu'il est au-delà de ce qu'il s'évertue à montrer à tout le monde. C'est comme s'il n'avait pas envie qu'on voie le héros du quotidien qu'il est. Et j'ai bien du mal à résister au charme de ce Derek-là.

— Ben alors qu'est-ce que tu attends ? me questionne Ava.

— Que mon horoscope me donne le feu vert ? la taquiné-je en plissant les yeux. Vous partez du principe que c'est du tout cuit, mais peut-être que je ne lui plais pas. Je suis loin d'avoir la taille mannequin des filles qui quittent son appartement au petit matin.

Li et Ava se lancent un regard interloqué avant de détailler ma silhouette.

— Tu as observé ton reflet dans un miroir dernièrement ? me demande Li en arquant un sourcil.

— Oui, je sais, j'ai grossi, soupiré-je en grimaçant.

— Tu sors un nombre de conneries hallucinant, ce soir, déplore Ava. Merde, June, tu es belle ! On ne te parle pas de poids, ce n'est pas un critère de beauté.

— Ce n'est pas ce que je prétends. Je dis juste que Derek préfère les femmes fines.

— Et tu ne l'es pas ? me questionne Li qui semble dans l'incompréhension la plus totale.

— Je sais ce que vous essayez de faire, les filles. Et c'est adorable. Mais je ne me voile pas la face. J'ai beau avoir repris le sport et courir toute la journée derrière des hommes et des femmes surentraînés, j'ai toujours ce postérieur disons… affirmé. Sans parler de ma taille qui a perdu de sa superbe depuis que j'ai laissé tomber les séances de gainage.

— Si tu pouvais te voir à travers nos yeux, tu comprendrais à quel point ce que tu racontes est ridicule, me balance Ava.

Avant que je ne puisse répondre, des coups résonnent dans le couloir de l'immeuble. Une personne s'évertue à frapper à la porte d'un appartement.

— Derek ! entend-on résonner avant que le vacarme contre la porte ne reprenne. Derek !

La nana ne se décourage pas. Mon cœur se serre malgré moi en pensant qu'il va passer la soirée avec une fille. Depuis cette histoire de reportage, je n'en ai croisé ou entendu aucune. Il était peut-être allé chez elles, mais je n'en ai rien su. Assister à ses ébats à travers mes murs va être au-dessus de mes forces.

Je suis pathétique. Je n'ai aucun droit d'être jalouse. Pourtant c'est le cas.

Le boucan ne cesse pas et me fout sur les nerfs. Sans réfléchir, je me lève, ouvre ma porte et me précipite dans l'escalier. Il est certain que je vais regretter de me donner en spectacle, mais si ça peut leur éviter de faire ça chez lui, ça me consolera.

— C'est pas bientôt fini ce bordel ? crié-je sur la nana qui pivote aussitôt dans ma direction.

Elle est belle, mais plus âgée que celles qu'il fréquente d'habitude.

— Je vous demande pardon ? C'est une façon de parler aux gens ?

— Ça fait dix minutes que vous nous cassez les oreilles à cogner contre cette porte, exagéré-je à peine. Vous voyez bien qu'il n'est pas là !

Évidemment, avec mon esclandre, en plus de Li et Ava, Ethan et David sont sortis de chez eux, suivis de Sharon Stephen et Sean, le fils aîné de la famille.

— Nous avions rendez-vous et il ne me fait jamais faux bond.

— Il faut bien une première à tout, assené-je d'un ton froid.

— Vous êtes bien désagréable, jeune fille, rétorque-t-elle.

— Il faut m'excuser, mais j'en ai ma claque de toutes vous entendre pousser des cris stridents chaque fois qu'il vous culbute ! Mais vu que vous rehaussez la moyenne d'âge de celles qui sont passées dans son lit ces derniers temps, vous serez peut-être plus discrète. Vous en avez vu d'autres, et vous n'aurez donc pas besoin de simuler, ajouté-je à bout de souffle, mais fière de ma repartie.

Si la femme écarquille encore plus les yeux, ils vont sortir de leur orbite. Vient-elle de comprendre qu'elle n'est pas l'élue de son cœur ? Un peu violent comme manière de l'apprendre, je l'admets. J'aurais pu mettre les formes.

Avant qu'elle ne puisse réagir, Derek entre dans l'immeuble. Il nous regarde tour à tour, puis il jette un coup d'œil aux spectateurs plus haut dans la cage d'escalier.

— Il y a un problème ? finit-il par demander en se rapprochant de sa visiteuse.

— Tu ne m'avais pas dit que tu avais une voisine aussi effrontée et malpolie, lui répond-elle en me jaugeant d'un air dédaigneux.

— Vous savez ce qu'elle vous dit la voisine en question ? beuglé-je, prête à lui sauter au cou.

— Hey ! On se calme, gronde Derek en me lançant un regard assassin.

— Je préfère prévenir : inutile de nous faire profiter de vos prouesses !

Il reste interdit quelques secondes en me dévisageant avant de partir dans un grand éclat de rire.

— June ! C'est ma mère, précise-t-il en pouffant à nouveau.

Qui ? Non... Oh ! Putain ! Je veux disparaître ! Ou rembobiner les dernières minutes et ne jamais sortir de mon appartement. Je suis horrifiée en me rappelant chacun des mots que j'ai crachés à la figure de cette femme. J'entends les ricanements de mes voisins et vois l'embarras de mes copines. *Seigneur, même si j'avais voulu, je n'aurais pas pu faire pire.*

— Je suis... vraiment désolée, m'excusé-je en joignant mes paumes l'une contre l'autre. C'est un quiproquo. Je vous ai prise pour une des innombrables filles qui passent par ici.

— June... murmure Derek pour m'arrêter.

Je m'enfonce, c'est horrible.

— Je vais vous laisser entre... mère et fils, dis-je en leur offrant mon plus beau sourire pour tenter d'apaiser la situation.

Raté. La mère de Derek continue à m'observer comme si j'étais bonne à mettre à l'asile.

Ava finit par me tirer par le bras pour m'obliger à remonter.

— Allez, viens, on va boire une bouteille de tequila pour oublier ça.

Je me laisse guider en pensant que je dois dîner avec cette femme vendredi soir pour le reportage.

— Elle est alcoolique, en plus, l'entends-je marmonner avant que le pompier ne referme la porte de chez lui.

18

DEREK HARMON

— Elle n'est pas alcoolique, maman, rétorqué-je en quittant mes chaussures dans l'entrée de mon appartement.

— Elle n'a donc aucune excuse pour justifier son comportement.

Ma mère est dans tous ses états d'avoir été malmenée par une June en furie. Je ne sais pas ce qu'elles se sont dit, mais ça ne semblait pas être des amabilités. Surtout de la part de ma voisine.

— Il y a eu méprise, voilà tout, tenté-je de minimiser.

— Ce qu'elle a insinué est dégoûtant.

— June n'a pas compris que tu étais ma mère. Tu devrais prendre ça comme un compliment au lieu de t'en offusquer.

— Le fait que mon fils sorte avec des femmes de mon âge devrait me réjouir ? s'emporte-t-elle encore sous le choc.

Je ne vais jamais m'en sortir !

— Quand bien même ça serait le cas, je ne vois pas où serait le problème. Et je pensais plutôt au fait qu'elle t'a sûrement prise pour plus jeune que tu ne l'es.

— Pourquoi est-ce que tu la défends ? me questionne-t-elle, tout à coup suspicieuse.

— Parce que tu en fais tout un drame alors que c'est plutôt drôle, quand on y réfléchit.

Pas sûr que June soit d'accord, cela dit. Sa tête quand elle a compris sa méprise était fabuleuse.

— Ta voisine m'a manqué de respect et ça te fait rire ?

— Elle ne savait pas que tu étais ma mère, soupiré-je. Elle a juste pensé que tu étais… Euh…

Et merde ! Pourquoi je pousse les explications, moi aussi ? Je fonce droit dans le mur, là.

— Que j'étais quoi ? reprend-elle en me défiant de continuer ma phrase. J'ai cru comprendre que tu troubles la tranquillité de cette pauvre petite.

— Voilà que tu la plains, maintenant ! m'exclamé-je en regrettant d'avoir attiré son attention sur ce détail.

— Ne change pas de sujet, me prévient-elle en me pointant du doigt. Je ne t'ai pas éduqué pour que tu deviennes un collectionneur de filles.

OK, je crois qu'il faut que je rappelle à ma mère que je ne suis plus un petit garçon qui obéit aux attentes de sa maman.

— Sans vouloir exagérer, j'ai 21 ans, ce que je fais ou ne fais pas dans ma vie privée ne te regarde pas.

— Donc c'est vrai, souffle-t-elle, l'air un peu déçue, en s'asseyant sur le canapé.

— Maman, je ne mens pas aux femmes qui viennent ici, la rassuré-je tant bien que mal en prenant place à ses côtés. Ce n'est pas comparable à ce que tu as vécu. Je ne leur promets rien. Elles savent que c'est juste pour… s'amuser.

— Je ne sais pas quoi en penser, m'avoue-t-elle. Je croyais que tu cherchais une petite amie. C'est ce que tu m'as dit l'autre jour avant que William arrive.

— Je travaille beaucoup. Je n'ai pas vraiment de place à faire à une femme dans ma vie, prétexté-je.

— Est-ce que c'est la véritable raison qui t'empêche de te lier à quelqu'un ? me demande-t-elle en prenant mes mains dans les siennes. Tu n'étais pas comme ça avant ton accident. Est-ce que c'est à cause de tes cicatrices ?

J'inspire un grand coup. Je n'avais pas vu le sujet arriver. Elle a tapé dans le mille, mais je ne veux pas lui causer de la peine en le lui avouant. Elle souffrirait tellement si elle savait à quel point je me suis replié sur moi-même depuis le drame. Les marques indélébiles qu'il a laissées sur ma peau ont réduit à néant ma confiance en moi dans l'intimité et m'ont rendu vulnérable lorsque je suis avec une femme. Mais je refuse qu'elle le sache.

— Pas du tout, affirmé-je en essayant de paraître le plus convaincant possible. Disons qu'après ma rupture avec Ashley, je n'ai pas eu envie de m'investir à nouveau dans une relation de couple.

— Cette fille n'était pas assez bien pour toi, soupire-t-elle.

— En effet. Tu avais raison à son sujet et j'aurais dû t'écouter.

— Je sais que tu as souffert qu'elle ne reste pas avec toi après ce qu'il t'est arrivé.

— Une fois qu'elle a été partie, j'ai vite compris que je n'étais pas amoureux d'elle. Alors bien sûr, son rejet à cause des marques a été difficile à avaler, mais elle ne m'a pas manqué.

— Ne laisse pas cette idiote te faire douter de toi, me dit-elle d'un ton suppliant.

— J'y travaille.

— Et s'il te plaît, promets-moi de ne pas faire souffrir les filles qui succombent à tes charmes.

— Promis.

Elle semble un peu apaisée par mes propos, si j'en crois son sourire.

Le coup d'éclat de June nous aura poussés à nous confier un peu tous les deux. Je devrais presque la remercier. *J'ai bien dit presque.*

— Et où étais-tu, toi, d'ailleurs ? Tu m'as dit de passer te voir à 19 heures. Si tu avais été là, j'aurais pu éviter d'être agressée par ta charmante voisine.

— Désolé, je suis allé boire un coup chez Matthew et je n'ai pas fait gaffe à l'heure.

— Tu m'as invitée pour une raison en particulier ?

— À vrai dire, oui. En ce moment, à la caserne, une journaliste réalise un reportage qui sera posté sur le site du *Santa Monica Daily Press*.

— C'est génial, ça.

— Oui, et cette journaliste aimerait interviewer nos proches pour avoir leur point de vue sur notre métier et notre engagement. Est-ce que tu serais d'accord pour y participer ?

— Bien sûr ! Parler de mon fils, j'ai toujours adoré ça, elle ne va plus pouvoir m'arrêter, plaisante-t-elle en riant.

— Je savais que tu dirais ça, donc je l'ai déjà prévenue qu'on dînait tous les trois vendredi soir.

— On pourrait proposer à William de se joindre à nous, me dit-elle en prenant des pincettes. Après tout, cette jeune femme doit le connaître, et nous avions prévu de passer la soirée ensemble.

— Si tu veux, accepté-je, même si c'est difficile. Avec le temps, je me ferai à l'idée.

— Je n'ai pas raté toute ton éducation, ça me rassure.

Je ne lui précise pas que la journaliste en question est la même jeune femme qui l'a pour ainsi dire insultée tout à l'heure devant tout l'immeuble. Elle le découvrira bien assez tôt.

Après le départ de ma mère, je zappe de chaîne en chaîne à la télévision sans que rien ne retienne mon attention. Je pourrais appeler les mecs pour une partie de jeu vidéo, mais l'heure tardive m'en dissuade. Matthew doit être au lit avec Li. *C'est con, mais cette phrase me fait sourire.* Elle a quitté l'appartement de June en même temps que ma mère partait du mien. Travis est un ermite en ce moment, et je ne veux pas qu'il se sente obligé de rappliquer. Je sais qu'il comprendra que je vais mal si je lui propose de passer maintenant. Je serais bien allé taquiner ma voisine à propos de son comportement, mais je présume qu'Ava est encore chez elle. Et aller frapper à sa porte au beau milieu de la nuit serait une connerie.

Je décide d'éteindre et de filer sous la douche avant de me coucher.

En sortant, j'enroule une serviette autour de ma taille et file dans ma chambre pour passer un tee-shirt et un boxer. Face au miroir de mon armoire, je détaille les quatre cicatrices qui barrent mon abdomen. Deux d'entre elles s'étirent jusqu'à mes hanches sur la droite. Elles sont boursouflées et me rappellent chaque jour que j'ai bien failli y passer.

Avec nostalgie, je me souviens d'à quel point j'aimais courir ou me balader torse nu sur la plage et sentir le regard appréciateur des femmes sur mon corps. Des heures de musculation et de sport anéanties en quelques minutes.

Je n'oublierai jamais la grimace d'Ashley quand elle les a découvertes pour la première fois. J'avais besoin d'entendre que ce n'était pas si horrible que ça de la bouche de quelqu'un d'autre que celle de ma mère. Non seulement je n'ai pas pu compter sur elle, mais elle a foutu le camp quelques semaines après.

Depuis, je n'ai que ma gueule et mon gabarit pour faire tourner les têtes. Je ne fais plus jamais tomber la chemise, ni en public, ni en privé. Certaines filles m'ont questionné une fois notre petite affaire terminée, mais elles n'ont obtenu que mon silence en retour. Je ne commettrai pas deux fois la même erreur. Plus jamais je ne dévoilerai cette partie de mon corps à une femme. Je ne supporterai pas à nouveau de lire le dégoût que ça leur inspire. Je ne voudrais pas les sentir ensuite hésitantes à me toucher, comme ça a été le cas avec Ashley la seule fois où on a tenté de faire l'amour lorsque je suis rentré de l'hôpital. Ça a été un échec cuisant. Comment peut-on se sentir excité quand sa partenaire est visiblement crispée et ferme les yeux comme pour s'encourager ?

Après notre rupture, j'ai eu besoin de me prouver que je pouvais toujours séduire. Voilà comment je me suis retrouvé à jouer les Casanova. Ça m'a permis de reprendre confiance en moi, mais en partie seulement, puisque je n'expose pas l'objet de mes tourments à mes conquêtes.

19

JUNE CAMPBELL

Comme une gosse, j'ai séché. June Campbell a fait l'école buissonnière. Je me sentais bien trop indigne de croiser Derek à la caserne. Ajouté à mon attitude avec sa mère que j'ai continué à enchaîner les shots de tequila avec Ava pour oublier la honte dont je me suis couverte, il était préférable que je reste sous ma couette ce matin.

De toute façon, j'ai bien assez de matière pour présenter une vidéo qui tient la route à mon patron demain.

J'ai hésité à annuler le rendez-vous de ce soir avec la mère de Derek, mais je ne suis pas du genre à fuir mes erreurs. Il va falloir assumer et affronter madame Harmon.

Je me répète en boucle *« Présente tes excuses, et fais profil bas »*.

Le plus difficile va être de paraître professionnelle à ses yeux après mon petit numéro d'hier. Pour la crédibilité, on repassera. Je m'imagine en train de lui poser des questions sérieuses à propos de son fils et de son engagement tandis qu'elle me reverra lui hurler dessus en sous-entendant qu'elle couche avec lui. *Merveilleux ! J'ai hâte.* Derek va sûrement s'en donner à cœur joie pour me taquiner sur le sujet, et comment le lui reprocher ?

Deux petits coups résonnent contre la porte de mon appartement. *Pile à l'heure !* Derek m'avait donné rendez-vous chez moi à 18 heures pour filer chez sa mère.

J'attrape ma veste et mon sac à main, dans lequel j'ai rangé mon carnet de notes, puis j'ouvre le battant avec une grimace gênée. Le pompier se tient dos contre la balustrade du palier, les mains dans les poches de son jean, l'air tout à fait décontracté.

— Je suis sincèrement désolée d'avoir été odieuse avec ta mère, lâché-je aussitôt.

Un sourire étire ses lèvres que j'ai été si proche d'embrasser il n'y a pas si longtemps.

— Tout le monde ne parle que de ça à la résidence.

— C'est vrai que c'est vachement plus important que de trouver qui s'amuse à nous rendre fous, cinglé-je.

— Je regrette que personne n'ait filmé, j'ai tout loupé, dit-il en retenant un fou rire.

— Avec un truc pareil, j'aurais assurément eu plus de vues qu'avec le reportage qu'on va diffuser sur ta caserne.

— Allez, cesse de papoter ou on va arriver en retard. Tu pars déjà avec des points en moins, alors n'en rajoute pas, se sent-il obligé de préciser malicieusement.

Je lui jette un regard aussi éloquent qu'un majeur levé.

Je ferme à double tour et le suis jusqu'à sa voiture garée au parking. Nous croisons Sue, l'habitante la plus haute en couleur de Palisades Park, qui ne perd jamais une occasion de la ramener.

— Je vous déconseille de faire le moindre commentaire, la préviens-je dès que je la vois ouvrir la bouche.

— C'est encore trop frais ? plaisante-elle en nous observant tous les deux.

— Vous avez tout compris. Désolée mais on est pressés. On a un rendez-vous auquel on ne voudrait surtout pas arriver en retard, déclaré-je en continuant mon chemin.

— Bonne soirée, termine-t-elle avec un clin d'œil.

Derek m'emboîte le pas. Je sens son regard appuyé sur moi. J'oriente le mien dans sa direction et le vois se retenir de rire.

— C'est bon, vas-y, marre-toi !

Cet enfoiré ne se gêne pas et éclate de rire. Je fulmine. *Cette histoire va me poursuivre pendant longtemps !*

Durant le trajet, je questionne Derek pour savoir si j'ai loupé quelque chose d'intéressant à la caserne. Quelques missions de routine et deux départs de feu. Un frisson parcourt mon échine quand j'entends ça. *J'y ai échappé. Ouf !*

Mon voisin se gare devant un immeuble de trois étages dont les extérieurs sont bien entretenus.

Ma gorge se noue à mesure que nous montons les marches jusqu'à la porte de l'appartement de sa mère.

— Prête ? me demande Derek avant de toquer.

— Elle est contrariée à quel point ? le questionné-je, stressée à l'idée de ce qui m'attend.

— Ma mère est très susceptible, mais je te promets de faire mon maximum pour que ça se passe bien.

Oh mon Dieu ! Mais il ne pouvait pas me dire ça avant ? Je ne serais jamais venue si j'avais su qu'elle avait tracé une cible dans mon dos.

Il ne me laisse cependant pas le temps de réagir et tourne la poignée, mais la porte est de toute évidence fermée puisqu'elle ne pivote pas. Il frappe en souriant pour signaler notre présence. Des aboiements retentissent avant que sa mère ouvre :

— Vous êtes là ! s'exclame-t-elle en embrassant son fils sur les joues avant de le serrer contre elle.

— Et tu avais fermé à clef ! semble-t-il se réjouir.

— Tu vois, je t'écoute.

Elle relâche son étreinte pour diriger son attention sur moi. *Au secours !*

— Maman, je te présente June, la journaliste dont je t'ai parlé et qui réalise un reportage à la caserne. June, voici Paula, ma mère.

Elle pince les lèvres, manifestement surprise de me voir. *Il ne l'a pas prévenue que j'étais aussi la voisine cinglée ? Non mais il exagère !*

— Je vous présente encore une fois mes excuses pour ce que je vous ai dit hier soir. Ces mots ne s'adressaient pas à vous et j'en suis vraiment confuse.

Elle hésite, me jauge du regard. Je redresse les épaules et le menton. Il ne faut pas abuser non plus. Il y a eu méprise, je suis désolée, point. On ne va pas en parler pendant des lustres. Sinon je préfère encore repartir sans avoir obtenu de réponse à mes questions.

— Allez, c'est oublié ! s'écrie-t-elle en me prenant dans ses bras à mon tour, avant de murmurer à mon oreille : j'ai moi aussi été une femme jalouse par le passé.

Jalouse ? Non mais ce n'est pas ça du tout ! Je n'ai pas le temps de clarifier les choses qu'une petite bête à poil se rue sur mes pieds. Je me baisse pour la caresser.

— C'est mon chien, m'apprend Derek.

— Tu as un chihuahua ? ne puis-je m'empêcher de demander en riant. C'est assez surprenant.

— C'est le premier chien que j'ai sauvé d'un incendie, confesse-t-il.

Alors que cet aveu me donne envie de lui sauter au cou, je me concentre sur l'animal à quatre pattes vêtu d'une veste à carreaux. La mère de Derek me fait signe d'entrer et je découvre un intérieur charmant et très féminin. Des photos de Derek à des âges différents sont encadrées aux murs. Même durant la terrible épreuve de l'adolescence, il était séduisant. Il est certain que ce garçon n'aurait jamais posé les yeux sur moi. Il aurait peut-être même fait partie de ceux qui m'affublaient de surnoms plus blessants les uns que les autres.

— William, entends-je Derek prononcer.

Je me retourne et découvre le commandant Mitchell debout dans la salle à manger. Je suis étonnée de le voir ici, mais je m'abstiens de tout commentaire. Puisque mon voisin vient de l'appeler par son prénom, j'en déduis qu'il n'est pas son père. J'aurais été très surprise d'apprendre le contraire.

— Bonjour commandant, le salué-je en lui serrant la main.

— C'est William, ici, me précise-t-il d'un ton chaleureux.

Derek tire une chaise autour de la table dressée pour m'inviter à m'y asseoir. Alors qu'il prend place à mes côtés, je me penche vers lui pour murmurer :

— Il sait donc sourire.

Derek pouffe et feint une légère toux pour se rattraper.

Je sors mon carnet de notes et mon stylo alors que la maîtresse de maison réapparaît avec un plateau sur lequel sont posés quatre verres, une bouteille de vin et quelques apéritifs.

Derek s'apprête à l'aider, mais William le devance. Mon voisin se rembrunit quelques secondes avant d'afficher une moue décontractée. Verrait-il par hasard cette relation d'un mauvais œil ?

— Alors Derek, lance William pour entamer la conversation, tu es prêt pour samedi prochain ?

— Plus que jamais !

— Qu'est-ce qu'il y a samedi ? me renseigné-je.

— Tous les ans, la caserne organise une sorte de compétition sportive avec les enfants de différentes associations de Santa Monica, m'explique Derek.

— Et votre voisin remet son titre en jeu après trois victoires d'affilée, me précise William.

— Impressionnant ! Et quel est le but de cette rencontre ? ne peut s'empêcher d'interroger la journaliste en moi.

— Attirer les jeunes et leur faire découvrir notre métier.

— C'est comme ça que tu as eu envie de devenir pompier ? questionné-je Derek.

— Non, me répond-il de manière laconique avant de jeter un regard embêté à sa mère.

— J'ai été en couple pendant plusieurs années avec un pompier. Derek et lui étaient très liés. Frank lui a transmis sa passion, explique madame Harmon.

— Il travaillait à la caserne de Santa Monica ? s'intéresse William en fronçant les sourcils.

— Oui, lui apprend Derek, mais c'était il y a plusieurs années. Il est parti vivre à Seattle depuis.

J'ai la sensation que mes questions remuent de douloureux souvenirs et que le commandant découvre à cause de moi des choses sur la femme qu'il fréquente. *La mère de Derek va vraiment finir par me haïr.*

— Tu es donc un bénévole investi en plus de servir la ville et ses habitants avec force et courage, est-ce qu'il y a des choses que tu fais mal ? taquiné-je mon voisin pour détendre l'ambiance.

Derek m'observe avec un petit sourire carnassier qui doit faire tomber dans ses filets toutes les femmes ayant le malheur de croiser sa route.

Sa mère s'esclaffe :

— Il est incapable de se trouver une petite amie digne de ce nom !

Tiens donc ! En voilà un sujet qui m'intéresserait presque plus que la raison de ma venue ici.

— Celles qu'il m'a présentées étaient incapables de citer les noms de nos derniers présidents. Elles n'ont pas fait long feu.

— Je ne crois pas que Derek accorde de l'importance à la politique, lancé-je sur un ton rieur. À moins que je ne sois pas au courant qu'il brigue la Mairie de Los Angeles ou la Maison-Blanche.

— Je croyais qu'on était là pour parler de ma mère et de sa façon d'appréhender les risques du métier de pompier, nous recadre Derek, qui n'apprécie apparemment pas la tournure que prend la conversation.

— C'est vrai, lui accorde Paula. Qu'aimeriez-vous savoir exactement, June ?

Je me reprends et enfile mon costume imaginaire de journaliste en ouvrant mon calepin.

— Comment gérez-vous le fait que votre fils risque sa vie au travail ?

— Il y a des périodes plus difficiles que d'autres. Quand la saison des feux de forêt commence, je ne dors pas sereinement. Je sais que les pompiers sont formés et que toutes les précautions sont prises, mais ils peuvent si vite être encerclés par les flammes...

Ces mots résonnent en moi et me nouent l'estomac. Machinalement, je porte la main à mon poignet pour y faire claquer l'élastique que j'ai pris l'habitude de porter quand je pars en mission avec l'équipe à la caserne. Hélas, je ne le porte pas ce soir. Je n'y ai même pas pensé. Après tout, je me rendais à un simple rendez-vous.

Je me concentre à nouveau en jouant avec le bouton pressoir de mon stylo pour m'ancrer à la réalité et éviter d'être projetée dans cet appartement où j'ai cru perdre la vie.

— Au quotidien, c'est plus une angoisse sous-jacente. C'est là sans que vous y pensiez continuellement. C'est comme tout dans la vie, vous vous habituez, et voir revenir votre fils sain et sauf à chaque fin de service vous rassure. Ça vous permet de respirer un peu mieux le lendemain.

William et Derek l'écoutent avec attention. J'ignore s'ils ont conscience de ce que peuvent ressentir leurs proches.

— Jusqu'à ce qu'il arrive un drame, poursuit-elle en attrapant la main de son fils sur la table, et qu'il vous faille recommencer ce long chemin depuis la case départ.

Mon regard s'oriente vers mon voisin. *Il a donc été blessé en service...* Cette idée me fait tressaillir.

— Que s'est-il passé ? questionné-je sans m'adresser à quelqu'un en particulier.

— On a été appelés pour un incendie dans une maison assez ancienne, commence Derek, la voix enrouée. Le feu avait démarré dans le salon, au rez-de-chaussée. La vieille dame qui y vivait s'était réfugiée au grenier en nous attendant. Elle était tétanisée dans un coin de la pièce. Je suis monté à l'aide de l'échelle et j'ai brisé la petite lucarne pour la faire sortir, mais elle était si paniquée qu'elle ne parvenait plus à bouger. Je suis donc entré pour aller la chercher. Pour la rassurer, je lui ai passé ma veste sur les épaules. Je sentais qu'on devait se dépêcher, même si l'incendie en bas était sur le point d'être maîtrisé. J'ai juste eu le temps de la faire sortir et qu'elle soit prise en charge par mon collègue qui attendait sur l'échelle que le plancher s'est effondré. Je suis passé au travers et j'ai fini ma chute deux étages plus bas.

La mère de Derek laisse ses larmes couler sans pudeur. William place un bras autour de ses épaules tandis que son fils ne la quitte pas des yeux en raffermissant la poigne de sa main. Quant à moi, j'ai la gorge sèche et le cœur au bord des lèvres. Son accident me rappelle le mien. Ce pompier qui voulait nous faire sortir à tout prix. Mon corps paralysé par la peur. De mourir. De sortir la première et que mes parents ne soient pas sauvés à temps. Je peux presque sentir la chaleur des flammes qui me lèchent la peau.

— J'avais lu ce rapport dans ton dossier, dit William, brisant le silence. Tu as eu beaucoup de chance de t'en sortir avec seulement quelques côtes cassées.

— Vous n'étiez pas encore en poste à Santa Monica ? m'étonné-je.

— William est arrivé quelques mois après mon accident, précise Derek. Je revenais à peine de ma convalescence.

— Comment peut-on reprendre le travail après un drame pareil ? J'imagine que depuis tu as dû faire face à d'autres incendies de maison, tu n'as pas d'appréhension qui pourrait se révéler dangereuse pour toi et le reste de l'équipe ?

Sa réponse m'intéresse à titre professionnel mais aussi sur un plan personnel, parce qu'elle pourrait me servir. Pour ma part, je ne suis toujours pas parvenue à dépasser ma peur du feu.

— Au contraire, s'exclame-t-il. Je me sens plus fort grâce à mon expérience. J'ai commis plusieurs erreurs lors de cette intervention que je ne commettrai plus jamais.

— Ce n'était pas ta faute, le rassure sa mère.

— Si. En partie. J'aurais dû garder ma veste, pour commencer.

— On ne peut pas te reprocher d'avoir voulu protéger cette femme, le contredis-je.

— J'ai perdu du temps en faisant ça. Dès que j'ai pénétré à l'intérieur, j'aurais dû la forcer à me suivre, quitte à la bousculer un peu pour ça ou à la porter. On aurait alors eu le temps de sortir tous les deux.

Le souvenir de l'état d'urgence dans lequel se trouvait le pompier qui m'a prêté main-forte me revient en mémoire. Il savait que nous devions nous tirer de là au plus vite et a tout fait pour. Pourtant, la situation était plus que complexe.

— Tu es l'un des pompiers les plus prudents de la caserne, Derek, déclare William avec conviction. Tu as su tirer les enseignements de cet accident.

— J'espère, souffle-t-il.

— C'est le cas, affirme son commandant.

Madame Harmon et moi assistons à un échange silencieux entre les deux hommes. La mère de Derek en profite pour sécher ses larmes.

— Je suis désolée de vous avoir rappelé de mauvais souvenirs, m'excusé-je. Je dois vous apparaître comme une jeune femme bien mal éduquée.

Elle agite sa main et secoue la tête pour m'assurer du contraire.

— Bon, alors, on trinque ? s'écrie-t-elle ensuite avant de me demander ce que je veux boire.

Je tente de capter le regard de mon voisin afin de lui témoigner ma sollicitude, mais il s'évertue à m'éviter. Est-ce qu'il m'en veut d'avoir fait resurgir ce pan de son passé ? Je peux le comprendre. Moi-même, pour rien au monde je ne voudrais relater ce qu'il m'est arrivé.

20

DEREK HARMON

Pendant le trajet du retour, June a respecté mon silence. J'ai prétexté l'heure matinale à laquelle nous commençons demain pour écourter notre présence chez ma mère et éviter le repas. Évoquer mon accident m'a chamboulé. Bien plus que je ne l'aurais cru. En plus d'avoir revécu chaque seconde de cette chute, je me suis rappelé ma convalescence. Être diminué, la douleur, rester allongé, ne pas pouvoir bosser, se faire larguer.

Naïf, j'avais cru pouvoir éviter le sujet, mais il aura fallu moins de deux minutes à June et à ma mère pour mettre ça sur le tapis. Je n'avais pas spécialement envie que ma voisine apprenne cet épisode de ma vie, car plus les jours passent et plus elle m'attire. Or je sais que si les choses devaient évoluer entre nous, je ne pourrais pas me dérober à ses yeux.

Nous sortons de la voiture et parcourons le chemin jusqu'à notre immeuble. D'un signe de la main, je salue Nathan qui promène sa fille dans sa poussette pour tenter de l'endormir. Nous apercevons également Summer et Sean.

Cette fois-ci, le gamin n'a pas sa langue dans la bouche de l'adolescente. Il semble même en mauvaise posture, si j'en crois la distance entre eux et le fait qu'elle essuie ses larmes d'un geste rapide. Le fils aîné de Sharon serait-il un bourreau des cœurs ?

Dans le hall de notre immeuble, je suis embarrassé de n'avoir pas prononcé une parole dans la voiture car il m'est difficile de quitter June l'air de rien.

— Je suis désolée si je me suis montrée trop curieuse, dit-elle doucement, ne sachant visiblement plus comment réagir.

— Ce n'est pas ta faute, la rassuré-je. Ce n'est juste pas mon sujet de prédilection.

Ma tentative de plaisanterie tombe à l'eau et elle ne répond pas à mon sourire.

— Je n'en parlerai pas dans mon reportage.

Je hoche la tête, incapable de faire mieux. Je lui en suis reconnaissant, mais je ne veux pas qu'elle décèle dans ma voix ou dans mon regard ma vulnérabilité à ce propos.

— D'ailleurs, ce reportage… On en entend beaucoup parler, mais on n'a encore rien vu, changé-je de sujet.

— J'ai bossé sur le montage mercredi, quand je suis restée à la caserne. J'espère qu'il plaira à mon patron et qu'on pourra le mettre en ligne.

— Tu me montreras le résultat avant ?

— Je peux te le montrer tout de suite, si tu veux, me propose-t-elle en se dandinant d'un pied sur l'autre.

Elle hésite. A-t-elle conscience elle aussi de ce qui se joue entre nous ? Ressent-elle cette attirance qui nous pousse l'un vers l'autre ? Si je sais ce qui me retient, j'ignore ce qu'il en est de son côté. Est-ce à cause de toutes les filles qu'elle a vues défiler chez moi ? Je ne saurais dire pourquoi, mais je pressens que ce n'est pas la seule explication. Je suis certain qu'elle cache quelque chose de plus profond. Quelque chose que je veux découvrir.

— OK.

Je ne dis rien de plus. Je ne vais certainement pas la prévenir que je compte la cuisiner une fois chez elle.

Je profite de notre montée des marches pour admirer ses fesses rondes et fermes. Mes mains me démangent, mais je me retiens. J'ai l'intime conviction que si je pose un doigt sur sa peau je ne pourrai plus m'arrêter avant d'en avoir exploré chaque parcelle.

Elle ouvre la porte de chez elle et m'invite à entrer. Je joue au con en la frôlant de manière volontaire en passant dans l'embrasure.

— Tu veux grignoter un truc ? me demande-t-elle en retirant ses chaussures.

— On peut commander, si tu veux. C'est moi qui régale puisque c'est à cause de moi qu'on est partis de chez ma mère.

— J'ai de quoi nous faire un sandwich au poulet et une salade verte, énonce-t-elle en ouvrant la porte de son frigo.

— Tu te fous de moi ? m'écrié-je alors qu'elle commence déjà à sortir sa laitue. Remballe tes crudités, j'appelle une pizzeria. Tu veux quoi ?

Elle arbore une moue indécise qui dure un temps anormalement long. Pendant qu'elle réfléchit, je compose le numéro du restaurant où j'ai mes habitudes et m'éloigne dans le salon.

— Allô ?

— Oui, bonjour, je voudrais vous commander une pizza cannibale avec un œuf et une...

Je balance un coussin à travers la pièce afin qu'il atterrisse dans la cuisine. Ça a l'effet escompté car je vois June sursauter.

— Mettez-en également une au poulet, s'il vous plaît, finis-je par demander puisqu'elle ne dit toujours rien et que c'est ce qu'elle s'apprêtait à manger.

Je lui précise l'adresse de livraison et raccroche.

June marmonne des trucs que je ne saisis pas tout en rangeant ses aliments inutiles. Elle vient ensuite prendre place à mes côtés sur le canapé avec son ordinateur en main.

— Ne me remercie surtout pas pour le repas, la taquiné-je avec un grand sourire.

— Je te maudirai plutôt demain matin quand je serai en train de courir pour éliminer les calories que tu me forces à ingurgiter.

— Tu peux manger ta salade, si tu préfères. J'avalerai les deux pizzas sans problème.

— Dans tes rêves !

— C'est bien ce que je pensais. Pourquoi les femmes font toujours toute une histoire avec la bouffe ?

— Parce que des années de patriarcat nous ont mis en tête que les hommes nous préfèrent minces et qu'il faut leur plaire coûte que coûte ?

— N'importe quoi ! Je ne préfère pas les femmes minces, par exemple.

— Bizarre, j'ai jamais vu une nana ronde passer par chez toi.

— Tu ne devais pas assez bien surveiller les allées et venues…

— Mais bien sûr ! dit-elle en levant les yeux au plafond.

June a une silhouette pour laquelle je suis prêt à me damner. Des fesses rebondies, une poitrine généreuse, et je me rappelle encore son ventre plat lorsque, avec Matthew et Travis, nous l'avons croisée dans le hall alors qu'elle rentrait d'un footing. Mais il est préférable que je chasse tout de suite cette image de mon esprit sinon je risque de me jeter sur elle.

— Qu'est-ce qui a changé pour que tu oses sortir du camion cette semaine ? lâché-je d'un coup pour la prendre au dépourvu et orienter mon cerveau sur ce mystère.

Elle ne s'attendait pas à cette question. Son visage se referme immédiatement. Elle se soustrait à mon regard en inspirant avant d'expirer avec calme pour rester maîtresse d'elle-même.

— Je veux juste que tu saches que s'il t'arrive de te sentir dépassée sur le terrain, je serai là pour toi. Je ne veux pas t'obliger à me dévoiler ce qui te rend nerveuse, mais tu peux compter sur moi si tu en ressens le besoin.

Je décèle du soulagement sur ses traits, et de la gratitude de ne pas insister. Je compte bien lui faire cracher le morceau un jour ou l'autre, mais je saurai me montrer patient.

— Bon, on se la regarde cette vidéo ?

Elle ouvre son PC portable et lance la lecture du fichier. Je nous découvre à l'écran, en interventions. La plupart du temps, June parle en voix off pour détailler ce qu'il se passe et ce que nous mettons en œuvre pour porter secours aux victimes. Elle a monté mon éclat à propos de l'engagement d'un pompier en le plaçant de façon intelligente au milieu de son reportage pour garder l'attention du public. Chacun d'entre nous est mis en avant. Même ce bon vieux William paraît cool quand il s'adresse à la caméra lors de son interview.

Le reportage se termine sur une sorte de bêtisier où l'on nous voit nous chamailler, nous balancer de l'eau et nous engueuler autour de nos parties de cartes. Puis sur un plan des portraits des hommes que nous avons perdus. La voix de June rappelle alors que derrière l'uniforme nous sommes des hommes et des femmes, des pères et mères de famille, des enfants, des frères et sœurs, qui mettent leur vie en péril pour sauver celles de la communauté.

— Alors ? m'interroge-t-elle d'une voix où transparaît la nervosité.

— Si ton patron n'apprécie pas ton travail, change de journal.

Un large sourire illumine ses traits. J'ai envie de le cueillir avec mes lèvres pour en goûter la saveur. Nos yeux s'arriment. Sa respiration devient saccadée. Je le perçois à son buste qui s'élève et se rabaisse un peu plus vite. Elle mordille sa lèvre inférieure tout en lorgnant la mienne. Je ne résiste pas à l'envie de passer le bout de ma langue dessus pour l'aguicher. Si elle amorçait le premier pas, je pourrais me cacher derrière ça pour assouvir les fantasmes dans lesquels elle tient le premier rôle, et lui rejeter la faute dessus quand elle me détestera de ne pas me dévoiler.

Le temps est suspendu. Aucun de nous ne lâche prise. Sans que j'en aie pleinement conscience, mon visage s'approche du sien. Je la défie de ne pas reculer. *Prends tes distances, June, ou tu vas souffrir.* Mais c'est mal la connaître ! Non seulement elle ne met aucune distance entre nous, mais elle va jusqu'à laisser sa main retomber pour la poser sur le haut de ma cuisse.

Alors que je m'apprête à fondre sur sa bouche, la sonnerie de mon téléphone nous effraie. June bondit littéralement du canapé et manque de faire tomber son ordinateur.

Je décroche et aboie un allô à mon interlocuteur.

— Monsieur Harmon, c'est le livreur de pizza.

Putain, mais pourquoi je n'ai pas accepté de bouffer cette salade comme un foutu lapin ?

21

JUNE CAMPBELL

Le jour commence à s'infiltrer à travers la fenêtre de ma chambre, pourtant je ne veux pas me réveiller. Mon dernier rêve est encore présent dans mes songes et j'y étais en bonne compagnie.

Je me blottis un peu plus contre le corps musclé de Derek. Je n'ai pas besoin de voir son visage pour savoir qu'il s'agit du sien. Depuis que je le suis partout avec ma caméra et que j'observe ses traits à travers l'écran de mon ordinateur lors des montages vidéo, il s'invite chaque nuit dans mon lit. Il disparaît dès que j'ouvre les paupières alors je préfèrerais faire durer l'instant.

Je remonte ma main sur ses pectoraux et la laisse courir le long de son bras. Ma bouche effleure le creux de son cou. Je goûte sa peau du bout des lèvres et m'en délecte en laissant échapper un petit gémissement.

Aujourd'hui, mon voisin est entreprenant, contrairement à mes rêves précédents. Ses paumes larges se posent sur mes cuisses et glissent jusqu'à mes hanches puis ma taille. La proéminence de son désir frotte contre mon intimité, m'embrasant.

Je sens la réalité me rappeler à elle, mais je tente de m'y soustraire encore un moment. Je ressors inéluctablement frustrée de ces moments imaginaires avec Derek. Cette fois-ci, je veux aller jusqu'au bout.

Je resserre mon étreinte contre lui en passant mes bras autour de son cou. Une de ses mains se faufile sous mon top et titille un de mes tétons. Le plaisir qui me traverse jusqu'au creux des reins est si délicieux que je me sens tirée dans l'instant présent.

Je cesse enfin de lutter et ouvre les yeux.

— Oh putain ! m'écrié-je en battant des pieds et des mains pour pousser le corps de Derek qui surplombe le mien.

En chair et en os !

— Mais t'es complètement malade ! m'engueule-t-il en manquant de tomber du canapé.

Je me redresse aussitôt pour mettre le plus de distance possible entre nous.

— Qu'est-ce que tu fiches ici ?

— On a dû s'endormir en regardant la télévision, marmonne-t-il en se passant les mains sur le visage.

Le reportage. Les pizzas. Ça me revient, ça y est. On a fini par lancer une émission à la télévision tout en mangeant. La soirée est passée sans que je lui demande de rentrer chez lui. Sans qu'il prenne l'initiative de le faire.

— Et je peux savoir comment tu t'es retrouvé sur moi ? vociféré-je, hors de moi.

— Tu te fous de moi ? C'est toi qui as commencé à te coller contre moi et à caresser mon bras.

— Et tu n'aurais pas pu m'arrêter ?

Il se relève du canapé et avance à pas de loup dans ma direction.

— Pourquoi tu luttes ainsi ? murmure-t-il près de mon oreille.

— Je quoi ? m'étranglé-je.

— Toi et moi, insiste-t-il. Tu en as envie. J'en ai envie.

— Tu es bien sûr de toi, assené-je d'un ton mordant.

— Faisons-le et passons à autre chose.

Si seulement c'était aussi facile ! J'aurais pu envisager de me laisser aller après notre première dispute. Mais les choses ne se sont pas déroulées ainsi, et aujourd'hui, je sais à coup sûr que si je le laisse m'approcher, mon cœur se mêlera à la partie. Or ce n'est pas ce que me propose Derek. Loin s'en faut.

— Tu vas surtout passer la porte et sortir de chez moi, parviens-je à articuler alors que je sens ma fermeté s'étioler. On se voit plus tard à la caserne.

Je me rappelle qu'il m'a proposé d'écrire un article sur la rencontre sportive qui doit s'y dérouler avec les jeunes de Santa Monica. Sur le moment, j'ai trouvé que c'était une excellente idée, mais je me dis à présent que j'aurais mieux fait de décliner. Je crois qu'il vaudrait mieux qu'on arrête de se voir pendant quelques jours.

Derek soupire puis secoue la tête, avant de s'en aller et de refermer la porte de mon appartement avec précaution.

J'attrape le premier coussin qui traîne sur le canapé et pousse un cri dedans en tapant du pied sur le sol. Quand il m'a dit « faisons-le » de cette voix sexy qu'il prend parfois, j'ai bien cru défaillir. *Merde, merde, merde et re-merde !*

***

J'arrive au journal avec une petite demi-heure d'avance sur l'horaire de mon rendez-vous avec Tom Young. Cette fois-ci, je suis confiante. Et j'ai vu dans les yeux de Derek hier soir qu'il était lui-même ému par mon reportage.

Je file à la machine à café et me sers une tasse bien remplie. J'ai besoin d'une certaine dose de caféine après avoir traîné si tard avec mon voisin, à rire et à partager nos opinions sur tout ce qui passait à la télévision. *Et pour oublier la sensation délicieuse d'être recouverte par son corps musclé.*

— Tiens, mais c'est notre journaliste d'investigation, s'exclame une voix derrière moi.

— Oh ! Drew ! Tu m'as fait peur, sursauté-je.

— Excuse-moi, ce n'était pas volontaire.

Je lui rends son sourire, bien que gênée de l'image qu'il est susceptible d'avoir de moi à cause du sous-entendu de Derek.

— Je te sers une boisson ? lui proposé-je.

— Un café serré, s'il te plaît.

— Longue journée en vue ? le questionné-je pour lancer la discussion et combler le silence gênant.

— Comme toujours.

Il n'y met vraiment pas du sien pour m'aider.

— Tu bosses sur quoi en ce moment ?

— Ne le prends pas mal, mais je préfère ne rien dire, déclare-t-il avec une grimace.

— Carrément ! Ça doit être du lourd.

Et voilà, dès qu'on parle boulot, je m'anime. Mon enthousiasme doit être communicatif car Drew semble se dérider.

— Disons que je préfère ne pas mettre la puce à l'oreille des collègues pour éviter de les voir marcher sur mes plates-bandes.

— Tu as bien raison. J'ai le droit à un indice, quand même ?

— C'est un truc *people*, chuchote-t-il comme si notre collègue à l'autre bout de la salle pouvait nous entendre à cause de la porte ouverte.

Les propos d'Harper me reviennent en mémoire au sujet de cette actrice qui aurait été aperçue à Santa Monica.

— Amaia Cox ? murmuré-je à mon tour.

— Et voilà, c'est ce que je craignais ! On est déjà plusieurs sur le coup ? Toi aussi ?

— Oh non ! Je te rassure, je vois à peine de qui il s'agit. Mais une de mes voisines m'en a parlé en mentionnant la plage Will Rogers. Elle était même prête à faire le guet si le journal payait bien.

— Avec tous ces blogs et ces réseaux sociaux, les gens s'improvisent tous journalistes, persifle-t-il, acerbe.

— Pour ce que ça vaut, c'est une influenceuse beauté qui est suivie par beaucoup de monde à Santa Monica. Elle pourrait peut-être t'aider dans ton enquête grâce à ses connaissances.

Il grimace, pas convaincu.

— Je t'envoie son profil Instagram par mail, lui dis-je sans tenir compte de son manque d'enthousiasme. Contacte-la et vois si vous avez un intérêt commun à unir vos forces.

Je n'attends d'ailleurs pas sa réaction pour joindre le geste à la parole.

— Ta voiture, rien à signaler ? me demande-t-il sans me préciser s'il suivra mon conseil.

— Elle roule comme au premier jour ou presque. Merci encore de m'avoir dépannée. Si je peux faire quoi que ce soit pour toi, n'hésite pas.

— Et donc, ce mec et toi...

Je savais qu'on en viendrait à évoquer Derek. J'en suis presque soulagée car ça va me permettre de dissiper le malentendu entre nous.

— Je ne sors pas avec mon voisin, le coupé-je pour lui éviter de finir sa phrase. On s'est un peu tiré dans les pattes et il a pris sa revanche lorsque tu es venu l'autre jour. Je suis tout ce qu'il y a de plus célibataire. Et je ne suis pas adepte des orgies.

— Je ne te juge pas, tu sais.

— Mon voisin a dit ça uniquement pour me rendre la monnaie de ma pièce, lui assuré-je en lui tendant sa tasse, remplie.

— Et votre petit jeu est censé vous emmener où ?

— Il est terminé.

— Sûre ?

— Certaine, affirmé-je après avoir avalé une gorgée.

— Je peux donc t'inviter un soir sans craindre de le voir apparaître ?

Aïe ! Je n'avais pas anticipé que Drew irait jusque-là. Il est charmant, mais il n'éveille rien de particulier en moi. Le calme plat à côté de ce que provoque la simple mention de Derek.

— Je ne crois pas que ce soit une bonne idée. On travaille ensemble...

— Si ce n'est que ça, je démissionne dès que le patron arrive, s'exclame-t-il en faisant mine de quitter la cuisine avant de se tourner à nouveau vers moi. C'est dommage, mais je respecte ton choix.

Je lui offre un petit sourire contrit pour atténuer mon refus.

Nous voyons Tom Young pénétrer dans les locaux et partir s'installer directement dans son bureau.

— Le devoir m'appelle, lancé-je à Drew en passant devant lui pour rejoindre notre boss.

— June ? m'interpelle mon collègue alors que je suis déjà au milieu de l'*open space*. Fais-le galérer, s'il te plaît, ça me consolera un peu.

— Qui ça ? demandé-je, sans comprendre où il veut en venir.

— Ton voisin.

22

DEREK HARMON

— Alors on commence à stresser de ne pas remporter la victoire cette année ? m'alpague Luis en se pointant enfin pour donner un coup de main dans les préparatifs.

— C'est pour ça que tu arrives à cette heure-ci ? Tu économises tes forces pour avoir plus de chance de gagner ? rétorqué-je.

— Chacun sa technique, mon vieux ! se marre-t-il en me tapant dans le dos. Non, en réalité, le bébé n'arrêtait pas de bouger ce matin et j'ai pas vu le temps passer tellement ça m'a captivé.

— T'as bien fait d'en profiter.

— Et puis si on avait besoin de toi, ça se saurait, le nargue Mia en arrivant, les bras chargés de plots pour délimiter un parcours.

Luis se précipite pour l'aider et ils s'éloignent ensemble pour mettre en place le circuit de course. C'est le dernier à organiser. Sinon, tout est installé. Le stand de boissons et de nourriture sera tenu par le commandant Mitchell et trois autres collègues. Tout le reste du staff est d'astreinte en cas d'alerte. Deux équipes sont d'ailleurs parties il y a à peine dix minutes pour un début d'incendie. Les collègues nous préviendront rapidement si nous devons mettre fin à cette journée pour venir en renfort.

J'aperçois les minibus des associations qui se garent sur le parking de la caserne. June n'est toujours pas arrivée et j'espère qu'elle n'a pas décidé de renoncer à venir à cause de ce réveil pour le moins surprenant ce matin.

Elle s'est endormie sur son canapé hier soir et sa tête a glissé sur mon épaule. Je ne suis pas parvenu à me résoudre à me lever pour rentrer chez moi. En revanche, je n'avais pas prévu de sombrer dans le sommeil à mon tour et d'être réveillé par une June entreprenante à l'aube. Rien qu'en y repensant, une partie de mon anatomie se réveille. Il m'a fallu une douche glacée pour me remettre d'équerre. Et je ferais bien de chasser de nouveau cette image de mon esprit car les gamins commencent déjà à courir dans notre direction.

Le commandant les accueille puis explique que nous allons former trois équipes. Chacune chapeautée par un pompier.

— Je vous présente les capitaines d'équipe. Voici Luis, Mia, et Derek. Chacun d'eux va sélectionner un membre de son équipe à tour de rôle. C'est un choix important car sur le terrain vous devez avoir une confiance aveugle en vos partenaires, précise le commandant. Nous allons laisser Mia désigner son premier coéquipier.

— Je choisis June, lance-t-elle en m'adressant un sourire malicieux.

Les gosses cherchent des yeux de qui il s'agit parmi les adultes présents. Ma petite rousse apparaît soudain devant nous. Elle était en retrait, derrière les responsables des associations. Elle a son petit calepin dans les mains, ainsi qu'un stylo, mais elle est tout de même vêtue de façon sportive, avec un short qui dévoile ses jambes fines. Celles-là mêmes que j'ai caressées ce matin. Cherchait-elle à m'éviter en se cachant ?

— Oh ! Non, non, je ne participe pas, tente-t-elle de se défiler. Je suis juste là pour relater l'événement dans le journal.

— Qui a envie que June participe ? m'écrié-je à l'attention des enfants. Allez, on crie tous « June, June, June » !

Une trentaine d'enfants se met à scander son prénom. Après quelques secondes, elle s'avoue vaincue et rejoint les rangs de Mia, non sans m'avoir assassiné du regard au passage.

Luis et moi appelons chacun un gaillard bien bâti dans notre équipe.

Lorsque le tour de Mia revient, elle laisse la parole à June.

— La jeune fille au fond, avec le tee-shirt bleu et les cheveux blonds.

L'adolescente en question écarquille les yeux tout en se levant. Elle semble surprise d'être le premier choix de la journaliste. Et Mia ne comprend visiblement pas plus ce qui a motivé cette décision. La gamine est loin d'avoir le physique d'une sportive.

Nous continuons ainsi chacun notre tour, et June persiste à opter pour des gamins sur lesquels nous ne miserions jamais. Mia la laisse faire, bien qu'elle ait horreur de perdre. Même si elle le cache bien, nous qui la connaissons bien devinons qu'elle n'est pas ravie.

— Allez, fais pas cette tête, tu n'avais de toute façon aucune chance de gagner, la charrie Luis en veillant à rester à l'abri des oreilles des enfants.

— Tout dépend ce que tu penses être une victoire, lui rétorque June d'une voix sèche en s'éloignant.

Je cours pour la rattraper, mais elle en prend conscience et rejoint aussitôt les gosses de son équipe. *Tu ne pourras pas toujours t'en sortir comme ça, June !*

Les épreuves débutent et s'enchaînent. Pendant chacune d'entre elles, June s'égosille à encourager chaque enfant de son équipe. Avec Mia, elle les pousse à se dépasser et les félicite dès qu'ils terminent un parcours. Elles prennent la pose pour des photos même si le temps est compté, tandis qu'avec Luis nous n'avons que le chronomètre et les performances en tête.

Sans surprise, mon équipe de petits champions remporte la victoire. On laisse ma voisine nous tirer le portrait tous ensemble, en levant le poing en signe de victoire. Voir les enfants heureux me donne le sourire.

Luis est à quelques points seulement de nous. Ils auraient pu rafler la victoire jusqu'au bout, ce qui permet aux gamins de ne pas être trop déçus. Alors que Mia est bonne dernière. Je la vois pourtant se servir à boire et fanfaronner avec les membres de son équipe. Chacun des enfants a un sourire resplendissant collé sur le visage. Ils se félicitent entre eux et comparent leurs exploits personnels.

— Je crois que j'ai compris ce que tu as manigancé, glissé-je à June qui a baissé sa garde et ne m'a pas vu arriver près d'elle.

— Oh ! Tu crois ça…

— Oui.

— Depuis combien d'années organisez-vous cet événement ?

— Quatre.

— Eh bien il t'en aura fallu du temps pour comprendre que ce n'est pas toi le valeureux pompier qui doit gagner.

— Je ne suis pas le seul vainqueur, lui rappelé-je pour me défendre. Les gamins de mon équipe également.

— Ces enfants sportifs qui ont probablement l'habitude des compétitions et d'être choisis en premier au moment de composer des équipes ?

— Ils ne méritent donc pas de gagner, selon toi ?

— Ce n'est pas ce que j'ai dit, s'agace-t-elle en faisant claquer sa langue contre son palais. Je pense juste qu'en organisant ce tournoi vous devriez miser sur l'égalité des chances en formant des équipes homogènes. Mais je ne m'attends pas à ce que tu comprennes. J'imagine que tu as toujours été celui qu'on veut à tout prix dans sa team. Le plus fort, le plus endurant... Cependant tu es un adulte aujourd'hui, donc tu pourrais prendre en considération la portée de tes actes. Tu as boosté la confiance d'enfants qui se sentent déjà comme des champions, alors qu'avec Mia, on a prouvé à des gosses qui peuvent douter d'eux qu'ils sont capables de se dépasser. Le score final n'a absolument aucune espèce d'importance.

Et bam, dans ma face !

June me plante là comme un con et s'éloigne. Même si elle m'en avait donné la possibilité, qu'aurais-je pu répondre ? Je me sens honteux de n'avoir pas su voir où était le réel enjeu de cette journée.

23

JUNE CAMPBELL

— La chaleur du jour a fait migrer toute la résidence dans le jardin, m'informe Ava alors que je nous prépare deux margaritas.

Je la rejoins et observe tout ce petit monde, accoudée au rebord de ma fenêtre, tout en lui tendant son cocktail. Les jeunes sont installés à l'ombre des palmiers, allongés sur des couvertures. Ils jouent aux cartes et je peux lire le soulagement de leurs parents respectifs d'être à peu près tranquilles.

— Je crois que le fils aîné de Sharon joue sur les deux tableaux avec Summer et Carmen, indiqué-je à mon amie. Une fois, je le vois faire les yeux doux à l'une, et le lendemain à l'autre.

— Un Sagittaire à coup sûr, estime-t-elle avant d'avaler une bonne gorgée de sa boisson.

Nathan et son épouse sont installés à une des tables extérieures, un ordinateur face à eux, la petite Isabella endormie en écharpe contre sa maman.

— J'ai vu madame Roberts sortir de ton immeuble plusieurs fois cette semaine, m'apprend Ava alors que Sue s'approche des jeunes parents et commence à discuter avec eux.

Je suis sûre qu'elle leur donne des conseils d'éducation dont ils se passeraient volontiers !

— Ah oui ? Étrange. Je ne vois pas à qui elle pourrait venir rendre visite. Peut-être à la famille Stephen...

— Ou alors elle a une aventure sulfureuse avec Derek, se marre-t-elle. Ça ne serait pas plus bizarre que de penser que Derek couche avec une femme qui est en réalité sa mère, me charrie-t-elle.

— Mon Dieu, ne me rappelle pas cet épisode, je fais tout pour l'oublier ! supplié-je ma meilleure amie.

Elle me donne un coup d'épaule complice avant de s'exclamer :

— Oh ! Regarde, même Aaron est dehors ! Ce n'est donc pas un vampire !

— Ah ah ! Si tu veux mon avis, la présence d'Harper n'y est pas pour rien, affirmé-je avec un clin d'œil.

Stanley et Sally, les plus jeunes enfants de la famille Stephen, rejoignent Jayden dans la piscine et ils lui proposent de jouer à se faire des passes avec leur ballon. Le jeune adepte de surf semble ravi et leurs cris de joie nous parviennent bientôt.

— Si seulement tous les jours pouvaient être aussi faciles à Palisades Park. Après le brouilleur d'ondes, je me demande à quoi nous devons nous attendre... dis-je, pensive.

Un coup frappé à la porte m'oblige à délaisser mon poste d'observation. Je vais ouvrir et découvre Ethan et David, mes voisins directs, sur le seuil.

— Tout le monde est dehors, tu viens aussi ? me propose David.

— Ça t'évitera de te transformer en Sue à espionner par ta fenêtre, ajoute Ethan pour me taquiner.

Mais quel enquiquineur, celui-là !

Ava fait son apparition et salue les deux hommes.

— Je surveille au cas où votre fantôme du rez-de-chaussée apparaîtrait, rétorqué-je pour me moquer de lui et de sa lubie.

Son mari pouffe et je l'imite tandis qu'Ethan brandit son majeur devant moi, ce qui ne fait qu'accentuer notre hilarité.

— On enfile un maillot de bain et on arrive, affirmé-je.

— Ça marche, on se retrouve en bas, répondent-ils en chœur.

Je referme la porte et entraîne Ava vers ma chambre.

— Allez viens, on va se chercher des maillots.

— Mais oui, comme ça on pourra parader devant les beaux pompier et policier !

Je me tourne vers elle et fronce les sourcils.

— Rassure-moi, je n'ai pas loupé un truc, Derek et Travis ne sont pas en bas ? J'ai accepté sans rechigner car je ne les ai pas vus. J'imagine que Derek dort après cette semaine chargée à la caserne.

— Ah oui ! Donc, tu en es carrément arrivée au point de l'éviter, me taquine Ava en fouillant dans mes affaires pour se dénicher un bikini.

Je lui tire la langue pour toute réponse. Je sais que mon comportement est puéril, mais je n'ai aucune envie de me questionner à ce sujet, là tout de suite.

J'opte pour un bikini simple parmi ceux que je possède et je passe par la salle de bain pour prendre ma crème solaire. Avec ma peau de rousse, je suis obligée de me badigeonner régulièrement de l'indice 50 si je ne veux pas terminer rouge écrevisse.

Serviettes de plage en main, nous dévalons les marches pieds nus. Inutile de nous embêter avec des sandalettes alors que nous allons simplement nous vautrer dans un transat pour bronzer.

— Hello tout le monde, saluons-nous l'assemblée.

Je m'installe non loin d'Harper et Aaron tandis qu'Ava pique une tête dans la piscine.

— J'ai été contacté par un mec qui prétend te connaître, me lance l'influenceuse beauté. C'est vrai ?

— Ça doit être Drew ! la rassuré-je, me rappelant lui avoir transmis son profil. C'est un collègue. Il est sur le coup pour dégoter ta star en plein chagrin d'amour. Je suis certaine qu'à deux vous aurez plus de chance de la dénicher.

— Ah ! OK. Je peux toujours le rencontrer et voir ce qu'il propose… Merci.

J'ouvre le capuchon de ma protection solaire et m'apprête à en verser une noisette dans la paume de ma main quand la bouteille m'est retirée d'un coup. Je me tourne pour voir qui est le plaisantin qui a décidé de venir me chercher et découvre avec horreur qu'il s'agit de Derek.

Il porte une sorte de marcel très échancré qui laisse admirer ses bras musclés et dévoile en partie ses pectoraux. Un short plutôt court, sûrement idéal pour un jogging, permet de détailler ses cuisses puissantes. Je me maudis de le trouver si irrésistible. J'ai l'impression de tomber sous son charme un peu plus chaque fois que je le croise.

— Laisse-moi m'occuper de ça.

Je le regarde sans comprendre de quoi il parle.

— La crème solaire, précise-t-il devant mon air béat.

Sans me laisser protester, il fait couler de la crème dans ses mains et s'approche de moi. Je pourrais reculer mais je le laisse faire. Ses doigts caressent ma peau le long de mes bras et la malaxent avec douceur. J'aperçois le regard de Sue derrière ses lunettes de soleil. Nous sommes en train de lui donner du grain à moudre.

— Je peux tout à fait le faire moi-même, persiflé-je en évitant son regard afin qu'il ne puisse pas constater l'effet qu'il me fait.

— Allonge-toi sur le ventre, chuchote-t-il pour que je sois la seule à l'entendre.

J'aimerais ne pas lui obéir, mais je n'ai pas la force de lutter contre l'envie qu'il me touche.

Il abaisse une première bretelle du haut de mon maillot, puis la suivante. Il en profite pour laisser la pulpe de ses doigts remonter délicatement sur mes épaules. Je ferme les yeux et savoure son contact en frissonnant malgré la chaleur accablante.

J'ai tant de fois imaginé ses mains sur mon corps. Ce n'est pas l'aperçu éclair d'hier matin qui a pu me satisfaire.

Après s'être focalisé sur le haut de mon dos, il s'attaque à mes hanches et à ma taille. Je retiens un soupir de satisfaction *in extremis*. À me contrôler ainsi, je crains d'être victime d'une combustion spontanée.

Mon voisin profite de l'état de plénitude dans lequel il m'a plongée pour passer à mes jambes. Ses pouces appuient sur l'arrière de mes cuisses tandis que ses doigts en effleurent le côté. Ses caresses migrent le long de mes mollets puis s'attardent sur la plante de mes pieds.

Au fond de moi, je suis soulagée que nous ne soyons pas enfermés quelque part à l'abri des curieux car je ne répondrais plus de rien. Chaque fibre de mon corps réclame son attention.

— Tu sais quel est l'avantage de vivre dans le même immeuble ? susurre-t-il à mon oreille alors que j'ai les paupières closes.

— Hum ? baragouiné-je, incapable de prononcer une parole sans trahir l'état dans lequel je suis.

— On peut rentrer ensemble sans éveiller les soupçons.

Un rire de gorge m'échappe alors. J'entrouvre un œil pour juger si Derek pense sérieusement ce qu'il vient de dire.

— Je suis à peu près certaine que toute la résidence pense déjà que nous couchons ensemble, inutile de leur donner de quoi alimenter les ragots.

— Donnons-leur raison, dans ce cas.

Je lève la tête pour mieux le regarder. *OK, il pense vraiment ce qu'il dit.* Ce mec est ahurissant. Il y a tellement d'arrogance et de certitude dans ses yeux, aucune femme ne l'a-t-elle donc jamais fait vaciller ?

Je me redresse et m'assieds au bord du transat. Je feins de vérifier si nos voisins nous épient. Harper fait mine de s'intéresser à l'écran de son téléphone. Sue, elle, assume de nous observer sans gêne. J'oriente à nouveau mon visage dans la direction de Derek qui détaille mes courbes, et je pousse le vice jusqu'à me mordiller les lèvres.

— Vas-y en premier, lui soufflé-je tout bas. Je te rejoins chez toi dans dix minutes pour plus de discrétion.

Une flamme s'allume dans la prunelle de ses yeux. J'ai du mal à croire qu'il mord à l'hameçon. Il m'offre un clin d'œil, se lève et rentre chez lui.

Quand il pénètre dans le hall de l'immeuble McQueen, je pouffe et cache mon sourire dans la paume de ma main.

— Quel mauvais coup tu lui as fait ? m'interroge Ava en m'effrayant quand elle prend place à mes côtés.

— Pourquoi tu penses tout de suite que j'ai fait quelque chose de mal ?

— Parce que je reconnais ce petit air fier de toi, me répond-elle. Tu avais le même au *Speak Easy* quand tu as fait fuir la nana avec laquelle il buvait un verre.

— Parfois, les hommes ont besoin qu'on leur rappelle qu'ils ne mènent pas la danse.

— À qui le dites-vous ! s'exclame Li qui vient d'arriver et n'a entendu que ma dernière phrase. Matthew est en train de me rendre dingue avec le séjour qu'on prévoit chez mes parents pour Thanksgiving. Il est allé s'acheter une combinaison de ski alors qu'on n'a pas prévu d'en faire. Vous y croyez ? Juste parce qu'il craint les températures glaciales, selon ses mots…

Ava et moi rions du ridicule de la situation. Même si Li est agacée par le comportement de Matthew, elle sait que c'est justement son tempérament qui l'a fait tomber amoureuse de lui. Mon cœur se serre lorsque je prends conscience que c'est exactement ce qui me plaît chez Derek : son esprit fougueux, courageux et vaillant.

24
DEREK HARMON

La garce ! Elle a joué avec moi et je suis tombé dans son piège les pieds joints.

En rentrant chez moi, j'ai vite filé sous la douche car je revenais d'un footing. Je n'ai même pas attendu que l'eau soit chaude avant de me glisser dessous, de peur qu'elle n'arrive entre-temps... Mais ça fait maintenant plus de quarante-cinq minutes que je poireaute tandis qu'elle sirote des tequilas avec ses copines et les autres voisines.

Je crève d'envie de la dévorer et de me perdre en elle. Elle est devenue une idée fixe. Jamais je n'ai autant désiré une femme. June me fait galérer, et alors que d'ordinaire je me serais tourné vers une proie plus facile, elle m'obsède et me fait oublier toutes les autres. Je ne pense qu'à son humour, à sa manière de m'envoyer promener, à son professionnalisme... À ses failles qu'elle s'évertue à cacher. Tout comme moi.

Voilà peut-être le problème, d'ailleurs. Je devrais peut-être lui proposer de conclure un deal lorsque nous succomberons. Parce que nous succomberons, c'est sûr. Ce n'est qu'une question de temps. Je le sais. Elle le sait.

Le moment venu, je lui proposerai de ne plus la questionner à propos de cet élastique à son poignet si elle promet en retour de ne pas me demander les raisons pour lesquelles je garde mon tee-shirt. Quelque chose me dit que ce pacte pourrait lui sembler arrangeant.

Pour ce qui est d'aujourd'hui, je n'ai pas encore dit mon dernier mot. Elle ne va pas s'en tirer à si bon compte. Si elle pense que la partie est terminée, elle se trompe.

Je la guette à travers les interstices du store de ma fenêtre qui donne sur le jardin et compte bien lancer le deuxième round de notre combat lorsqu'elle rentrera chez elle. Je sais qu'elle s'y attend et que c'est pour cette raison qu'elle fait durer l'instant. Elle table sur le fait que je vais finir par abandonner, mais je peux être très patient. Elle va bientôt le découvrir. *C'est quand tu veux, June, j'ai tout mon temps !*

Après une petite heure, elle se décide enfin à bouger. Elle embrasse ses amies et chacune rentre chez elle. Je me lève et entrouvre ma porte. Je patiente le temps d'entendre ses pas résonner dans l'entrée de l'immeuble. Elle a à peine le temps d'en faire deux que je lui agrippe le poignet et l'attire contre moi en la plaquant contre le mur.

Un petit cri lui échappe avant qu'elle se mette à rire.

Putain ! Sentir sa poitrine s'écraser contre mon torse attise la flamme qu'elle s'amuse à allumer puis à éteindre. Comme une pyromane avec un briquet. Mais à jouer avec le feu, on se brûle, et je compte bien lui rappeler ce vieil adage.

— Ça te fait marrer hein, grondé-je d'une voix rauque.

— Avoue que tu ne l'avais pas vu venir, ose-t-elle me dire, fière d'elle.

Je replace derrière ses oreilles les quelques mèches de ses cheveux qui se sont échappées de sa queue-de-cheval. Nos yeux se lancent dans une bataille sans merci, nous attendons chacun que l'autre les baisse le premier. Je lui offre cette victoire, pour mieux la surprendre en glissant mon nez le long de sa joue pour finir ma course dans son cou délicat. Mes lèvres se posent sur sa peau, juste derrière son oreille. Son épiderme est chaud d'être resté au soleil. Elle sent la crème solaire et la tequila. Ma langue la titille tandis que, d'un léger coup de genou, je me fraie un passage pour plaquer ma virilité contre le point central de son désir.

Un hoquet lui échappe et je la sens s'alanguir entre mes bras. *Parfait, exactement le résultat que j'espérais.*

— Et ça, tu l'avais vu venir ? lui demandé-je en posant mes mains sur ses côtes, juste sous sa poitrine que je rêve de goûter.

Ma bouche continue à la découvrir en s'attardant sur sa clavicule. Elle ne prononce pas un mot, trop concentrée sur sa respiration qu'elle retient.

Ses bras finissent par s'accrocher autour de mon cou. Encouragé par son geste, je fais migrer mes doigts plus haut et joue avec ses tétons à travers le tissu de son maillot.

Mes lèvres longent sa mâchoire. Je dépose un baiser sur le coin de sa bouche, ce à quoi elle répond en agrippant les cheveux de ma nuque. Je la devine féline au lit et ça court-circuite tout dans mon cerveau. Je frotte mon sexe au garde-à-vous dans mon boxer contre elle pour la chauffer autant que je le suis.

— Derek, supplie-t-elle.

Mon prénom ne m'a jamais semblé aussi mélodieux. Son bassin suit le mouvement de mon corps et intensifie le désir qui grimpe entre nous. J'aimerais la soulever, écarter ce bout de tissu qui me gêne et me perdre en elle. Au lieu de ça, je malmène encore sa poitrine entre mes doigts avant de rassembler mes forces pour m'arracher à elle. Pantoise, elle m'observe derrière ses longs cils, le souffle aussi court que le mien.

— Comme ça, tu sauras dans quel état j'étais en t'attendant alors que tu n'avais aucune intention de venir.

Elle me fusille du regard avant de redresser les épaules tout en accusant le coup.

Ethan et David choisissent ce moment pour rentrer chez eux. Ils s'arrêtent en nous voyant à quelques mètres l'un de l'autre en train de nous défier en silence. *Vous seriez venus trois secondes plus tôt, vous auriez eu matière à cancaner !*

David finit par pousser son mari afin de le faire monter dans l'escalier.

— Je ne comptais pas venir parce que je n'ai pas besoin de toi pour satisfaire ce que tu as allumé en moi tout à l'heure en me massant, me chuchote-t-elle afin de ne pas être entendue par Ethan et David qui n'ont pas encore claqué la porte de leur appartement. En revanche, on dirait bien que, toi, tu as besoin de moi pour calmer tes ardeurs. Quel dommage que tu n'aies pas profité du temps que je t'ai laissé pour y parvenir et, surtout, que tu te sois de nouveau mis dans un état pareil.

Elle ajoute ces derniers mots en jetant un œil malicieux à la bosse qui déforme mon short. Elle gravit ensuite les marches pour monter chez elle et je suis tellement scotché par son aplomb que je reste stoïque. Si je me suis senti stupide tout à l'heure en comprenant qu'elle ne comptait pas me rejoindre, ce n'est rien comparé à maintenant. June m'en fait baver. Et il semblerait que j'en redemande. Je suis foutu.

25

JUNE CAMPBELL

Je n'en mène pas large en arrivant à la caserne. Ce petit aparté sensuel avec Derek a hanté mes rêves, les rendant encore plus érotiques que précédemment. Ce maudit pompier est parvenu à me mettre dans tous mes états sans même m'embrasser.

Lorsque je croise son regard alors qu'il range quelque chose dans le camion, je jure que je ressens le pincement de ses doigts sur ma poitrine. Mon corps le reconnaît et réclame son attention. Mon cerveau a beau tenter de le raisonner, rien n'y fait. Le désir que j'éprouve pour mon voisin ne fait que s'intensifier de jour en jour.

Je le découvre sous un nouveau jour depuis trois semaines seulement, et ça a suffi à faire voler en éclats mes préjugés sur lui.

Il y a autant de temps que je n'ai plus vu ou entendu de femme crier depuis son appartement. Va-t-il chez elles ? Ou est-il trop fatigué après ses services à la caserne ? Son rythme de travail était pourtant sûrement le même avant que je débute le tournage. Je me maudis de penser que c'est peut-être parce que c'est moi qu'il désire.

Un léger sourire de canaille se dessine sur ses lèvres. Comme s'il connaissait le cours de mes pensées.

— June ! s'écrie une voix que je reconnais être celle de Mia.

Je me tourne et la découvre qui fonce droit sur moi, accompagnée de Luis.

— On a tous vu ton reportage sur le site du *Santa Monica Daily Press*. Il est génial !

— Il vous a vraiment plu ? leur demandé-je, car j'étais anxieuse de connaître leur avis.

— Mais oui. Si je te le dis !

— Merci pour tes mots à la fin, ajoute Luis. Ça nous a tous beaucoup touchés.

Plusieurs pompiers me sourient ou me font un signe de tête pour approuver leurs propos. Je suis un peu gênée car ce sont eux, les héros. Je n'ai fait que montrer leur dévouement.

— Tu restes encore avec nous ?

— Pour l'instant. Mon patron était très content aussi. Il attend de voir les retombées de cette première vidéo, mais si elles sont bonnes, il veut pouvoir proposer un deuxième reportage assez rapidement, avant de choisir un autre corps de métier dont les coulisses pourraient intéresser les abonnés.

— Si on peut t'aider à t'infiltrer quelque part, tu peux compter sur nous, m'assure Mia, ce qui me fait chaud au cœur.

Luis et elle filent dans les vestiaires pour se changer car tout le monde est déjà prêt en cas d'alerte.

J'évite soigneusement Derek, qui m'accorde cette distance en faisant mine d'être occupé. Nous échangeons quelques regards de loin, rien de plus.

Je filme plusieurs endroits dans la caserne auxquels je ne m'étais pas encore intéressée. Le dortoir est spartiate, avec seulement deux lits pliants dont les matelas me semblent aussi fins qu'une feuille de papier.

L'alarme retentit alors que, armée de ma caméra, je suis les soldats du feu en plein inventaire des camions. Ils vérifient que tout le matériel nécessaire est à bord. Le son strident me fait sursauter, comme toujours. Je ne m'y habituerai jamais. Le commandant Mitchell sort de son bureau et se met à crier :

— Départ de feu à Mountains National !

Tous mes muscles se tétanisent. J'avais échappé à ma phobie jusqu'ici. Il y a bien eu des incendies au cours de ces trois semaines, mais jamais au moment où l'équipe de Derek était en service. C'était trop beau pour durer.

Le commandant continue à beugler, mais le sens de ses mots ne prend pas forme dans mon esprit. Je bataille avec moi-même pour tempérer mes craintes et parvenir à suivre les soldats du feu. C'est ce qu'il manque dans mon reportage et Tom Young n'a pas manqué de le souligner. Suivre des pompiers et ne pas avoir d'incendie à montrer, c'est comme vouloir cuisiner un gâteau au chocolat sans chocolat.

— Allez bouge-toi, June ! me secoue Mia en passant. J'espère que tu as de la batterie parce qu'on ne va pas revenir de sitôt.

L'ambiance dans la caserne a changé en une seconde. Elle est passée de la détente à la tension. Tous savent ce qu'ils ont à faire avant de partir et s'activent avant de monter à bord des engins de secours à une vitesse ahurissante.

M'y voilà. Je vais donc accepter de moi-même d'approcher de mon enfer personnel. J'espère que le temps de trajet suffira à me calmer. Sur place, je resterai bien en retrait. J'ai un zoom de malade qui me permettra de filmer comme si j'étais au premier plan, autant qu'il serve à quelque chose.

Je souffle longuement pour me recentrer et apaiser mes angoisses. Je suis entourée de professionnels qui ont l'habitude de lutter contre le feu, je n'ai aucune inquiétude à avoir. L'incendie ne va pas me surprendre en plein milieu de la nuit...

Le premier camion sort de la caserne, sirène hurlante. Derek siffle pour attirer mon attention.

— Tu comptes te bouger avant qu'il ne reste plus aucun arbre dans la forêt ?

Mes pieds me propulsent en avant. Je dois y aller. C'est mon travail. Je suis une adulte, je n'ai plus 15 ans.

Je suis à peine assise que Luis nous insère dans la circulation encore plus dangereusement que d'habitude. Les échanges entre pompiers me parviennent de manière assourdie. Je comprends qu'ils s'organisent déjà par équipes de deux pour avancer et venir à bout du feu.

La douleur à mon poignet me fait prendre conscience que je fais claquer l'élastique qui y est attaché de façon frénétique. Sans grand succès, si j'en crois les mauvais souvenirs qui remontent à la surface et tentent de m'engloutir.

Derek me sort de ma léthargie en attrapant ma main afin que je cesse mon manège.

— Personne ne te reprochera de rester dans le camion, me dit-il, attirant l'attention de toute l'équipe sur moi.

Je vois à leurs regards qu'ils comprendraient tous. Eux aussi ont peur. Et c'est ce qui me donne un coup de boost pour affronter l'angoisse qui me ronge depuis des années. Je veux pouvoir les montrer en train de lutter contre les flammes, protéger nos foyers et sauver nos forêts. Je ne serai pas enfermée entre quatre murs pendant cet incendie. Tout est différent.

— J'en suis, réponds-je simplement à Derek en serrant fort sa main dans la mienne car je suis aussi effrayée pour lui qui sera en première ligne.

Son pouce caresse ma paume en guise de réponse tandis que le camion se gare. Nos regards s'arriment l'un à l'autre aussi longtemps que possible mais, hélas, le temps est compté.

— OK, alors tu m'enfiles cette tenue, dit-il en désignant un uniforme ignifugé.

Je hoche la tête et m'exécute.

Une fois sur place, tout se passe très vite. Les lances sont déroulées dans des gestes maintes fois répétés. Ici encore, je constate que chacun connaît son rôle.

J'observe les alentours et découvre que nous sommes en lisière de la forêt et qu'il va falloir pénétrer à l'intérieur pour apercevoir l'incendie et en prendre la pleine mesure. Pour l'instant, on entend à peine le bruit caractéristique de la faune qui brûle. L'odeur du bois et de la verdure qui se consument s'infiltre dans nos narines.

Je me rappelle à quel point il m'était difficile de respirer cette nuit-là. J'étais entourée par la fumée et je n'y voyais presque rien. Le fait qu'ici la vue soit dégagée m'aide à lutter contre la panique.

Derek s'approche et pose une main sur mon avant-bras.

— Si je te dis de retourner dans le camion, tu le fais tout de suite, sans discuter.

— Fais attention à toi, lui réponds-je en entrelaçant ses doigts avec les miens.

À cet instant, il comprend que j'ai peur, pas seulement pour moi, mais pour l'équipe. Pour lui. Savoir qu'il va foncer droit dans les pires ténèbres que je connaisse me fait frissonner d'effroi. Je ressens l'urgence de l'embrasser, mais ce n'est pas sa priorité à lui. Il raffermit sa poigne une dernière fois autour de mes doigts avant de s'éloigner au pas de course.

Les pompiers se mettent à avancer ensemble, lance à la main, en aspergeant déjà de l'eau sur les brindilles au sol pour éviter de raviver l'incendie s'il venait jusqu'ici. Je reste derrière eux en veillant à l'endroit où je mets les pieds.

La chaleur se fait plus intense. Des flammes orangées s'élèvent et se dressent face à nous tel un mur. Elles sont gigantesques par endroits et gagnent du terrain à une vitesse affolante. Les hommes doivent crier pour s'entendre car la végétation craque de manière assourdissante.

Mon regard se focalise sur les soldats du feu et ignore volontairement l'incendie. Je ne les ai filmés que de dos jusqu'à présent, il me faudrait un autre angle de vue pour les montrer en pleine action en train de déverser des litres d'eau pour sauver ce qui pourra l'être de nos montagnes.

À petits pas, je me déplace sur la gauche, en veillant à ne pas marcher ou buter sur une lance. Je dépasse plusieurs arbres et avance de manière parallèle à eux, qui ne cessent leur conquête du terrain.

Les ordres continuent à fuser et ils se font des signes entre eux pour se comprendre. Je tourne ma caméra vers le centre du feu afin que, durant le reportage, on puisse en saisir la gravité.

Les flammes sont vives et ne cessent de prendre de l'ampleur. Il va falloir l'intervention d'un avion bombardier d'eau. Ils ne pourront jamais en venir à bout sans ce soutien, c'est certain.

J'observe les alentours en essayant de repérer un spot d'où je pourrais les filmer de face, sans prendre de risques. Si j'avance plus vite qu'eux et que je me décale ensuite sur la droite, je contournerai l'incendie et aurai le plan que je veux. C'est l'histoire de quelques secondes, le temps d'enregistrer la vidéo. C'est le moment de dépasser ma peur et de mettre derrière moi une bonne fois pour toutes ce traumatisme que je me trimballe depuis cinq ans.

Les flammes prennent soudain de l'ampleur et deviennent encore plus effrayantes. Je recule d'un pas précipité, guidée par mon instinct de survie. Dans la panique, je ne vois pas la branche échouée au sol et me prends les pieds dedans. Je vacille et tombe lourdement avant de dévaler la colline et de tomber quelques mètres plus bas.

— June ! s'écrie la voix de Luis dans mon dos.

Je suis incapable de lui répondre, car en me redressant, je prends conscience que les arbres tout autour de moi sont en feu.

Je revis le pire. Les cris de mes parents qui me réveillent alors que le couloir de notre appartement est en train de brûler. Et comme à l'époque, la terreur qui me noue les entrailles m'empêche d'esquisser un geste alors qu'il faudrait que je coure à toutes jambes.

26

DEREK HARMON

On va avoir besoin d'appui. Ça ne fait aucun doute. La frénésie des flammes a favorisé la propagation de l'incendie à plusieurs endroits. Nous ne sommes pas assez nombreux pour lutter contre tous les départs. Ils vont finir par se rejoindre et compliquer encore plus notre progression.

D'année en année, nous devons faire face à des feux de forêt de plus en plus virulents. Le système de surveillance est intensifié, mais les choses peuvent aller très vite. Le commandant est déjà reparti aux camions pour donner l'alerte, réclamer plus de gars et ordonner l'intervention d'un avion bombardier d'eau en soutien. On va devoir tenir le coup en attendant pour maintenir l'embrasement dans ce périmètre et l'empêcher de prendre encore plus d'ampleur.

Je maintiens la lance à bout de bras, lorsque j'entends Luis crier.

— June !

En regardant la direction dans laquelle est tourné mon collègue, je me rends compte que June a dévalé en contrebas. Mais comment s'est-elle retrouvée là ? Elle est entourée d'arbres en train de prendre feu à une vitesse dingue. Impuissant, je vois le brasier autour d'elle s'intensifier. Pourquoi reste-t-elle plantée là sans rien faire ?

Quand elle semble prendre la mesure de la gravité de sa situation, il est trop tard. À cet instant, mon cœur rate un battement et m'empêche de réfléchir.

— Couvre-moi ! hurlé-je à Mia à mes côtés en avançant droit vers June.

— Non, Derek, pas par là ! me retient ma collègue en attrapant mon bras avec une force que je ne lui soupçonnais pas. Il faut qu'on passe sur le côté, explique-t-elle en me faisant signe.

— On va perdre des secondes précieuses à vouloir contourner la ligne du brasier. Il sera trop tard quand on l'aura passée.

— C'est trop dangereux de la traverser.

— June n'a pas le temps qu'on tergiverse, affirmé-je d'un ton implacable. Tu assures mes arrières ou pas ?

— Bien sûr ! confirme-t-elle, même si elle n'est de toute évidence pas d'accord avec mon idée.

Je progresse dans la direction de ma voisine en arrosant tout sur mon passage pour calmer les flammes et espérer pouvoir repasser par là pour la sortir du piège dans lequel elle s'est fourrée.

Je lâche ensuite ma lance, me faufile jusqu'à June et la secoue. Je décèle vite l'état de panique dans lequel elle se trouve. Paralysée et comme aveuglée par la chaleur qui l'entoure, elle ne me regarde même pas.

— June ! crié-je pour la faire revenir à elle, June !

J'élève le ton à m'en arracher les cordes vocales, mais rien n'y fait, elle est comme absente.

— Derek, magne-toi ! hurle Mia en orientant sa lance sur le chemin que je viens de créer au milieu du feu pour sauver la journaliste.

J'aimerais bien, mais June reste statique.

— Qu'est-ce que tu fous, bordel ?

En même temps que je lui crache ces mots au visage, je mesure l'ampleur de son état. Elle tremble de peur, a les larmes aux yeux et aucun mot ne sort de sa bouche alors qu'elle voudrait me dire quelque chose. Je perçois sa respiration sifflante. Elle a du mal à reprendre son souffle.

— Hey ! dis-je en tempérant le son de ma voix pour la rassurer. Ça va aller, OK ? On va traverser ensemble. Accroche-toi à moi.

— Je... Je ne peux... pas.

— Tu n'as pas le choix, June. Il le faut. Il n'y a aucune autre façon de nous tirer de là.

— Tu ne comprends pas... laisse-t-elle échapper dans une plainte.

— Je ne te laisserai pas ici, c'est compris ? Tu me fais confiance ?

Elle hoche la tête et se cramponne à la veste de mon uniforme. Pas à pas, nous progressons. Luis, Mia et d'autres de mes collègues me prêtent main-forte en aspergeant la végétation autour de nous pour nous permettre de nous faufiler.

Une fois plus en sécurité aux côtés de la brigade, je me contiens d'exploser et de hurler ma colère sur June. Ce n'est pas le moment. Nous avons perdu assez de temps à nous concentrer sur son sauvetage au lieu de contenir l'incendie qui se propage. Nous l'avons sauvée, pour le moment, mais ce choix pourrait se révéler fatal pour nous tous si la situation nous échappe.

— Retourne au camion immédiatement, grogné-je en lui accordant à peine un regard.

Elle reste immobile, sa caméra pendue à son bras ballant. Son visage est ravagé par les larmes et son corps est pris de tremblements. Elle a eu la frousse de sa vie.

— Va te mettre à l'abri, lui conseille Mia d'une voix beaucoup plus compatissante que la mienne. C'est plus prudent.

Alors qu'elle jette un coup d'œil dans ma direction, je préfère lui tourner le dos. Trop d'émotions me submergent.

La voir en danger m'a fait ressentir une peur qui m'était encore inconnue.

Qu'est-ce qu'il lui a pris ? Elle aurait pu y rester si Luis ne l'avait pas vue.

Nous passons plusieurs heures à lutter. L'aide de trois avions bombardiers d'eau se révèle nécessaire pour que nous parvenions à maîtriser le feu.

Lorsque la menace de reprise est écartée, le commandant Mitchell ordonne à notre brigade de rentrer à la caserne. Deux équipes venues en renfort prennent le relai.

Alors que nous approchons du camion, je m'apprête à affronter June, mais elle est introuvable.

— Je l'ai obligée à rentrer chez elle, m'informe mon supérieur en comprenant que je la cherche.

J'acquiesce d'un signe de tête. Il a bien fait. C'était préférable.

Luis allume le moteur et nous quittons cet enfer avec le sentiment du devoir accompli.

— Tu vas aller la voir ? me demande Mia.

Éreinté par le combat que l'on vient de mener, je ne suis pas certain d'avoir l'énergie nécessaire pour affronter June.

— Je suis trop énervé encore, je crois qu'il est préférable que je me calme avant. Sinon mes mots vont dépasser ma pensée.

— Elle était bouleversée, Derek, me sermonne ma collègue, comme si ma colère n'était pas légitime.

— C'est normal, elle a bien failli brûler vive !

— Elle a chuté, ce n'était pas sa faute, la défend-elle.

— On lui a dit de rester derrière nous, c'est si compliqué que ça à appliquer ? m'agacé-je en la revoyant figée au milieu des flammes.

— Tu as vu son reportage, tout ce qu'elle voulait, c'était nous mettre en valeur et montrer notre dévouement à la population. Tu ne peux pas lui reprocher ça.

— Ça n'excuse en rien sa prise de risque.

— Tu ne lui as pas donné l'occasion de s'excuser tout à l'heure.

— On avait plus urgent à gérer, au cas où tu l'aurais déjà oublié.

— Mais maintenant, tu as le temps. Va chez elle et ne laisse pas ce malaise s'installer entre vous.

— Qu'est-ce que ça peut bien te faire qu'on soit en froid ?

Luis, silencieux depuis tout à l'heure, échange un regard complice avec Mia. Les autres mecs à bord se marrent sans que je comprenne pourquoi.

— Elle a parié sur aujourd'hui pour le premier baiser, m'informe mon pote. C'est cramé pour toi, Mia !

Je choisis de rire de leurs bêtises. Nous avons tous besoin de décompresser.

— Moi qui pensais que tu t'inquiétais pour mon pauvre petit cœur ! fais-je mine de m'offusquer.

— Cinquante dollars, mec ! s'écrie-t-elle. Ne me déçois pas, je compte sur toi.

— Tu peux être certaine qu'il ne se passera rien du tout maintenant que je sais ça.

Mia se renfrogne et me tire la langue.

Le trajet jusqu'à la caserne me permet de prendre du recul. Bien sûr que je vais passer voir June. Après avoir été témoin de son état de détresse, je dois vérifier par moi-même qu'elle n'est pas blessée. En revanche, je ne garantis pas de ne pas m'emporter contre elle.

27

JUNE CAMPBELL

Assise sur mon canapé, je sens mon cœur battre encore à une cadence frénétique. J'essaie en vain de chasser la sensation de chaleur qui comprime mes poumons et cette vision des flammes m'entourant.

À vouloir me dépasser, je me suis montrée inconsciente en m'éloignant du groupe. Non seulement Derek a pris beaucoup de risques pour me sortir de là, mais trois de ses collègues ont dû lui venir en aide, arrêtant le temps de précieuses minutes de contenir l'incendie en cours. Mon voisin était hors de lui et je ne peux pas le lui reprocher.

Le commandant Mitchell m'a renvoyée chez moi *manu militari* à la première occasion. Toute la brigade doit maintenant me maudire pour ma stupidité. Je pourrais leur expliquer ce qui m'a tétanisée de la sorte, mais je n'en ferai rien. Je ne veux pas me cacher derrière ce qui m'est arrivé, ce serait trop facile et ça ne me ressemble pas de ne pas assumer mes actes.

Un coup frappé à la porte de mon appartement me sort de mes pensées néfastes. D'un pas lent, je vais l'ouvrir et découvre Derek sur le seuil. Ses cheveux sont mouillés et il sent bon le gel douche. Il porte son tee-shirt à l'effigie de la caserne, ce qui me laisse supposer qu'il a pris sa douche sur place. Est-il venu tout de suite chez moi avant même de rentrer chez lui ?

Nous nous jaugeons du regard, je décèle de la déception dans le sien, et tout à coup, j'ai peur de le perdre. Gagnée par l'émotion, je me jette à son cou et scelle nos lèvres ensemble. Tout se mélange dans mon esprit : l'angoisse du passé, la peur du présent, mon attirance pour lui mêlée à la crainte qu'il ne me fasse souffrir. J'ai un besoin viscéral qu'il m'aide à oublier tout ça. Qu'il mette de l'ordre dans mon chaos intérieur.

Il demeure immobile, certainement surpris, puis me repousse de quelques centimètres en plaçant ses mains sur mes épaules.

— Ne me refais plus jamais une peur pareille, June. J'ai cru te perdre !

Puis il fond sur mes lèvres sans me laisser l'occasion de répondre. Enhardie par sa réaction, je force le passage de sa bouche de ma langue et le taquine. Je l'enroule d'autorité autour de la sienne, ce qui lui provoque comme un électrochoc. Ses mains se posent sur ma taille et me repoussent dans mon appartement. Il claque la porte d'un coup de pied et nous accule au canapé.

Nous ne cessons pas de nous embrasser, même lorsque nous nous allongeons. Il grogne tandis que je gémis alors qu'il me déshabille. Mon tee-shirt échoue par terre, suivi aussi vite par mon soutien-gorge.

Derek quitte mes lèvres pour dévorer mon cou puis cajoler ma poitrine. Sa langue tournoie autour de mes tétons pour apaiser ses mordillements qui font apparaître des étincelles sous mes paupières closes.

Mon short et ma culotte terminent à côté de mes vêtements, au sol. J'abandonne mes complexes à l'idée d'être nue, offerte à son regard. Je suis comme je suis, modelée par mon passé.

Son visage descend le long de mon corps et parsème des baisers sur mon ventre, s'attarde sur mon nombril avant de glisser plus au sud. Je me crispe, partagée entre découvrir un plaisir charnel qui m'est inconnu et le fait de me sentir vulnérable.

Mon instinct me pousse à resserrer les cuisses. Derek le remarque et relève son visage vers le mien. Ses yeux m'interrogent, mais il profite en même temps de mon hésitation pour poser son pouce sur mon sexe trempé et le titiller.

— On ne m'a jamais... Enfin, je veux dire que jamais un homme...

— June, je jure que si tu m'annonces maintenant que tu es vierge...

— Non, m'écrié-je aussitôt. Mais personne ne m'a jamais embrassée là.

Un immense sourire étire alors ses lèvres qu'il pourlèche comme pour m'aguicher encore plus.

— Laisse-moi être celui qui te fait découvrir ça, murmure-t-il d'une voix chaude qui fait pourtant remonter des frissons le long de ma colonne vertébrale.

Je rejette ma tête en arrière et m'offre à lui, me laissant aller au plaisir de ses doigts qui jouent avec ma féminité.

Il couvre l'intérieur de mes cuisses de baisers légers, puis un souffle frais effleure mon intimité avant d'être remplacé par sa langue. Ce contact est tellement érotique que l'orgasme menace déjà de me surprendre. Derek tourne autour de ce point si sensible, plaque ses lèvres dessus pour s'en repaître, alterne entre douceur et rapidité.

Je pose une main sur ma bouche pour assourdir mes gémissements, mais Derek compte bien me faire perdre le contrôle. Il ajoute un doigt en moi à la danse endiablée de sa langue sur mon sexe.

Après quelques secondes, je craque et contorsionne mon bassin sous l'effet du plaisir intense qui me submerge. Derek a à peine le temps de remonter le long de mon corps pour aligner nos visages que je resserre mes cuisses dans une vaine tentative pour me contenir.

Jusque-là désorientée, je me rends soudain compte que mes soupirs avaient pris de l'ampleur à travers la pièce. Je redescends de mon nuage lentement, consciente d'avoir encore terriblement envie de lui.

Mes mains migrent vers sa taille et ouvrent son jean. Je libère son membre de son boxer et enroule mes doigts autour.

— Attends, me souffle-t-il avant de se redresser pour retirer son pantalon et son sous-vêtement.

Il sort un préservatif de son portefeuille et se protège d'une main experte. Il s'allonge à nouveau sur moi et nos bouches se retrouvent.

Je crois que je pourrais l'embrasser des heures durant tellement c'est divin.

Mes mains dévalent ses épaules, longent ses bras puissants et se glissent sur sa taille par-dessus son tee-shirt. Elles terminent leur course sur ses fesses rebondies que je griffe pour l'inciter à se perdre en moi. Il sourit contre mes lèvres et vient me murmurer au creux de l'oreille :

— J'ai tellement imaginé te faire l'amour depuis des semaines que ça me semble irréel.

— Dépêche-toi avant que je ne disparaisse, alors, lui réponds-je, espiègle, tout en attrapant le bas de son haut pour le lui retirer.

Mais il ne m'en laisse pas le temps. Il attrape mes poignets et les plaque au-dessus de ma tête. Ma poitrine se retrouve tendue face à lui et il vient en mordre les tétons. Lorsqu'il s'immisce en moi avec une délicatesse infinie, je rue contre lui, impatiente. Alors qu'il arrête ses mouvements de bassin, j'entrouvre les paupières et vois le sourire glorieux qui s'étale sur son visage. *Il est fier de me faire cet effet !*

— Vas-y, Derek, réclamé-je de manière impérieuse.

Il ne se fait pas plus prier et me comble enfin pleinement. Ma respiration se bloque tant les émotions que je ressens sont fortes. J'aimerais pouvoir le toucher, mais il maintient toujours mes poignets au-dessus de ma tête. Je décide de lui laisser le contrôle. Pour cette fois.

Un cri m'échappe lorsque l'orgasme me balaie sans prévenir. Derek accélère encore ses va-et-vient et finit par s'immobiliser, le visage crispé et les yeux fermés. Il relâche alors mes mains que je pose sur ses joues. Puis je l'embrasse à en perdre haleine, chamboulée par l'intensité de ce qui vient de se passer entre nous.

28

DEREK HARMON

Je n'avais pas prévu de finir la journée ainsi, mais je ne vais pas me plaindre. Loin de moi cette idée. June s'est assoupie contre moi, nue, après le second round dans son lit.

Putain, aucun mec ne lui avait jamais fait un cunni ! Pas étonnant qu'elle ne soit pas restée avec eux.

Je suis parvenu jusqu'ici à ne pas faire tomber le dernier rempart entre elle et moi, celui qui me sert de protection, mais je ne pense pas pouvoir empêcher June encore longtemps de me retirer mon tee-shirt sans qu'elle proteste.

Je joue avec ses cheveux tandis que le soleil se lève et illumine doucement sa chambre. Elle remue un peu contre moi et je dépose un baiser sur son front. Malgré nos ébats d'hier, je suis au garde-à-vous.

June remonte une de ses jambes et rencontre mon sexe dressé. Elle ouvre les yeux et me sourit, l'air malicieuse.

— Qu'avons-nous là ? susurre-t-elle en enroulant sa main autour avant de la faire coulisser, lui donnant encore plus de vigueur.

Mes doigts se referment dans ses cheveux et j'attire son visage vers le mien pour l'embrasser à pleine bouche. Elle m'a tellement fait languir que je me découvre vorace.

Ma voisine rompt notre baiser pour se glisser entre mes cuisses. D'un geste sensuel, elle balance sa crinière rousse d'un côté de son visage avant de se pencher pour me prendre dans sa bouche. *Le meilleur réveil de tous les temps !* Sa main va et vient en même temps qu'elle m'aspire. Lorsqu'elle se recule, sa langue joue avec mon gland. Par je ne sais quel miracle, je me retiens d'empoigner sa chevelure pour baiser sa bouche délicieuse. Je ne voudrais pas l'effrayer. Ses yeux ne quittent pas les miens alors qu'elle me prend jusqu'au fond de sa gorge. Encore et encore. Elle me pousse à bout.

— June, l'avertis-je en grognant.

Pourtant, elle ne se recule pas.

Je crois que ma voisine vient de m'offrir la meilleure fellation de ma vie. J'en ai le tournis.

Il me faut quelques secondes pour reprendre pied dans la réalité. June s'est redressée et s'essuie le coin de la bouche. *Bordel, elle est beaucoup trop bandante pour ma santé mentale !* Elle me grimpe dessus et s'assied à califourchon sur moi. Son sexe contre le mien.

Elle entame une danse lascive pour se masturber avec ma queue et presse sa poitrine contre mon torse toujours recouvert par ce putain de tee-shirt. Avec elle, il me gêne. Je voudrais sentir ses tétons frotter contre mes pectoraux, son ventre effleurer le mien alors que nos corps se mêlent l'un à l'autre.

— J'arrive pas à croire que tu aies pu faire une pipe aussi bonne à un mec et qu'il n'ait pas eu la politesse de te rendre la pareille, soufflé-je, atterré.

— Qui te dit que je l'avais déjà fait avant ? me répond-elle d'un ton provocant.

Je plaque mes paumes sur ses hanches pour arrêter ses ondulations.

— T'es sérieuse ?

— Tu crois franchement que j'aurais offert ce plaisir à un type s'il n'avait pas su le mériter ?

Elle pose ses mains sur mon buste, par-dessus ce fichu bout de tissu. Comme je m'attends à ce qu'elle fasse une remarque à ce sujet d'une seconde à l'autre, je choisis de détourner son attention en poursuivant la conversation.

— Comment tu peux être aussi douée, dans ce cas ?

Ses joues rougissent et elle semble mal à l'aise.

— Révèle-moi tes petits secrets, l'encouragé-je en la libérant de mon étreinte pour qu'elle puisse de nouveau me chevaucher.

— À l'adolescence, comme je n'avais pas de frère ou de sœur à qui poser des questions, j'ai découvert un site dédié à l'éducation sexuelle des jeunes. Il abordait des questions comme le consentement, la pression sociale à faire sa première fois, les différentes sexualités... Et mettait à disposition des vidéos pour comprendre ce que sont les préliminaires, la fellation, etc.

Je pars dans un rire rauque, ce qui ne change pourtant rien à mon envie d'elle. Au contraire.

— Tu es vraiment exceptionnelle, June Campbell. Qui irait chercher un site du genre pour apprendre ça ? Les tutos du gouvernement pour apprendre à faire une pipe...

Elle rougit encore davantage.

— J'ai toujours été fascinée par cet acte, continue-t-elle à se confier. J'avais hâte de pouvoir mettre en pratique ce que j'avais vu.

— Tu obtiens les félicitations du jury, lui dis-je en empoignant ses fesses.

— Je ne voulais juste pas le faire à un connard égoïste qui ne pense qu'à son plaisir.

— Je pensais pourtant être l'un de ces connards, à tes yeux.

— Pas faux, minaude-t-elle en intensifiant la friction entre nos deux corps.

— Faut quand même que tu saches que la plupart des femmes se reculent avant que nous jouissions.

— Tous ces efforts pour ne pas récolter le fruit de son labeur ? plaisante-t-elle en se penchant pour effleurer mes lèvres.

— Je pourrais jouir rien qu'en t'entendant dire des trucs comme ça.

Elle rit et ce son mélodieux fait accélérer les battements de mon cœur. June s'y infiltre petit à petit. J'ignore comment je vais gérer ça. Pour l'instant, seul compte le moment présent.

— Tu m'as fait très peur hier après ta chute, réabordé-je le sujet.

— Je sais que je n'aurais pas dû m'éloigner de vous.

— Tu aurais pu tomber même en nous suivant. C'est plutôt ton air absent quand je t'ai rejointe qui m'a inquiété.

— C'était le choc.

Je n'en suis pas si sûr, mais je ne veux pas gâcher ce moment et je vois à son regard qui se voile que ça sera le cas si je cherche à approfondir. Alors mes mains repartent à l'assaut de sa poitrine avant que ma bouche ne fonde sur ses tétons.

— Dis-moi que tu as encore un préservatif… me murmure-t-elle.

— J'en avais deux, annoncé-je en palpant ses fesses magnifiques. Je trouve déjà ça plutôt présomptueux.

— C'est vrai, approuve-t-elle avant de m'embrasser. Tu penses qu'il te faut combien de temps pour aller en chercher ?

— Tu ne te rendras même pas compte que je suis parti. Je suis pompier après tout, l'urgence ça me connaît.

D'un bond, je me redresse et elle bascule sur le matelas. Je saute dans mon boxer échoué au sol et cours jusqu'à mon appartement après avoir pensé à prendre mes clefs dans mon pantalon qui traîne encore par terre dans son salon.

Je dévale les marches et me précipite dans ma chambre où j'ouvre le tiroir de ma table de chevet, attrape le paquet de capotes qui y traîne et reviens sur mes pas encore plus vite qu'à l'aller.

— Bonjour Derek ! me salue une Sharon matinale sur le palier du premier étage, accompagnée de deux de ses enfants.

Ses yeux se posent sur la boîte que je tiens entre mes mains.

— Bonne journée ! la salué-je à mon tour en entrant chez June avant de claquer la porte derrière moi.

Je ne perds pas une seconde de plus et retire mon sous-vêtement à la hâte, manquant de tomber, ce qui fait marrer June.

— Allonge-toi, m'ordonne-t-elle avec une étincelle dominatrice dans les yeux.

Je m'exécute. Ma voisine sexy s'empare d'une capote dans la boîte que j'ai jetée sur le lit, la déroule sur mon membre dressé, puis me guide pour la pénétrer, avec une lenteur délicieuse.

Alors qu'elle se déhanche contre mon bassin, je me redresse et plaque une main dans son dos pour la coller contre moi.

— Putain, gémis-je en la sentant se resserrer autour de ma queue.

— Je te sens tellement dur en moi, me confie-t-elle à l'oreille entre deux respirations saccadées.

— Tu perçois l'effet que tu me fais ? Tu me rends fou, June.

Elle agrippe le tissu de mon tee-shirt pour se retenir à quelque chose de palpable. Je donne une tape sur son cul parfait pour l'inviter à accélérer la cadence, et pour détourner son attention. Elle comprend aussitôt le message et lâche la bride.

Nous jouissons en même temps en échangeant des râles. Si j'avais pensé que ce serait explosif entre June et moi, j'étais loin de m'imaginer à quel point elle m'apparaîtrait exceptionnelle.

29

JUNE CAMPBELL

— Il va falloir que je bouge, me prévient Derek en déposant un baiser sur mon front alors que je suis allongée entre ses bras. Je reprends du service dans moins d'une heure.

— Ça nous laisse le temps de prendre une douche ensemble, murmuré-je en resserrant mon étreinte autour de son corps.

— Laisse-moi deviner... Encore un truc que tu n'as jamais fait et que tu as envie d'essayer ?

Je ne me suis pas cachée de mon peu d'expérience en matière de sexe à Derek car je pense qu'il est primordial d'être à l'aise avec son partenaire, mais je n'irai pas jusqu'à lui révéler que, jusqu'ici, je n'avais connu que le dos collé au matelas.

C'était si intense d'être aux commandes de nos deux plaisirs quand j'étais sur lui. À travers son regard, je me suis sentie belle et toute-puissante. Ce n'est pas les trois tocards avec lesquels j'ai eu quelques relations sexuelles qui risquaient de me faire découvrir ce sentiment. Je dois bien reconnaître aujourd'hui que les précédentes conquêtes de Derek ne simulaient certainement pas. J'ai moi-même dû déranger mes voisins de palier cette nuit. J'espère qu'Ethan et David ne m'en voudront pas. Nous allons à coup sûr être au centre de tous les commérages à Palisades Park.

Je me détache de lui et me lève pour sortir du lit. Toujours en tenue d'Ève depuis hier soir, j'accentue mon déhanché en rejoignant la salle de bain pour l'inciter à me suivre.

Je l'entends rire lorsque je disparais au coin du couloir.

J'actionne le robinet de la douche pour faire arriver l'eau chaude. Pendant ce temps, j'observe mon reflet dans le miroir. Mes joues sont encore rouges de l'intensité des orgasmes qu'il s'est appliqué à me faire ressentir et mes lèvres sont gonflées par les baisers innombrables échangés au fil des heures. Mes cheveux roux sont emmêlés et partent dans tous les sens. Alors que j'attrape ma brosse pour les coiffer, Derek apparaît dans l'embrasure de la porte, déjà rhabillé.

— Faut vraiment que je file.

OK June, c'est le moment où la partie se termine ! Je savais que ça allait arriver, mais mon âme romantique, qui croit toujours aux contes de fées, avait imaginé qu'il puisse ressentir lui aussi ce lien spécial entre nous.

— D'accord, articulé-je le plus dignement possible pour donner le change.

— Tu viens à la caserne aujourd'hui ?

— Je ne sais pas. Je vais appeler mon patron et j'aviserai.

Il pénètre dans la pièce d'un pas et m'attire contre lui pour m'embrasser. *Un dernier baiser avant qu'il ne mette les voiles.* J'y mets tout mon cœur pour qu'il sache que cette nuit a compté pour moi et qu'il m'a marquée d'une façon que je ne parviendrai pas à effacer de ma peau.

Ses paumes sur mes joues, il approfondit encore notre échange tandis que je passe mes mains dans son dos. J'aimerais avoir la force physique pour l'empêcher de quitter cette salle de bain. Mon appartement. *Ma vie.*

À bout de souffle, il s'arrache à moi. Ses yeux braqués dans les miens, il effleure de son pouce ses lèvres au goût aussi délicieux qu'une fraise mûre.

Je ne parviens pas à déchiffrer l'expression sur son visage. Sans un mot de plus, il recule et s'en va, me laissant sans réponse avec mes questions silencieuses.

Je reste face à mon miroir sans bouger jusqu'à ce que le claquement de la porte se fasse entendre.

Après avoir pris ma douche, en tentant de penser à autre chose qu'à mon voisin, je n'ai pas perdu une minute pour m'habiller. J'en suis venue à la conclusion qu'il fallait à tout prix que j'analyse la situation avec Ava. Si je garde tout ça pour moi, je vais exploser.

Munie de deux cafés, j'arrive à la boutique de fleurs dans laquelle elle travaille. Mon amie est en train de servir un homme d'un certain âge. En attendant, je fais mine d'être intéressée par un ornement floral. Son client s'en va, un bouquet de roses rouges à la main, mais j'ignore si son patron est présent, donc j'attends qu'elle m'adresse la parole pour savoir si nous sommes tranquilles.

— Tu es dans la section funéraire, June, m'apprend-elle en se moquant de moi.

— Je pourrais très bien venir pour un décès, me justifié-je.

— Avec une petite robe d'un orange flashy, deux cafés et un sourire étincelant ?

— Oui bon, ça va hein...

Je lui tends sa boisson chaude et elle n'attend pas d'en boire une gorgée pour me questionner.

— Tu ne travailles pas aujourd'hui ?

— Disons que j'ai commis une boulette hier, avoué-je. Et que je préfère ne pas m'y rendre pour l'instant.

— Tant que tu n'as pas mis le feu quelque part, je pense que ça finira par s'arranger.

— Très drôle !

— Et tu évites toute la caserne ou juste un pompier en particulier ? me questionne ma meilleure amie.

— C'est plus compliqué que ça, soufflé-je en revoyant Derek prendre ses jambes à son cou.

Ava m'observe et finit par détailler l'expression de mon visage avec plus d'attention.

— Non ? Si ? Vous avez couché ensemble ! Enfin ! s'exclame-t-elle tellement surexcitée qu'elle manque de renverser son café.

— Dans quoi je me suis fourrée ? soupiré-je en passant ma main libre sur mon visage.

— J'ai le droit à un mauvais jeu de mots à propos du fait que c'est lui qui t'a fourrée ?

Je ris malgré moi en secouant la tête.

— Allez, viens t'asseoir dans la réserve et raconte-moi tout. Et quand je dis tout, c'est avec les détails croustillants réservés aux personnes majeures.

Je lui relate le départ de feu à *Mountains National* sur lequel ont été appelés Derek et ses collègues et je la vois tressaillir, mais ce n'est rien en comparaison de son air horrifié quand je lui parle de mon éloignement du groupe pour avoir un meilleur angle de prise de vue, puis ma chute au milieu des flammes.

— Merde, June ! Tu t'es mise en danger juste pour un fichu reportage !

Ava a beau être ma plus proche amie, elle ignore que mes parents et moi avons réchappé *in extremis* d'un incendie. Je n'aime pas évoquer cette histoire. Pourtant, aujourd'hui, après ce qui s'est passé hier, je ressens le besoin de me confier.

— Quand j'avais 15 ans, avec mes parents, on habitait un immeuble dans le quartier historique de *The Avenues*. Une nuit, un incendie s'est déclaré dans la cage d'escalier quelques étages plus bas. Le feu s'est propagé très rapidement, nous coupant de toute sortie avant qu'on ait eu le temps de réagir. Les pompiers sont intervenus et nous ont heureusement sortis de là. Nous sommes passés pas loin de mourir, cette nuit-là…

— Oh June ! marmonne Ava en prenant mes mains dans les siennes. Je n'arrive pas à croire que je découvre ça seulement aujourd'hui.

— C'est un très mauvais souvenir que je n'aime pas évoquer… me justifié-je.

Et je me sens encore incapable de tout te révéler !

— Hmm… Il y a quelque chose qui m'échappe, réfléchit-elle à voix haute. Pourquoi tu as tant de mal avec les pompiers alors qu'ils te sont venus en aide ?

— Ça va te paraître farfelu, mais rien que de les voir, ça me ramène à cet événement.

— C'est pour ça que tu étais contrariée de devoir réaliser ce reportage ?

— Oui… Enfin disons que ça s'ajoutait au fait de devoir supporter mon horrible voisin, plaisanté-je pour détendre l'atmosphère.

Elle rit, puis nous buvons un peu de notre café qui a refroidi.

Ava me regarde en plissant les yeux avant de hausser les sourcils.

— Tu crois que parce que tu as failli me faire pleurer, je vais oublier que ton horrible voisin, comme tu dis, t'est passé dessus ?

— Waouh ! Ce que tu peux être cash parfois ! déclaré-je d'un ton faussement horrifié.

— June… Ne change pas de sujet ! me rappelle-t-elle à l'ordre.

— OK. Après ce qui est arrivé hier, j'ai eu si peur que je me suis rendu compte que c'était idiot de m'interdire de succomber à Derek. Il va me briser le cœur, c'est certain, mais au moins, j'aurai vécu ce qu'on a à vivre.

— Il pourrait te surprendre, déclare-t-elle l'air de rien.

— C'est déjà fait, osé-je lancer avec un sourire mutin.

— Elles ne simulaient pas, alors ? me demande-t-elle en faisant référence à toutes ces filles qui m'ont rendue barge.

— Il a mérité chacun de leurs cris.

— Rends-moi jalouse et dis-moi que vous avez remis ça plusieurs fois !

— Je ne savais pas si je l'aurais une seconde nuit alors j'en ai profité au maximum.

Nous explosons de rire en même temps.

Ça me fait du bien de dédramatiser un peu. Oui, mon cœur est épris de Derek. Je suis sensible à toutes ses nuances. Son arrogance, son assurance, son dévouement, son courage et plein d'autres choses qui font de lui l'homme qu'il est. Il va juste falloir refréner mes sentiments pour éviter de m'effondrer au moment où il m'expliquera que je ne suis pas différente des autres femmes que j'ai croisées à la résidence.

30

DEREK HARMON

Je rentre à Palisades Park, soulagé que la journée à la caserne soit terminée. J'ai eu bien du mal à me concentrer aujourd'hui, trop occupé à me remémorer cette nuit avec June. Pourquoi ma voisine a-t-elle un tel impact sur moi ?

Il faut que je fasse quelque chose de ma soirée, sinon je vais finir chez elle, ou elle chez moi, et ça ne m'aidera pas à y voir plus clair. En profiter pour voir les gars me paraît tout indiqué. Et je me fous de savoir s'ils ont un truc de prévu. J'ai besoin d'un moment comme avant. Avant que cette jolie rousse ne débarque dans ma vie et ne mette tout sens dessus dessous.

Arrivé à la résidence, je fonce droit chez Matthew sans m'attarder à saluer avec plus qu'un signe de main les quelques voisins que je croise. L'idée est de ne pas tomber sur June par hasard. J'ignore si elle est rentrée et il faut que je réfléchisse avant de la voir.

Dans l'entrée du bâtiment Astaire, je croise Ava qui vit au rez-de-chaussée. Je sais qu'elle et June sont proches sans connaître exactement leurs liens. Je me rends compte que je ne sais rien de personnel sur June, contrairement à elle qui m'a suivi sur mon lieu de travail et a même rencontré ma mère. Je me note de changer ça au plus vite.

— Oh ! Derek ! Salut.

À son large sourire, je serais prêt à parier qu'elle est au courant pour June et moi. Elle arbore ses éternelles fleurs dans les cheveux et un look bohême, comme à son habitude.

— Salut, ça faisait longtemps que je ne t'avais pas vue.

— C'est vrai. Dis-moi, enchaîne-t-elle, quel est ton signe astrologique ?

— Bélier, pourquoi ?

— Pour rien. Merci pour l'info, me lance-t-elle avant de tourner les talons et de me laisser seul sur le palier.

Je hausse les épaules et finis par grimper au dernier étage pour toquer chez mon pote.

Le temps qu'il m'ouvre, j'admire les plantes qui ornent le palier. Cette décoration n'est sûrement pas l'idée de Matthew, mais ça m'en donne une à moi.

— Hey, mec, ça fait plaisir de te voir ! s'exclame-t-il dès qu'il m'aperçoit sur le seuil.

Nous nous serrons la main dans une empoignade purement masculine.

— Entre.

J'aperçois Li qui s'affaire en cuisine. *Quel con !* Je n'ai même pas pensé à lui demander s'il était occupé. *C'est chiant quand ton meilleur pote est casé et pas toi !*

— Je ne vais pas vous déranger, dis-je en reculant d'un pas, me sentant clairement de trop.

— Déconne pas ! On ne s'est pas vus depuis que tu nous as fait grimper sur ce toit ! J'ai failli ne pas reconnaître ton profil quand on a visionné le reportage de June, me charrie-t-il.

— Très drôle !

— Reste, Derek, me lance Li en attrapant son sac à main posé sur le canapé. Ton ami me retient prisonnière chez lui alors que j'ai mille trucs à faire chez moi. Tu me sauves la vie en me permettant de filer.

— Sauver des vies, c'est mon métier, lui réponds-je avec un clin d'œil. Je peux te filer mon numéro si tu veux, comme ça la prochaine fois, tu m'envoies un message et je débarque.

— Je rêve ou tu dragues ma copine ? s'écrie Matthew, faussement scandalisé, ce qui fait rire Li.

— T'inquiète pas, il n'a aucune chance, le rassure-t-elle en l'embrassant avant de filer.

Elle claque la porte et j'observe Matthew à la dérobée quelques instants. L'amour l'a changé. Il paraît plus détendu, moins stressé. Heureux.

— Efface-moi ces putains de cœurs de tes yeux, ça me brûle la rétine, assené-je pour le faire revenir à la réalité.

Il se marre tout en me proposant une bière. Je m'échoue sur son divan tandis qu'il part récupérer nos rafraîchissements dans son frigo.

— Qu'est-ce qui t'amène ? me demande-t-il en prenant place sur le canapé à son tour.

— Je dois avoir une raison pour passer, maintenant ?

— Quand ma nana se barre pour te laisser la place, ouais, t'as intérêt à avoir une putain de bonne excuse !

— J'ai couché avec June.

Je lâche le morceau sans préambule. Je ne vais pas me mentir à moi-même, si je suis là, c'est parce que j'ai besoin d'en parler à quelqu'un. Matthew est mon meilleur pote. En plus, il a vécu une situation similaire, alors il est le mieux placé pour m'écouter.

— Enfin ! s'exclame-t-il en levant les mains en l'air. Je dois avouer que vous avez su résister un bout de temps quand même.

— Tu dis ça comme si c'était inévitable qu'il se passe quelque chose entre nous…

— Mec, depuis notre arrivée à Palisades Park, vous vous tirez dans les pattes. C'était écrit entre vous !

— Et la suite du roman sur nous, elle dit quoi ? Parce que je ne sais pas trop comment me dépêtrer de cette situation.

— C'est-à-dire ?

— Comment ça, c'est-à-dire ?

— Ben comment tu vois les choses entre vous ? C'était un coup comme ça ou un peu plus ?

Je hausse les épaules et descends deux lampées de bière. C'est la question à mille dollars.

— J'sais pas trop.

— Oulah… susurre Matthew avec un sourire qui ne me plaît pas. La seule fois que je me suis posé cette question à propos d'une nana, c'était avec Li et regarde où j'en suis.

— Bientôt la corde au cou. Non, merci.

— Tu dis n'importe quoi juste parce que tu es énervé de sentir que la jolie rousse te fait plus d'effet que les autres femmes.

— L'amour te monte à la tête et tu vois des gens amoureux partout, ça craint.

— Et toi, tu le rejettes en bloc parce que ça te fait flipper.

Je secoue la tête, dépité.

— Putain, faut que je propose à Travis de nous rejoindre, ajoute-t-il avant de se lever pour aller chercher son téléphone. Il ne doit pas manquer ta tronche du mec paumé à cause d'une fille.

Je lui offre mon majeur et me retiens de rire quand il ordonne à Travis de rappliquer chez lui pour une urgence.

— Il va te coller une balle pour l'avoir fait se déplacer pour rien.

— Pour rien ? Mec, de nous trois, tu étais le plus difficile à caser.

— N'emploie pas le passé.

— Ne joue pas sur les mots, ce n'est qu'une question de temps.

Un coup résonne contre sa porte. Le flic a fait vite. Matthew lui ouvre et s'exclame :

— Derek est amoureux !

Travis ricane en pénétrant dans l'appartement.

— La journaliste ? l'interroge-t-il.

— Qui d'autre ? se marre Matthew.

— Oh ! Je suis là, je vous rappelle !

— Bon, il est encore dans le déni pour l'instant, précise le sauveteur en cherchant une nouvelle canette pour son invité supplémentaire.

— Ça te connaît, le charrie Travis.

Qu'est-ce qu'ils sont cons, ces deux-là ! Pourtant je sais que ça me fera du bien de leur parler.

— Tu as déjà merdé ou pas encore ? me demande-t-il ensuite en acceptant la bière.

— Ça n'est arrivé qu'hier, précisé-je.

— Ça ?

— Ne me le fais pas dire, tu vois très bien de quoi je parle, râlé-je.

— OK. Donc, là, tu te demandes ce que tu es censé faire maintenant, comprend-il.

— C'est si prévisible que ça ? m'agacé-je en grimaçant.

— Si je peux te donner un conseil, me dit Matthew, si tu te dis que June a quelque chose de spécial, que tu sens un lien particulier entre vous, laisse-toi le temps de découvrir où cette histoire peut vous mener.

— Ce n'est pas si simple, argué-je sans savoir comment leur expliquer. Il y a des choses que je veux garder pour moi et je sais que si je poursuis cette relation avec June, elle ne lâchera pas le morceau avant de tout savoir.

— Tu peux être plus précis ? me questionne Travis en haussant un sourcil.

Je sens le flic en lui se réveiller.

— Je ne suis pas prêt à partager certains aspects personnels de ma vie.

— Mec, je te connais depuis des années, je ne vois pas ce que tu as à cacher, s'étonne Matthew. Hormis une mère un peu envahissante.

Nous rions tous les trois avant de trinquer à la santé de celle-ci.

Je ne reprends pas la parole et vois Travis et Matthew échanger un regard circonspect.

— Apparemment il n'y a pas qu'avec June que tu ne souhaites pas partager certaines choses, reprend Travis en fronçant les sourcils.

— Ça n'a rien à voir avec vous, ni avec June. Ça ne change pas qui je suis. C'est juste un truc dont je n'aime pas parler.

— Tu devrais peut-être être franc avec elle, me propose Travis en avertissant Matthew du regard pour qu'il n'insiste pas.

— Comment ça ?

— Explique-lui clairement que si elle a envie de tenter quelque chose avec toi, il y a un point de ta vie privée que tu souhaites garder pour toi pour l'instant. Que tu as besoin de temps avant de te confier. En revanche, à un moment donné tu devras être transparent avec elle si tu veux vous donner une vraie chance.

Est-ce que ça peut être aussi simple ? June serait-elle capable d'accepter ce deal ? Je dois bien admettre que ce serait la solution idéale. Même si je ne suis pas certain que quelques semaines ou quelques mois me permettront d'être plus en mesure qu'aujourd'hui d'exposer mes cicatrices.

Force est d'admettre que je n'ai jamais essayé avec mes précédentes conquêtes. Aucune ne m'a donné envie de me mettre en danger pour prolonger les choses entre nous.

Reste à savoir si June sera prête à accepter cette condition. Avec son âme de journaliste qui veut tout savoir, j'ai bien peur d'avoir choisi la difficulté en jetant mon dévolu sur elle. Mais je n'en veux aucune autre. Ce sera ma voisine ou rien.

31

JUNE CAMPBELL

Mais pourquoi ai-je couché avec Derek ? me sermonné-je en tournant en rond dans mon appart. On devrait nous prévenir quand on est gamines qu'on ne doit jamais, ô grand jamais, faire l'amour avec son voisin ! J'ai la sensation que, quoi que je fasse à Palisades Park, il pensera que je l'attends. Et je ne veux surtout pas lui laisser croire ça.

Je n'ose même pas me poser sur un transat au bord de la piscine parce que ça donnerait l'impression que je tiens à le coincer dès qu'il rentre alors que je me contrefiche de le voir. *Qui j'essaie de convaincre, là ?* Bien sûr que j'ai envie de le croiser, mais pas au point de faire n'importe quoi pour ça.

Je me ressaisis et ouvre mon ordinateur pour me mettre à bosser sur la nouvelle idée de mon patron. Fini les pompiers ! Après avoir discuté avec le commandant Mitchell, Tom Young a décrété que je devais avoir assez de matériel pour livrer un deuxième épisode sur les soldats du feu. Maintenant, place à la grande compétition de surf qui aura lieu d'ici quelques semaines à Manhattan Beach. Je vais suivre le favori durant ses entraînements et pendant quelques-uns de ses temps off. Il faut donc que je potasse un peu pour en apprendre plus sur lui, et sur le surf aussi accessoirement. J'espère que me plonger dans les recherches me permettra d'oublier mon voisin du dessous.

La sonnerie de mon téléphone m'oblige à sortir le nez d'Internet. L'appel provient de mes parents.

— Coucou ! m'exclamé-je en décrochant.

— Comment va ma fille préférée ? me demande mon père d'une voix chantante.

— Ta seule et unique fille va très bien, lui réponds-je en riant.

— Je suis sûr que si tu avais un frère ou une sœur, tu serais tout de même ma préférée, minaude-t-il.

— Évidemment !

— J'ai loupé ton appel l'autre jour.

— Toujours occupé à crapahuter quelque part.

— On ne se refait pas.

— Et toi, tu as réussi à reprendre un peu le sport comme tu le voulais ?

— Pas autant que j'aurais aimé, mais c'est déjà mieux que rien.

— De toute façon, ta mère a raison, ce n'est rien si tu reprends quelques kilos.

— Oui... Mais je ne voudrais pas réduire tous mes efforts à néant.

— J'ai totalement confiance en toi, ma fille. Tu es déterminée, quand tu as une idée en tête, rien ne t'arrête. Au fait, on a vu ta vidéo sur le site du *Santa Monica Daily Press*, me dit-il pour changer de sujet. On est très fiers de toi, June.

— Oh ! Vous l'avez déjà regardée ? Je ne vous avais même pas encore prévenus qu'elle avait été publiée.

— On suit de près tout ce que tu fais. Depuis que tu as dit à maman que tu étais en immersion avec les pompiers de Santa Monica pour un reportage, elle n'arrêtait pas de vérifier tous les jours le site du journal.

En entendant ça, je prends conscience combien ils me manquent.

— Et alors, comment tu as vécu cette immersion ? me questionne-t-il.

— Ça n'a pas été de tout repos, plaisanté-je avant de redevenir sérieuse.

Sans m'y attendre, je me lance alors dans un monologue pour expliquer à mon père ce que j'ai vécu : mes angoisses du départ, ma première vidéo retoquée par mon patron, mon désir de lui prouver ma valeur, et mon manque de discernement hier qui aurait pu être dramatique.

— Et tu ne nous as pas appelés pour nous tenir au courant ! m'engueule-t-il lorsque je m'interromps.

— Je n'étais pas blessée, papa. Hormis une grosse frayeur, je n'ai rien eu du tout.

Je décèle son soulagement à l'autre bout du fil.

— Je te dirais bien que tu es une tête brûlée, mais ça serait de mauvais goût.

Je ricane avec lui.

— De toute façon, rassure-toi, j'ai fini ma mission chez les pompiers de Los Angeles. Finalement, tout le monde est satisfait. Mon rédacteur en chef car le format plaît beaucoup aux abonnés et que j'ai ce qu'il me faut dans la boîte pour faire un deuxième épisode dans lequel on verra bien une intervention sur un feu. Le commandant Mitchell car cela a permis d'alerter sur leur manque de moyens et qu'il a rendez-vous à la Mairie la semaine prochaine pour en discuter.

— Alors tu vas bosser sur quoi, maintenant ? Un sujet qui te mettra moins en danger, j'espère.

— Sois rassuré, lui dis-je en riant. Tout ce que je vais risquer, c'est un bon coup de soleil car je dois suivre un champion de surf.

— Avec ton teint, je me demande si ce n'est pas préférable que tu te retrouves au beau milieu d'un incendie, plaisante-t-il.

— Papa ! m'écrié-je avant de rire avec lui.

Un coup frappé à la porte m'interrompt. Mon rythme cardiaque accélère dans la seconde. J'espère qu'il s'agit de Derek.

— Je dois te laisser, mais on se rappelle très vite ?

— Promis. Et on se voit à Thanksgiving.

— Oui, j'ai hâte de vous retrouver. Embrasse maman, conclus-je avant de raccrocher tout en me levant pour aller ouvrir.

Je pose mon téléphone sur mon petit meuble d'appoint dans l'entrée, recoiffe ma crinière rousse de quelques gestes de la main et abaisse la poignée.

— Li, m'étonné-je en la découvrant face à moi.

Je tente de garder un visage neutre mais je dois être une très mauvaise comédienne.

— J'en étais sûre ! s'écrie-t-elle en me pointant du doigt.

— De quoi ?

— Je reconnais cet air déçu de ne pas voir la personne qu'on attendait.

— Pas du tout, lui mens-je de manière éhontée.

Li pose une de ses mains sur sa hanche et incline le visage de côté en dardant sur moi un regard laissant comprendre qu'elle voit clair dans mon jeu.

— Bon, d'accord, abdiqué-je en souriant. Peut-être que j'espérais voir quelqu'un d'autre.

— Grand, châtain, un mètre quatre-vingt-cinq de muscles et qui sauve des vies à tour de bras ?

— Ça lui correspond plutôt bien.

— Il vient de s'incruster chez Matthew et j'ai croisé Travis qui rentrait dans l'immeuble au pas de course alors que je venais ici. Si tu veux mon avis, on ne les reverra pas avant demain.

— Je t'offre un verre, dans ce cas ?

— J'espérais que tu dirais ça !

Elle entre et s'installe sur mon canapé tandis que je nous sers deux verres de tequila avant de la rejoindre. Nous trinquons et un silence prend place entre nous.

— Ça a dû être terrifiant d'accepter tes sentiments pour Matthew, non ? la questionné-je l'air de rien.

— Parle-t-on vraiment de moi et Matthew ? Ou de toi et Derek ?

Elle vise juste, la bougresse !

Je hausse les épaules et avale une nouvelle gorgée d'alcool.

— Tu sais, au fond, je pense que peu importe la personne, tomber amoureux a quelque chose d'effrayant.

— Pas faux. Mais avoue que c'est moins compliqué quand tu ne jettes pas ton dévolu sur un coureur de jupons.

— Ça, je ne peux pas dire le contraire, glousse-t-elle en manquant de renverser son verre. Je peux te demander où vous en êtes tous les deux ?

Je souffle brièvement avant de lui répondre. Non parce que sa question m'agace, mais parce que j'ai du mal à y voir clair.

— On a dépassé le stade où on se ment à nous-même en prétendant ne pas s'intéresser l'un à l'autre. Et on a franchi l'étape ultime hier soir.

— D'où sa visite à ses potes, je suppose.

— Comment ça ?

— Il doit être comme Matthew et paniquer parce qu'il ne comprend pas pourquoi son petit cœur jusque-là insensible se réveille.

Je me marre en découvrant sa mine moqueuse.

— Je te jure, rien qu'à sa manière de saluer Matthew, j'ai compris qu'il n'était pas dans son état habituel. Je ne suis pas étonnée, tu lui as tapé dans l'œil dès le départ.

— Je lui ai surtout tapé sur le système, tu veux dire, plaisanté-je.

Elle esquisse un sourire avant de reprendre.

— Peut-être aussi, oui… Et sinon, comment tu te sens, toi ?

— Je déteste être dans l'expectative. J'ai la sensation de devoir attendre qu'il décide de la suite des événements et ça me rend folle.

— Accorde-lui une soirée pour réfléchir. Si tu n'as pas de nouvelles demain, tu le coinces entre deux portes et tu lui montres de quel bois tu te chauffes.

Elle se met soudain à ricaner toute seule.

— Je suis désolée, l'alcool me monte déjà à la tête pour faire des comparaisons aussi nulles alors qu'il est pompier.

— Tu t'entendrais bien avec mon père. Il m'a dit que j'étais une tête brûlée, tout à l'heure, réponds-je en me marrant. Je valide totalement cet humour. Je te ressers un verre et on propose à Ava de nous rejoindre pour voir qui fait les pires blagues sur les pompiers ?

— Carrément. Elle te fera un petit thème astral pour évaluer votre compatibilité, comme ça.

32

DEREK HARMON

Je me force à avaler une tasse de café et à prendre une douche revigorante pour tenter de dissiper ma gueule de bois matinale. Je ne peux pas débarquer chez ma mère dans cet état !

J'ouvre la porte de chez moi et vérifie qu'il n'y a personne dans le hall avant de sortir. Je préfère éviter de croiser June. C'est sûrement lâche, mais comme je n'ai pas encore décidé si j'allais ou non appliquer les conseils de Travis, ça vaut mieux.

Roy Bennett pénètre dans la résidence alors que j'en sors. Il doit sûrement avoir une visite à faire.

— Bonjour Derek, comment allez-vous ? J'espère qu'il n'y a plus de problèmes en ce moment.

— Rien à signaler ces derniers temps. Le coupable a dû décider de se montrer plus prudent. Il sait que nous sommes désormais tous vigilants.

— C'est une bonne nouvelle. Espérons que ça dure.

— Vous venez faire visiter l'appartement en face du mien ?

Il fronce les sourcils avant de répondre précipitamment.

— Oui, oui, c'est ça.

— Vous êtes certain qu'il est vide, d'ailleurs ? Certains s'évertuent à penser qu'une personne y vit, recluse.

— S'il avait été vendu, je le saurais.

— OK. Bon je vais vous laisser, je suis attendu.

— Bonne journée.

Je m'éloigne tout en me disant que l'attitude de l'agent immobilier est étrange ce matin. Mais ça doit être un effet de l'alcool. Je ne suis pas encore tout à fait d'aplomb.

Arrivé devant la porte, j'actionne la poignée en espérant que ma mère ait bien verrouillé l'accès à son appartement. *Raté !*

Woofy cavale dans ma direction en aboyant tout en remuant la queue, content. Je me penche et l'attrape pour le câliner, tout en vociférant :

— Je croyais que cette porte devait rester fermée. Et cette fois-ci, tu ne peux pas dire que c'est parce que tu m'attendais, tu ne savais pas que je venais.

Ma mère nous rejoint dans le couloir en secouant la tête, le sourire aux lèvres.

— William vient juste de partir pour la caserne, je n'ai pas encore refermé derrière lui, voilà tout.

La grimace que cette information me tire ne lui échappe pas, et elle se marre. Mon commandant quitte donc l'appartement de ma mère au petit matin et je ne devrais pas tiquer ?

— Un café ? me propose-t-elle. Je dirais bien que je ne semble pas être la seule à avoir fait la fête cette nuit, mais je vais m'abstenir parce que j'ai l'impression que tu ne vas pas trouver ça drôle.

— Maman, m'indigné-je.

— Pardon, pardon, dit-elle en riant encore.

Elle me tend une tasse tandis que je m'assieds à la table, Woofy sur les genoux. Je remarque qu'il porte encore un nouveau vêtement. Elle lui accorde autant d'attention qu'elle l'a fait avec moi durant mon enfance. *Petit veinard !*

— Que me vaut ta visite de si bon matin ? me demande-t-elle sans perdre de temps.

— Je dois avoir une raison pour venir ?

— Ça doit être sérieux si tu es sur la défensive, continue-t-elle en me regardant par-dessus sa tasse.

Je la gratifie d'un regard sévère avant de lui sourire. Difficile de résister en sachant qu'elle a visé dans le mille.

— Dis-moi qu'il s'agit d'une fille, me supplie-t-elle presque.

— Oui, soufflé-je en caressant le chien qui réclame mon attention.

— Je parie sur la journaliste que tu as ramenée.

— Pourquoi ça ? demandé-je, curieux de savoir ce qu'elle a pu déceler ce jour-là.

— Il ne fait aucun doute qu'elle en pince pour toi et tu n'es pas assez idiot pour passer à côté d'une fille de sa trempe.

Je suis ravie d'apprendre qu'elle apprécie June. Peu importe que Matthew aime s'en moquer, l'avis de ma mère est vraiment important pour moi.

— Dois-je te rappeler votre première rencontre ? la taquiné-je tout de même pour gagner un peu de temps avant de devenir sérieux.

— Mais justement ! s'écrie-t-elle en posant un peu brusquement sa tasse sur la table. Je veux que tu partages ta vie avec une femme qui a du répondant et qui ne se laisse pas marcher sur les pieds. Elle a du caractère et elle est intelligente. Tu ne me feras pas croire que cette jolie fille te laisse indifférent.

— Non, c'est vrai, avoué-je. Mais le problème n'est pas là…

— Il est où alors ?

J'inspire un grand coup avant de lâcher cet aveu qui me coûte :

— Tu sais, depuis mon accident, j'ai du mal à accepter le regard des autres sur mes cicatrices.

Son visage se pare d'un voile triste. Je m'en veux de lui faire revivre les semaines durant lesquelles elle s'est occupée de changer mes bandages. Elle n'a jamais rien dit pour respecter ma pudeur, mais il ne lui a pas échappé que je ne regardais jamais mes plaies pendant qu'elle s'affairait à me soigner. Le dégoût dans les yeux d'Ashley a suffi à me faire passer l'envie de les observer. J'ai mis du temps à accepter de les apercevoir dans le miroir une fois guéri. Et depuis, personne d'autre ne les a vues.

— Si une femme n'accepte pas ces marques sur ta peau, elle n'est pas digne de partager ta vie.

— Mais comment faire pour savoir si elle y mérite une place, si je refuse de les lui montrer ?

— Tu ne peux pas cacher qui tu es.

— Je peux ne pas les exposer, insisté-je sans entrer dans des détails superflus.

— Derek, me dit-elle solennellement en prenant une de mes mains dans les siennes, ces cicatrices font partie de toi. Elles sont la preuve de ton courage. Tu n'as aucune raison d'en avoir honte. Si tu les dissimules aux yeux de June, c'est comme si tu l'empêchais d'accéder à une partie intégrante de l'homme que tu es.

— Je sais que tu as raison, mais j'ai besoin de temps pour me sentir capable d'affronter son regard.

— Ça, je peux le comprendre. On a tous des choses qu'on préférerait garder pour soi. Parce qu'on n'en est pas très fiers ou parce que ça nous fait souffrir. Tu dois simplement garder en tête qu'à un moment donné, si tu veux que ça fonctionne entre vous, tu devras accepter de te dévoiler entièrement.

Ses mots, étrangement proches de ceux de Travis, finissent de me convaincre que je pourrais tenter ma chance avec June, en jouant la carte de l'honnêteté. Il faudra pour ça que j'arrive à évoquer mes limites avec elle, et voir si elle est prête à les respecter. Sans oublier que je devrai lui faire confiance à un moment donné, au risque de la perdre.

33

JUNE CAMPBELL

Un léger coup contre ma porte me fait sursauter. J'ai passé l'après-midi sur mon ordinateur pour rattraper mon retard sur les recherches que je devais faire hier au lieu de boire des coups jusqu'à pas d'heure avec les filles.

Mon prochain sujet de reportage est un tombeur de petites culottes, si j'en crois les filles qui gravitent autour de lui sur les photos que j'ai trouvées sur les réseaux. Je ne leur jette pas la pierre, Seth Slater a un visage séduisant ainsi qu'un corps musclé et bronzé par le soleil. Difficile de résister à son sourire, j'en conviens.

Je me lève et ouvre en espérant qu'il s'agisse de Derek.

— Hey !

Ouf ! Cette fois, c'est bien lui. Je pouffe de rire en réaction à son salut gêné. Il a les mains dans les poches et ne semble pas savoir comment agir. Ses hésitations le rendent craquant. *Encore plus que d'ordinaire.* Alors que j'étais agacée de ne pas avoir de ses nouvelles, il suffit qu'il se plante devant ma porte pour me faire tout oublier.

— J'hallucine ou le grand Derek Harmon ne sait pas quoi dire ? le titillé-je en souriant.

— Je suis plus un homme d'action… me répond-il avec un clin d'œil. Je suis désolé de ne pas t'avoir contactée hier, mais je n'avais même pas ton numéro pour t'appeler.

— Il est peut-être envisageable de remédier à ça.

Un sourire carnassier étire ses lèvres face à mon ton évasif.

— Tu as déjà mangé ? me demande-t-il, visiblement peu sûr de lui.

— Tu me proposes un rencard ?

— On dirait bien, répond-il, comme étonné lui-même. Je nous cuisine un truc chez moi, ça te va ?

— Ou bien tu tentes de m'empoisonner pour te débarrasser de moi…

Il ricane tout en s'approchant de moi. Il dépose furtivement un baiser sur mes lèvres et me murmure à l'oreille :

— Je n'en ai pas encore fini avec toi.

Il se tourne et descend les marches pour rejoindre son appartement.

— Ça sera prêt d'ici quinze minutes, crie-t-il depuis le rez-de-chaussée.

Je referme la porte et prends le temps de m'adosser dessus quelques secondes. *Ne te fais pas de film, June ! Peut-être qu'il veut juste mettre les formes pour t'expliquer qu'il n'y aura rien de plus entre vous, comme avec toutes les autres filles avec lesquelles il a couché.* Après tout, nous sommes voisins et il est important que nous conservions de bonnes relations.

Je n'arrive pourtant pas à calmer les battements de mon cœur. Ce traître s'imagine déjà pouvoir attendre plus de la part de Derek. Et je ne parle même pas de mon corps qui s'est éveillé dès qu'il l'a effleuré.

Je souffle longuement pour retrouver mon calme et rester digne, quoi qu'il arrive chez lui.

Après avoir éteint mon ordinateur, rangé mes notes et surtout remis un peu d'allure à mon apparence, je rejoins le rez-de-chaussée pour aller retrouver Derek.

Summer est devant l'entrée et je comprends qu'elle attend Sean lorsque ce dernier descend les marches de l'escalier à toute vitesse.

— Bonjour madame Campbell, me salue l'aîné de la famille Stephen.

— S'il te plaît, au moins toi, appelle-moi June.

— Si je ne veux pas de problèmes avec ma mère, il est préférable que je continue d'utiliser votre nom de famille, m'explique-t-il tout en sortant du hall.

Je frappe à la porte de Derek munie d'une bouteille d'eau que je tends dans sa direction au moment où il ouvre.

— Il ne fallait pas, c'est trop, s'extasie-t-il faussement comme s'il s'agissait d'un bon vin.

— C'est tout ce que j'avais et mes parents m'ont appris à ne jamais venir les mains vides. Ça sent bon, qu'est-ce que tu nous concoctes ?

— Des penne au pesto. J'espère que tu aimes.

Si j'aime ? Évidemment. Je ne pourrais pas en dire autant du poids qui s'affichera sur ma balance demain matin. Derek va ruiner une semaine pendant laquelle j'ai veillé à manger équilibré, mais ce n'est pas si grave. Mon père me l'a rappelé tout à l'heure.

— Beaucoup, j'en salive d'avance, le rassuré-je.

Et puis peut-être qu'on compensera ces féculents par de l'activité physique, tout à l'heure.

— Tu es proche de tes parents ? me questionne-t-il en s'éloignant vers ses fourneaux.

— Très, dis-je en m'installant sur un des deux tabourets autour de l'îlot de cuisine. J'ai beaucoup hésité à accepter ce job ici par peur de m'éloigner d'eux.

— Tu viens de Salt Lake City, c'est ça ?

— Oui, j'y ai vécu toute ma vie. Le fait qu'Ava m'ait suivie m'a permis de ne pas perdre tous mes repères.

— Vous êtes amies depuis longtemps ?

— Un peu plus de deux ans. Je l'ai rencontrée au début de ma carrière de journaliste et on a très vite sympathisé.

— T'es enfant unique, comme moi ?

— Oui. Si j'avais su que j'étais convoquée pour passer un interrogatoire, je serais venue avec mon avocat, plaisanté-je.

Il récupère deux assiettes dans le placard au-dessus de lui et les dépose devant moi en me gratifiant d'un sourire complice. Il nous sert ensuite généreusement en pâtes et ajoute une fine tranche de jambon italien à chacun.

— Parmesan ?

— Volontiers.

— Va t'installer sur le canapé, j'arrive.

J'attrape les deux verres qu'il avait préparés sur le plan de travail et ma bouteille d'eau avant de me lever pour suivre ses instructions.

— Tu sais que, normalement, on invite d'abord une fille à manger avant de lui faire l'amour ? lui demandé-je lorsqu'il s'assied à côté de moi après avoir saupoudré du fromage sur notre repas.

— J'ai tendance à brûler les étapes, déclare-t-il d'un ton taquin.

— Ça la fout mal pour un pompier, ajouté-je pour rire.

Le silence s'installe entre nous tandis que je savoure mon repas. Je découvre une nouvelle corde à l'arc de Derek. *C'est bon, Cupidon, tu peux aller emmerder quelqu'un d'autre, je suis ferrée.*

Effrayée par cette prise de conscience, je me demande soudain quel est le but de mon voisin ce soir. Pourquoi m'inviter à manger chez lui ? Est-ce qu'il veut être certain que nous garderons des relations cordiales après la nuit que nous avons passée ? Il ne sait peut-être pas comment s'y prendre pour me faire comprendre que ça ne se reproduira plus.

Je ne dois surtout pas prendre mes rêves pour une réalité et penser que j'ai une chance de mettre le grappin sur un mec aussi volage que lui.

Il faut que je mette fin à ce tête à tête avant de me sentir encore plus honteuse.

— Écoute, je ne veux pas que tu te sentes obligé de quoi que ce soit. Après tout, c'est moi qui t'ai sauté dessus, lâché-je avec un rire ridicule.

Mes joues et mon cou ont dû virer rouge vif. Il me regarde, incrédule, et je poursuis donc pour éclaircir les choses.

— Ne t'inquiète pas, je ne vais plus te coller aux basques, ma mission à la caserne est terminée. Tu es donc officiellement débarrassé de moi.

Derek ne dit rien, prolongeant mon malaise. Il pose ses couverts dans son assiette sur la table basse, et j'en fais de même avant d'avaler ma salive. J'attends autant que je redoute les paroles qu'il s'apprête à prononcer.

Après un moment infini, il se tourne dans ma direction et passe une main dans mes cheveux pour dégager mon épaule.

— Et si je ne voulais pas être débarrassé de toi ? lâche-t-il en détaillant mon visage comme s'il me découvrait pour la première fois.

Je tente de maîtriser l'étonnement qui doit s'afficher sur mes traits.

— Ne joue pas avec moi, s'il te plaît. Je pourrais accepter de tout arrêter maintenant, sans trop de dommages, certifié-je même si je sais pertinemment que c'est faux, et sans t'en vouloir. Mais si tu me laisses croire que tu envisages quelque chose entre nous alors que tu n'es pas sérieux, je connais des mecs louches qui pourront t'enterrer dans le désert à la frontière mexicaine.

— C'est flippant que je trouve ça excitant quand tu me menaces ? raille-t-il en se reculant un peu.

— Je suis sérieuse, affirmé-je, enfin, sauf pour la partie des types louches.

— Il faut d'abord qu'on se mette d'accord sur un point.

— Lequel ? demandé-je en redoutant un peu son air sérieux.

Je sens que sa requête n'est pas anodine. Qu'elle touche à quelque chose de profond en lui.

— Il y a un sujet me concernant que je ne souhaite pas aborder.

Ses mots ne font que confirmer mon impression. Il éveille la journaliste en moi, qui a besoin de décrypter les mystères. Je sens que de ma réaction dépendra sa capacité à se projeter avec moi.

— Lequel ? questionné-je à nouveau.

Il m'observe du coin de l'œil avec un léger sourire.

— OK, soufflé-je en comprenant qu'il ne m'en dira rien. Mais je dois bien savoir duquel il s'agit pour ne pas en parler, non ? tenté-je tout de même.

— Tu le comprendras bien assez tôt.

Je fronce les sourcils, ne sachant pas trop comment réagir. Pourquoi, alors qu'une petite voix me murmure que moi non plus je n'ai pas envie de tout lui révéler me concernant, j'ai tant de mal à accepter qu'il n'en fasse pas de même.

Me voyant douter, il se sent obligé de préciser :

— Je peux t'assurer que ce n'est rien qui change quoi que ce soit entre nous. Tu sais le plus important sur moi. Tu me connais, tu as rencontré ma mère, tu m'as suivi à la caserne. Aucune autre nana n'en sait autant que toi.

Je fais une petite moue sceptique et reste encore silencieuse. J'essaie de deviner ce qu'il pourrait bien vouloir garder pour lui, mais rien ne me vient. Si ça me dérangeait qu'il apprenne que j'ai été obèse, je n'en ferais pas pour autant un vilain secret. Je craindrais juste qu'il porte un autre regard sur moi.

— S'il te plaît, June, dis quelque chose…

— J'ai besoin que tu me jures qu'il ne s'agit pas d'une autre fille, finis-je par lâcher, un peu fébrile.

— Mais pas du tout ! s'écrie-t-il en prenant mes mains dans les siennes. Je ne file pas plusieurs lièvres à la fois. Je sais que je ne suis pas en position d'exiger quoi que ce soit de toi. Pourtant, je te le demande, parce qu'il y a un truc spécial entre nous et que je n'ai pas envie de passer à côté.

Surtout, si je suis dans un rêve, ne me pincez pas, je veux y rester à tout jamais !

Le voir si peu sûr de lui me ferait presque oublier qu'il me demande de ne pas l'interroger sur un sujet qui viendra inévitablement sur le tapis un jour ou l'autre. Serais-je vraiment capable de faire ça ? Pour lui, je crois.

— J'espère qu'un jour tu me feras assez confiance pour m'en parler, dis-je en plantant mes yeux dans les siens.

— Ce n'est pas toi le problème, c'est moi. Je ne veux pas te faire de promesses, mais je peux t'assurer d'être sérieux avec toi. Laisse-moi te prouver qu'on peut être bien ensemble.

Comment lui résister quand il me dit des mots comme ça ?

Je hoche la tête et j'ai à peine le temps de dire ouf qu'il me plaque contre son canapé pour poser ses lèvres sur les miennes. Son baiser est passionné, et je suis galvanisée de remarquer qu'il avait redouté ma réponse.

Je ne sais pas dans quoi je m'embarque exactement, mais du moment qu'il m'assure sa fidélité et que je le crois, le reste peut bien attendre que nous prenions nos marques dans cette nouvelle relation.

34

DEREK HARMON

Je nettoie la vaisselle sale tandis que June se charge de l'essuyer.

Elle a beau avoir accepté mon marché, je ne serai certain qu'elle le respecte qu'une fois que nous serons arrivés au moment fatidique. Et j'ai repoussé volontairement celui-ci jusque-là. *Une grande première pour moi !* Ce n'est pourtant pas l'envie d'elle qui me manque. J'aurais pu me jeter sur elle dans mon canapé ou la faire basculer sur l'îlot de la cuisine, mais je m'en suis empêché.

— Tu prends ta garde à quelle heure, demain ? me demande-t-elle en accrochant le torchon à la patère après avoir fini.

— En fin de matinée, pourquoi ?

— Je pensais aller courir, si ça te tente.

— Tu fais beaucoup de sport ? J'ai remarqué que tu réussissais à nous suivre sans souci sur le terrain.

— Je n'ai pas obtenu ce corps sans effort, plaisante-t-elle.

Mes yeux dévalent ses courbes et je ne peux qu'approuver. Mon self-control en prend un sérieux coup. Mais pourquoi je m'inflige de ne pas la toucher après avoir tout fait pour qu'elle m'accorde une chance ?

— Tu parcours quelle distance, d'ordinaire ? l'interrogé-je pour garder mon sang-froid.

— Entre sept et dix kilomètres.

— Et tu veux partir à quelle heure ?

— Ça dépendra quand tu me laisseras rentrer chez moi, souffle-t-elle d'une voix rauque en plantant ses yeux dans les miens.

OK, ça suffit les conneries ! Je la veux, maintenant !

Je l'attrape par le poignet et l'attire contre moi. Elle se laisse faire et sourit même, visiblement fière d'elle. Je l'embrasse et la pousse à reculer dans l'appartement, jusqu'à la faire basculer sur mon lit.

— Pas avant plusieurs heures, je le crains, réponds-je alors à sa question.

— Mais qu'est-ce qu'on va bien pouvoir faire pendant tout ce temps ? me taquine-t-elle en faisant remonter son pied nu le long de ma jambe jusqu'à se poser sur mon érection.

June a le don de reléguer mes appréhensions aux oubliettes. J'ai conscience que j'ai eu de la chance, hier, qu'elle ne prête pas attention au fait que j'aie gardé mon tee-shirt, mais ça ne se reproduira pas.

Sous ses yeux brillants, je prends le temps de déboutonner mon short et de le faire tomber au sol. Mon boxer suit vite le même chemin. June n'en loupe rien et me regarde avidement. Je lui souris et me penche pour choper une capote dans le tiroir de ma table de chevet.

— Tu te rappelles ce que tu m'as dit l'autre soir ? la questionné-je avec une idée derrière la tête.

— Tu peux être plus précis ?

— À propos du fait que tes partenaires jusqu'ici n'ont pas été très créatifs...

Je me demande toujours comment il est possible qu'elle n'ait pas expérimenté plus de choses. Elle a dû en faire tourner des têtes, à la fac, et à cet âge-là les mecs sont plutôt du genre à tout essayer. Ils mettent en pratique ce qu'ils voient dans les pornos qu'ils regardent. Ce qui n'est pas toujours la meilleure idée qui soit...

— Oui, souffle-t-elle dans l'expectative de la suite.

Je pose mes genoux sur le matelas de part et d'autre de son corps. Mes mains attrapent l'élastique de sa jupe et la lui retirent en emportant son sous-vêtement par la même occasion. Son top subit rapidement le même sort.

J'écarte la dentelle de son soutien-gorge pour dégager ses tétons. Ma langue s'enroule autour de l'un d'eux pendant que mes doigts jouent habilement avec l'autre. Elle se contorsionne déjà sous moi et sa réactivité me rend fou.

Ma bouche délaisse sa poitrine et remonte capturer ses lèvres pour l'embrasser avec ferveur. Je veux qu'elle sache l'effet qu'elle me fait.

— Tourne-toi et mets-toi à genoux, lui ordonné-je avant de lui dérober un dernier baiser.

Je m'écarte de son corps voluptueux pour lui laisser l'espace de bouger. Elle darde sur moi un regard brûlant avant de s'exécuter.

Au moment où elle se redresse et que ses fesses remontent sous mes yeux, je manque de perdre le contrôle et de me jeter sur elle tel un animal. J'ai une vie sexuelle plutôt débridée, mais jusqu'ici je ne la partageais qu'avec des filles elles aussi expérimentées. La confiance que June me témoigne en acceptant de me suivre et de me laisser les rênes pour lui faire découvrir certains plaisirs me font vriller complètement.

Elle incline son visage en arrière pour comprendre ce qui se trame.

— T'es tellement belle, la complimenté-je.

Je me place entre ses jambes et frotte ma queue contre sa fente trempée.

Je l'aperçois retenir son souffle alors que je m'immisce petit à petit en elle. Elle m'enserre si étroitement que ça décuple chaque sensation. Mes doigts se cramponnent à ses hanches et je la remplis jusqu'au bout. *Putain, si ça c'est pas le paradis !*

Je recule et reviens. Encore une fois. Une deuxième. À nouveau. Plus fort, plus loin. Les cris de June ne tardent pas à emplir la pièce sous mes à-coups. Ça m'électrise et je lui assène une tape sur les fesses à chaque coup de reins. Son cul se pare d'une jolie teinte rouge.

Je ne tente même pas de retenir l'orgasme qui me foudroie. Je me plante encore plus loin dans son intimité et viens jouer avec son clitoris pour la faire chavirer avec moi.

Nous retombons tous les deux sur le matelas. Je roule sur le côté pour ne pas l'écraser et l'attire contre moi. Elle se blottit contre mon torse, les paupières closes.

— C'était... wouah, glousse-t-elle en redressant son visage vers le mien, tout en gardant les paupières fermées.

Je capture ses lèvres et la savoure. Je crois que je n'aurai jamais assez d'elle. Plus elle m'en donne, plus j'en veux.

Sa main gauche descend de mon épaule et amorce une glissade sous mon tee-shirt. D'un mouvement vif, je lui attrape le poignet et la retiens. June réagit au quart de tour et ouvre les yeux pour comprendre ce qui me prend.

— C'est ça le sujet dont je ne veux pas parler, soufflé-je sans oser croiser son regard.

Mes tripes se nouent. Je redoute sa réaction même si, d'un côté, je suis soulagé d'être sur le point de découvrir si elle est réellement prête à respecter la condition que j'ai posée à notre relation.

— Tu ne veux pas que je te touche ? m'interroge-t-elle d'une voix hésitante.

— Pas là, non. Je garderai aussi toujours mon tee-shirt.

Elle prend appui sur son coude pour forcer un contact visuel entre nous.

— J'ai accepté de ne pas en parler, mais je veux tout de même que tu saches une chose : je ne suis pas avec toi pour ton physique. Quoi que tu caches là-dessous, ça ne change rien au fait que je me sente bien avec toi.

J'inspire et prends sur moi pour ne pas la rejeter. Tout dans son attitude prouve qu'elle dit vrai et ça m'effraie. Et si elle changeait d'avis une fois qu'elle verra les dommages sur mon abdomen ? Je crains tellement d'apercevoir une lueur de dégoût dans son regard que si je m'écoutais, je la foutrais dehors immédiatement pour qu'elle me déteste et ne souhaite plus jamais avoir affaire à moi. Pourtant, si je veux vraiment nous donner une chance, je dois lutter contre cet instinct. Alors je la serre un peu plus contre moi. Elle se blottit plus étroitement et dépose à nouveau sa main sur mon épaule. Je savoure notre étreinte comme si elle pouvait m'échapper d'un instant à l'autre.

— C'est pour cette raison que tu ne restes jamais avec la même fille ? murmure-t-elle au bout d'un certain temps.

— Ça m'évite d'avoir à me justifier.

— Je suis contente que tu aies eu envie de le faire pour moi, me confie-t-elle en caressant ma joue.

D'une main, je coince son menton entre mes doigts et relève son visage pour qu'elle puisse déceler toute ma sincérité.

— Je ne voulais pas passer à côté de toi.

Elle me sourit, rayonnante. Depuis quand n'avais-je plus ouvert mon cœur ? June en a défoncé les portes sans s'annoncer. Il ne me reste plus qu'à espérer qu'elle ne les referme pas. Sauf si elle choisit de rester à l'intérieur.

35

JUNE CAMPBELL

Le dos recroquevillé, les mains posées sur mes genoux, je tente péniblement de reprendre mon souffle au milieu du jardin de Palisades Park. Derek s'étire déjà, comme si notre footing avait été une balade de santé pour lui. Le point positif, c'est que les pâtes d'hier ont été éliminées de mon organisme, c'est certain.

— Dis, je voulais te parler d'un autre truc aussi hier soir, mais avec tout ça, j'ai oublié, me dit-il.

— Tout ça quoi ? le titillé-je comme si rien n'avait été mémorable.

— Tu tiens vraiment à ce que je dise haut et fort ce que nous avons fait hier et dont tu devrais te souvenir ?

— Non, merci ! m'empressé-je de répondre parce que je l'en crois tout à fait capable.

— J'ai eu une idée pour démasquer la personne dont nous sommes tous victimes à la résidence.

Je me redresse et le regarde, attentive.

— Harper m'a parlé du brouilleur d'ondes, mais ça m'était complètement sorti de la tête, m'exclamé-je, étonnée de m'être ainsi laissée emporter par mes propres soucis.

— Tu étais trop occupée à penser à moi, fanfaronne-t-il. Quoi qu'il en soit, on va mettre fin à tout ça très vite.

— « On » ?

— Oui, « on », j'ai besoin de toi. On va planquer deux ou trois caméras miniatures à des endroits stratégiques. S'il y a le moindre nouveau problème, on saura exactement qui se cache derrière, explique-t-il, enthousiaste.

— On ne peut pas filmer les autres habitants à leur insu, le tempéré-je.

— Si ça permet de mettre fin à cette merde, je pense qu'ils ne la ramèneront pas trop.

— Sue va te faire passer un sale quart d'heure, le contredis-je.

— Je lui ferai un petit numéro de charme et je serai pardonné, m'assure-t-il avec un clin d'œil.

— Et moi ? Je ne suis pas certaine que Sue soit sensible à mon charme.

— Personne n'est obligé de savoir que tu es dans la combine.

— Alors pourquoi as-tu besoin de moi, au juste ?

— Pour me fournir le matériel vidéo, m'explique-t-il en souriant. Tu sais, les caméras discrètes. Vous devez en avoir au journal.

— À utiliser à des fins professionnelles, oui.

— Trouve une idée pour en avoir besoin, dans ce cas, me lance-t-il en me donnant une tape sur les fesses. Faut que je me grouille d'aller prendre une douche sinon je vais être en retard à la caserne, me prévient-il ensuite.

— Dès que j'aurai retrouvé mes deux poumons, je filerai aussi.

— Tu bosses, aujourd'hui ?

— Oui, mais pas au bureau. Je dois aller à Manhattan Beach pour un reportage sur une compétition de surf. Si j'ai le temps, je passerai au *Santa Monica Daily Press* pour récupérer ce dont tu as besoin. Je pense que tu as raison, et qu'il est temps d'en finir avant qu'une catastrophe arrive à Palisades Park.

— On se retrouve en fin de journée ?

— Tu as mon numéro, maintenant !

Je l'ai en effet noté ce matin avec du rouge à lèvres sur le miroir de sa salle de bain.

— Je t'appelle dès que je suis de retour à la résidence.

— Ça marche !

Je me redresse et l'embrasse, bien trop vite à mon goût, afin de ne pas le mettre plus à la bourre. Il rentre chez lui tandis que je gravis les marches jusqu'à mon appartement.

Nous n'avons pas reparlé de ce qu'il souhaite à tout prix taire à propos de son torse. Après y avoir intensément réfléchi, j'en ai déduit qu'il doit porter des cicatrices. Sont-elles dues à l'accident que sa mère a évoqué lors de ma venue chez elle ? Au fond, peu importe. Leur origine, tout comme leur existence, n'a aucune importance à mes yeux.

Je suis soulagée que la condition mise à Derek à notre relation concerne un problème physique car je le comprends mieux qu'il ne le pense. Le regard des gens, les préjugés et les moqueries, j'en connais un rayon. J'en ai été victime à de si nombreuses reprises en étant obèse depuis mon enfance. Derek ne le sait pas, mais je suis peut-être la fille la mieux placée pour concevoir son mal-être. Je n'ai pas eu la chance de pouvoir cacher mes kilos en trop. Si j'avais pu le faire, je n'aurais pas hésité. D'ailleurs, c'est en quelque sorte ce que je fais aujourd'hui. Je ne parle à personne de mon passé à ce sujet. Même Ava l'ignore. Pourtant, je n'en ai pas honte. Je suis même fière du parcours que j'ai accompli aux côtés de mes parents. Ce n'est tout simplement pas un point que je mets en avant. Je veux qu'on me juge sur celle que je suis maintenant, pas sur celle du passé. Il va falloir que je démontre à Derek que même si ses cicatrices le dérangent, elles n'en restent pas moins le symbole qu'il a réussi à devenir une version plus forte de lui-même en ayant su faire face à un événement dramatique.

Une fois garée sur le parking de Manhattan Beach, je suis le chemin balisé pour rejoindre le spot de la compétition de surf que je dois suivre pour mon travail.

Dérangée par le sable, je décide de retirer mes sandalettes et de rester pieds nus.

Des hommes et des femmes entrent et sortent de l'eau en s'échangeant une tape dans la main ou sur le dos, tous avec une planche sous le bras. Comment est-ce que je vais bien pouvoir dénicher mon champion parmi tout ce beau monde ?

Après dix minutes de recherche, j'abandonne et m'approche du bar sur la plage pour interroger le serveur :

— Salut, est-ce que tu saurais où est Seth Slater, par hasard ?

— Il va te falloir un pass, si tu veux le voir.

— Il faut d'abord que je le récupère, dans ce cas. Et pour ça, j'ai besoin de rencontrer Seth Slater…

— Le plus simple, si tu veux une chance de l'approcher, c'est de rester ici et de le charmer quand il passera. Si tu tentes de forcer la sécurité, son manager te fera dégager *manu militari*.

— Je ne suis pas une groupie, m'indigné-je. Je suis journaliste au *Santa Monica Daily Press* et je réalise un reportage sur lui.

— Si tu le dis, répond-il, n'en croyant manifestement pas un mot. Je vais appeler son manager, mais je t'aurai prévenue.

Je lève les yeux au ciel, irritée, et j'attends que le fameux manager lui cloue le bec en lui expliquant que je disais vrai.

Il faut quelques minutes avant qu'un jeune homme caché sous une casquette et derrière des lunettes de soleil vienne à ma rencontre. Torse nu, vêtu uniquement d'un short de bain, encore dégoulinant d'eau, il me tend une main avec un sourire à enflammer la première midinette.

— Je suis Seth, tu dois être June.

— Oh ! Enchantée. Je m'attendais à ce que ce soit ton manager qui vienne, lui expliqué-je en lui serrant la main.

— Mon quoi ? s'étonne-t-il avant de se tourner vers le serveur. C'est cet idiot qui t'a dit ça ? Ne fais pas attention à lui, c'est mon frère, et je n'ai pas de manager.

Il le frappe à l'arrière du crâne pour le punir et les deux hommes se mettent à rire.

— Tu vois qu'il t'en faudrait un, réplique son frère. Cette fille aurait très bien pu être une groupie obnubilée par ton corps. Je peux être cet homme-là pour toi.

Je pouffe tandis que Seth souffle bruyamment. Il semble en avoir marre des manigances de son frangin, même s'il se montre attendri.

— Sers-nous plutôt quelque chose à boire, lui ordonne-t-il en lui indiquant le bar d'un signe de la main. C'est ça ton boulot, pour l'instant.

— Pour l'instant ! insiste son frère avant de lui obéir.

— Un cocktail de fruits, ça te va ? Je ne bois pas d'alcool, mais fais-toi plaisir si tu en as envie.

— Oh non ! Avec le soleil qui tape, ça ne serait pas une très bonne idée et, accessoirement, je bosse aussi, plaisanté-je.

— Alors ça sera deux cocktails de fruits, mec ! commande-t-il.

Je le suis à une table un peu en retrait où nous nous installons l'un en face de l'autre. Je lui proposerais bien de prendre le temps dont il a besoin pour aller s'habiller, mais j'ai l'impression que ce short qui lui tombe bas sur les hanches est bel et bien sa tenue du jour.

— Alors, quelles sont tes impressions avant le début de la compétition ? Tu te sens en forme ? le questionné-je pour enclencher la discussion en douceur.

— C'est une manière subtile de me demander si je suis clean ? rétorque-t-il d'un ton soudain mordant.

— Pardon ?

— Ce n'est un secret pour personne, je sors d'une cure de désintox. Je ne m'en cache pas. C'est loin derrière moi, mais tous les journalistes ne me parlent que de ça. Peu importe que j'aie retrouvé mon meilleur niveau, ils ne me parlent que des sponsors perdus, de ce qui m'a fait plonger... Alors vas-y, je t'en prie...

Pile à cet instant, son frère dépose devant nous deux grands verres très colorés avec un petit parasol planté dans une tranche d'ananas.

— OK. Alors on va mettre les choses à plat. Je suis en effet au courant pour ta cure de désintoxication et je m'en moque. Ma question était de savoir si tu te sentais en forme pour la compétition qui approche, pas si tu étais clean. Tu me dis que ton addiction est du passé et que tu te concentres sur l'avenir, parfait, je trouve que c'est un bon état d'esprit. Et je crois aux secondes chances. Ce qui m'intéresse, c'est l'homme que tu es aujourd'hui, pas celui d'hier. Je ne donne pas dans le sensationnalisme.

— Putain, les miracles arrivent donc. Enfin un journaliste avec qui je vais m'entendre. On va trinquer à ça ! s'exclame-t-il en m'offrant un de ses fameux sourires dont il a le secret.

Nous passons plus de deux heures à discuter de la compétition, dont il me détaille les règles et les enjeux. Je lui explique ce qu'il serait bien de filmer pour rendre le reportage percutant et il valide chacune de mes idées. J'ai su acquérir sa confiance en une seule phrase et je n'en suis pas peu fière.

— Ça te dit si on va sur la plage pour faire quelques photos pour l'article ? lui proposé-je lorsque nous avons fini de discuter de tous les points.

— Je vais me changer et chercher ma planche. Mets-toi à l'endroit qui te convient le mieux pour les prendre. Je te rejoins dans deux minutes.

J'attrape mon sac à main et la pochette de mon appareil. Je salue son frère d'un signe de la main et il me répond par un sourire. Je me demande s'il n'a pas entendu ce que j'ai dit à Seth alors qu'il nous apportait nos cocktails car il semble s'être détendu.

En quittant la terrasse du bar, je remarque qu'il y a beaucoup plus de monde qu'à mon arrivée. J'ai été complètement happée par le travail.

Je pose mes affaires sur le sable et passe l'appareil photo autour de mon cou. Seth réapparaît déjà, muni de sa planche et vêtu d'un short différent. Je le prends en photo en pleine course.

— Est-ce que je peux abuser et te demander d'aller dans l'eau et d'en ressortir comme si tu venais de prendre une vague ?

— J'ai toujours rêvé d'être acteur, ça tombe bien, blague-t-il en s'élançant dans l'eau.

Il grimpe sur sa planche à la force de ses bras, avance dans ma direction, puis il se met debout dessus. Il répète l'opération plusieurs fois pour me laisser le temps de prendre tous les clichés dont j'ai besoin.

— C'est dans la boîte ! lui crié-je.

Il revient aussitôt sur la plage et se poste à mes côtés.

— Je peux voir ce que ça donne ?

— Bien sûr, tiens, lui dis-je en dirigeant l'écran de l'appareil dans sa direction.

Je fais défiler les photos, et comme il est obligé d'être près de moi pour les voir, des gouttes d'eau finissent par tomber sur mon bras.

— Elle est froide ! m'exclamé-je en reculant.

Seth se marre et secoue ses cheveux pour m'éclabousser encore plus. Je ris en prenant mes distances jusqu'à ce que mon regard capte celui de Derek en train de nous observer. L'éclair de jalousie que je vois briller dans ses yeux m'interpelle. Je n'ai pas l'habitude de gérer une relation de couple, mais je me mets à sa place, ça ne me plairait pas de le voir si proche d'une autre femme qui s'amuse à le titiller. Et d'un autre côté, je trouve ça adorable qu'il n'apprécie pas. J'aime le savoir un peu possessif.

36

DEREK HARMON

Putain, mais c'est qui ce connard qui se pavane devant June ? Je vais lui faire bouffer sa planche. Ce matin, quand elle m'a parlé du sujet de son prochain reportage, il n'était pas question de photographier un type qui se prend pour un casanova, juste d'une compétition de surf.

Vas-y que je fais le beau dans l'eau et que je bombe le torse !

Je sais reconnaître ce comportement. Je l'ai pratiqué pendant des années. Rouler des mécaniques pour faire tomber les filles. Sauf que, là, il s'attaque à June. Et je ne peux pas lutter avec les mêmes armes que lui. Si seulement je pouvais retirer mon tee-shirt, moi aussi, je le ferais passer pour une brindille.

Quand il se met à l'éclabousser, je n'y tiens plus. *Petit merdeux !* Je m'avance au pas de charge, comme si je devais intervenir urgemment sur une mission à haut risque. Et cette fois-ci je n'y vais pas pour sauver quelqu'un, mais pour l'aplatir et lui apprendre à rester à sa place.

Mon regard croise celui de June et son rire cesse aussitôt.

— Derek ?

Et ouais, bébé, c'est moi ! Le surfeur me toise avant d'observer à nouveau sa proie. Une légère grimace apparaît sur son visage et, à l'insu de June, il lève ses paumes vers le ciel pour me signifier qu'il a compris. Je fais durer notre contact visuel pour qu'il sache qu'il vaut mieux que je n'aie pas à revoir sa jolie petite gueule trop proche de la journaliste.

Ce con ose se marrer.

— Qu'est-ce que tu fais ici, tu ne devais pas travailler ? me questionne soudain June.

— Je me suis trompé de planning, je suis en fait en congé aujourd'hui. Je me suis rappelé que tu m'avais parlé de la plage de Manhattan Beach, alors me voilà.

— C'est génial. On a justement terminé avec Seth.

Seth ? Putain de prénom de loser !

— Il est le favori pour la compétition qui aura lieu dans trois jours. Seth, je te présente Derek, mon… Il est pompier à Santa Monica.

Elle ne sait pas comment me qualifier ? Je vais mettre un terme à son dilemme tout de suite ! J'attrape sa main et l'attire contre moi. J'enroule un bras autour de ses épaules et l'embrasse sur la tempe.

— Je suis surtout son mec, ajouté-je à l'attention de Seth en lui tendant une main.

Le jeune homme semble ravi d'assister à ma démonstration de testostérone si j'en crois le sourire de petit enfoiré qu'il arbore.

— Super job, mec, me salue-t-il en acceptant ma poignée de main. Et t'inquiète pas, je comprends. À ta place, je marquerais aussi mon territoire.

— Non mais allez vous faire voir, tous les deux, s'écrie June en s'éloignant de moi. Je ne suis le territoire de personne !

Elle fulmine tout en ramassant ses affaires posées sur le sable.

— Seth, on se voit demain, comme prévu, lui rappelle-t-elle avant de tourner les talons en direction du parking.

— Bon courage, me lance le surfeur en se marrant.

— June, attends ! crié-je sans prendre la peine de répondre à ce tocard.

— Quoi ? Tu veux pisser autour de moi pour être sûr que personne ne m'approche ?

— Arrête d'exagérer ! J'ai juste dit que j'étais ton mec, c'est lui qui en a rajouté une couche.

Tout à coup, elle s'arrête et je manque de lui rentrer dedans. Elle pivote pour me faire face et m'interroge du regard.

— Tu es mon petit ami ?

— Il me semblait clair après notre conversation d'hier soir qu'on était ensemble, oui.

Elle pince ses lèvres roses entre ses dents, me donnant une irrépressible envie de les mordiller à mon tour.

— Ça te pose un problème ? m'inquiété-je à la pensée que nous nous soyons mal compris.

— Non ! me rassure-t-elle dans la seconde. C'est juste que je… je n'ai jamais eu de petit ami de façon si officielle.

Son aveu me stupéfie. Quel genre de mecs a-t-elle rencontré par le passé pour ne plus être vierge, mais avec si peu d'expérience sexuelle et sans jamais avoir été en couple ?

Mes mains se posent sur son cou et je colle mon front contre le sien.

— Putain, mais tu sors d'où ? lui demandé-je dans un murmure.

— Je veux bien te raconter ça, mais seulement autour d'une assiette, parce que je meurs de faim.

Un rire de gorge m'échappe. Je l'embrasse rapidement avant de la guider jusqu'à ma voiture garée près de la sienne.

— Monte avec moi, on va manger quelque part et on repassera prendre ton carrosse plus tard.

— Ça marche. Il faut que je retourne à la rédaction cet après-midi, mais j'ai le temps de faire une belle pause.

Après avoir rangé ses affaires dans le coffre, elle grimpe du côté passager.

Je me faufile dans la circulation en sachant où je souhaite l'emmener.

— Les gars viennent souvent ici, expliqué-je en me garant devant un restaurant de grillades. Je n'ai pas encore eu l'occasion de les accompagner. On testera ensemble, comme ça.

— Une première pour toi avec moi ? J'aime l'idée, me répond-elle, joyeuse.

— Je suis certain qu'on a plein d'autres choses à découvrir ensemble, lui dis-je avec un sourire coquin en lui ouvrant la porte et en la laissant entrer la première.

L'endroit est simple, les tables nappées de blanc, avec un petit vase où trônent quelques fleurs. Nous sommes déjà en début d'après-midi et j'espère qu'ils servent encore à cette heure.

— Bonjour, nous accueille un jeune homme. Ce sera pour manger ou simplement boire un verre ?

— On meurt de faim, réponds-je en entendant gargouiller le ventre de June.

— Alors suivez-moi, je vais vous installer à une table.

Notre serveur a la prévenance de nous proposer une place proche de la baie vitrée et en retrait de l'entrée. C'est parfait. June ouvre aussitôt la carte et l'étudie de près.

— Tout est tentant, se plaint-elle en me regardant par-dessus le dépliant plastifié. Comment veux-tu que je fasse un choix ?

— On ne prend pas la même chose et on partage ?

— Très bonne idée !

— J'opte pour l'entrecôte, ça te va ?

— Nickel, et moi, je vais prendre le bar grillé, mais avec une salade verte.

— Je vais finir par croire que tu t'es lancé le pari de me faire bouffer de la salade.

Le serveur revient et nous lui passons commande.

— Je t'écoute, déclaré-je à June sans perdre une minute pour revenir à la charge. Alors, June Campbell, d'où sors-tu pour n'avoir jamais considéré un mec comme ton petit ami ?

Il y a quelque chose qui m'échappe à propos de son passé et j'ai besoin d'être fixé.

Elle prend une grande goulée d'air et se dandine sur sa chaise, mal à l'aise.

— Il n'y a rien de particulier à savoir, c'est juste que les hommes que j'ai rencontrés ne m'ont pas poussée à approfondir nos relations.

Elle noie le poisson. Je le vois à sa façon d'éviter de croiser mon regard et de jouer avec la serviette disposée devant elle.

— Combien ?

— Combien de quoi ? me demande-t-elle alors qu'elle sait pertinemment à quoi je fais référence.

— Combien de mecs tu as connus ?

— Tu es en mesure de me dire combien de filles ont partagé ton lit ? me retourne-t-elle la question, confirmant ainsi que le chiffre va me scotcher.

— Oui. Reste à savoir si tu tiens à connaître ce chiffre...

— Non, merci ! me dit-elle avec une pointe de dédain dans la voix.

— Ce n'est pas mon cas, réponds-moi.

— Tu es si autoritaire, d'un coup ! Et pourquoi je te le dirais ? Il n'y a rien qui m'y oblige.

— June, l'interpellé-je en posant mes coudes sur la table, il y a à peine dix minutes, tu as eu envie de me dire quelque chose à propos de toi, mais tu as hésité. Maintenant que le moment est venu, tu as peur, je me trompe ?

Elle se pique le pouce avec les dents de sa fourchette. J'ai visé dans le mille.

— Ce que je veux dire, c'est que je me fous du nombre, mais parle-moi.

Elle plisse le nez puis souffle longuement avant de lâcher :

— Jusqu'à très tard, j'ai été celle dont on ne voulait jamais nulle part. Ni dans son équipe de sport, ni dans ses fêtes à la fac, ni dans son lit...

Un voile de tristesse passe dans son regard alors qu'elle se remémore sûrement ces instants. Son aveu est terrible et j'ai la sensation qu'elle a été seule durant une longue période de sa vie. Qu'est-ce qui clochait chez ces gamins pour qu'ils ne veulent pas de June comme copine ?

— Est-ce que tu avais déjà l'habitude de gueuler à cause du bruit ? osé-je plaisanter.

Elle pouffe et me menace avec sa fourchette.

— J'essayais plutôt d'être invisible, à vrai dire. C'est peut-être pour ça que je la ramène autant aujourd'hui, rigole-t-elle avant de prendre un air à la fois sérieux et peiné. Le problème, quand tu es forte, c'est que quel que soit l'endroit où tu vas, tu ne passes pas inaperçue.

Forte ? Je saisis tout de suite le sens de ce mot dans sa phrase et le tournoi à la caserne me revient en mémoire. June avait choisi les gamins qui la représentaient elle, d'une certaine manière. Sans compter sa passion pour les crudités. J'ai beaucoup de mal à l'imaginer en surpoids, pourtant c'est bien l'aveu qu'elle vient de me faire et qui expliquerait beaucoup de choses.

J'attrape sa main à travers la table et y dépose un baiser pour la remercier de m'avoir livré ce secret.

37

JUNE CAMPBELL

Voilà, c'est dit. Je n'en mène pas large. Pourtant, je suis persuadée qu'en m'ouvrant à Derek il comprendra qu'il peut en faire de même avec moi. Alors, certes, ce qui me complexe fait désormais partie de mon passé, contrairement à lui qui conservera des stigmates sur sa peau pour le reste de ses jours, mais je n'ai pas oublié ce que signifie subir le regard des autres. Derek se cache et s'évite ainsi cette peine, mais je ne veux pas de ça entre nous. Je veux qu'il me montre tout de lui. Et pour ça, je ne dois rien garder pour moi non plus.

— J'ai toujours été ronde, d'aussi loin que je me souvienne. Mes parents l'étaient aussi depuis des années, donc ils ne s'inquiétaient pas plus que ça. C'était presque glissé sous le tapis sous prétexte de la génétique.

C'est moins difficile que ce que je pensais de lui révéler ce pan de ma vie. Peut-être parce que son regard sur moi n'a pas changé en m'imaginant avec des kilos en plus et qu'il m'écoute attentivement.

— Les enfants peuvent être tellement méchants entre eux, continué-je alors qu'il entrelace nos doigts. Et plus j'ai grandi, plus ça a été difficile. Personne n'a envie d'être copine avec la grosse. À l'adolescence, j'ai tenté plusieurs fois de perdre du poids, mais je n'y suis jamais parvenue.

Il resserre sa prise autour de ma main en signe de soutien.

— Mes parents avaient conscience de mon mal-être et ils comprenaient ma démarche, mais c'était difficile pour eux de me venir en aide alors qu'ils étaient eux-mêmes concernés. J'avais bien trop honte pour courir dans la rue ou me rendre dans une salle de sport. Je faisais des régimes draconiens, puis je reprenais encore plus de kilos...

Me replonger dans cette période est douloureux. Je suis soulagée quand le serveur nous apporte nos plats, me laissant profiter de quelques secondes de répit.

— Donc, avec les garçons, c'était le néant, évidemment. Je lisais beaucoup de romances, et je rêvais de rencontrer un mec aussi courageux que ceux que les auteurs inventaient. Qui se foute du qu'en-dira-t-on et privilégie la beauté intérieure. Quel ramassis de conneries ! Depuis, je n'en lis plus un seul tellement ça m'a dégoûtée.

Il rit un peu à ma remarque, plus pour me faire plaisir qu'autre chose. Il sent que me confier me coûte et je veux d'autant plus le faire qu'il a compris la valeur que ça a à mes yeux.

— C'est comme ça que j'ai fini sur des sites d'éducation sexuelle, ainsi que sur quelques sites pornographiques, ne nous le cachons pas, lui dévoilé-je dans un demi-sourire. Je n'étais pas fière de moi, mais ça attirait l'adolescente que j'étais.

— Tu as eu ta première relation à quel âge ?

Il n'ose pas me demander clairement si c'était avant ou après ma perte de poids et je ne lui en tiens pas rigueur. Au contraire, je suis contente qu'il pose la question car, évidemment, c'est important.

— Après ma perte de poids.

Il souffle, dépité.

— J'aurais aimé qu'au moins un homme t'aime pour toi, peu importe ton apparence.

Ces mots sont si touchants que les larmes me montent aux yeux. J'aurais donné cher pour ça, moi aussi.

— C'est pour cette raison que je suis un peu sur la défensive avec les hommes qui aiment charmer...

— Un peu ? me taquine-t-il pour alléger l'atmosphère.

— Ça m'a rendue revêche. Et pour ne rien te cacher, après avoir perdu du poids, j'ai assez mal agi...

— C'est-à-dire ?

Je mets quelques secondes à lui répondre, perdue dans mes souvenirs.

— Amber. C'est le prénom d'une fille de mon quartier qui m'a mené la vie dure de ma petite enfance à l'adolescence. C'était elle qui lançait les surnoms tous plus terribles les uns que les autres dont on m'affublait. Elle n'hésitait pas à se moquer de moi et de mes parents devant tout le monde. À la cantine, elle disait à nos camarades que s'ils ne finissaient pas leur assiette, ils pouvaient venir me la donner car la mienne ne me suffisait pas. Et ce n'est qu'un exemple parmi tant d'autres.

— Ça me tue de savoir que tu as dû vivre ça, lâche Derek d'une voix dure.

— Une fois que je suis devenue fine, bizarrement, tout le monde a voulu devenir mon ami. Après la remise des diplômes, j'ai été invitée à une soirée. Et, ô miracle, il y avait plein d'étudiants des campus alentour. Amber était là, avec son copain. Elle n'en revenait pas de mon changement physique et elle n'a pas arrêté de dire à qui voulait l'entendre que j'étais la fille la plus grosse qu'elle avait jamais vue.

Je vois la deuxième main de Derek se serrer sur la table. Si son visage ne montre pas sa colère, ce geste en dit long.

— J'ai compris à son exagération qu'elle me craignait dorénavant et qu'elle était jalouse que j'attire plus les regards qu'elle. Alors je me suis sentie puissante, et je me suis vengée de tout le mal qu'elle m'avait fait, avoué-je, même si je regrette mes agissements.

— Je crois que j'ai peur pour Amber de connaître l'idée que tu as eue pour la faire payer.

— J'ai couché avec son mec dans une des chambres de la maison où avait lieu la fête.

Derek s'étrangle avec le morceau de bœuf qu'il venait de mettre en bouche. Je lui tends un verre d'eau pour l'aider à avaler et à retrouver sa respiration.

— Merde ! Désolé, s'excuse-t-il, mais j'ai cru que tu allais me dire que tu l'avais un peu chauffé et embrassé.

— Elle avait été horrible avec moi pendant des années, lui rappelé-je, outrée, alors que ça n'excuse en rien mon comportement.

— Et je suppose que tu t'es arrangée pour qu'elle l'apprenne…

— Les informations circulent si vite dans le milieu étudiant, je n'y peux rien.

Derek se marre et ça me rassure. Je craignais qu'il ne me pense sans cœur, mais il fait preuve d'indulgence envers la jeune femme que j'étais à l'époque.

— Je m'étais juste oubliée, dans tout ça, continué-je dans mes révélations. J'étais tellement concentrée sur mon objectif de la faire souffrir autant qu'elle l'avait fait avec moi que je n'ai pas mesuré les conséquences que coucher avec ce mec auraient sur moi.

— Raconte-moi.

— Il a été mon premier et je suis incapable de me souvenir de son prénom. Je m'en suis voulu d'avoir gâché ma virginité de la sorte. Je l'ai donnée au premier venu, sans même prêter attention à lui, encore moins à moi. Ensuite, j'ai rejeté ma colère contre tous les hommes. Plus ils essayaient de m'approcher, plus je les envoyais chier. Ça m'a dégoûtée des relations amoureuses.

— Tu n'as pas eu un bon démarrage en la matière, c'est certain.

— Ma vision des choses a changé quand j'ai rencontré Ava. Elle est si pleine de vie et voit tout en rose. Je n'ai eu qu'à regarder le monde à travers ses yeux et j'ai baissé ma garde avec deux autres hommes seulement. Un que j'ai rencontré dans un bar et qui a réussi à me faire rire alors que j'avais tout sauf envie d'être là. Il n'a pas poussé l'exploit jusqu'à l'orgasme, mais ça, c'est un autre sujet. Et l'autre, c'est quand Ava m'a convaincue de m'inscrire sur un site de rencontre. J'ai jeté mon dévolu sur le premier mec avec lequel j'avais matché, impatiente de découvrir si ça pouvait marcher. Un fiasco.

— C'était quand tu vivais encore à Salt Lake City ?

— Oui.

— Donc, depuis que tu es arrivée à Santa Monica...

— C'était la traversée du désert jusqu'à toi, terminé-je. Quand je t'ai vu enchaîner les filles, ça m'a confortée dans l'idée que vous étiez tous des enfoirés. Mais ce que je ne supportais pas par-dessus tout, c'était de les entendre crier et vivre ce que je n'avais jamais connu.

— Jusqu'à il y a quelques jours, ajoute-t-il, le regard malicieux.

Je lui souris en secouant la tête. *Derek et son ego !*

Le cœur rendu fébrile par tout ce que je viens de lui dire, je pique du nez dans mon assiette et prends enfin le temps de manger, même si j'ai l'estomac un peu noué. J'espère secrètement qu'il va se sentir le courage de suivre mon exemple et de me parler de ce qu'il cache sous son tee-shirt. Pas forcément de me le montrer tout de suite, mais au moins m'en dire plus à ce sujet.

— Je te suis reconnaissant de t'être confiée à moi, finit-il par dire en rompant le silence qui s'éternisait. J'ai beaucoup de peine pour la June que je ne connaissais pas. Je suis impressionné par ta force de caractère en sachant tout ça. Tu peux être fière de la femme que tu es aujourd'hui.

— Merci, lui réponds-je d'une petite voix, déçue qu'il n'ajoute rien le concernant.

Mon cœur se serre quand je comprends que ce n'est pas gagné. Je déduis de son silence sur ses propres blessures qu'il n'a pas tourné la page sur ce qui le contraint à garder son haut. Je me sens le devoir de l'aider à le faire, en espérant ne pas abîmer ce qui nous unit durant la manœuvre.

38

DEREK HARMON

Je profite de ma journée libre pour faire des courses. Mes placards étaient vides et je projette d'enfermer June chez moi tout le week-end alors il faut que je me ravitaille.

Dans la supérette, ses confidences sur son parcours guident mes choix. Je veille à prendre des fruits et des légumes. Ça ne me fera pas de mal non plus de manger un peu mieux.

Ensuite, je passe dans une jardinerie pour acheter quelques pots de fleurs. Je me laisse guider par la vendeuse parce que je n'y connais rien. L'idée d'y cacher les petites caméras m'est venue en voyant le palier arboré de Matthew et de ses voisins.

De retour à Palisades Park, je croise Sue alors que je fais quelques allers-retours pour vider mes achats de mon coffre.

— Comment vas-tu, mon cher Derek ? me salue-t-elle dans sa petite robe au décolleté scandaleux. Ça fait quelque temps que je n'ai pas eu le plaisir de te croiser.

— J'ai pas mal travaillé.

— En tant que pompier ou en tant qu'acteur ? me taquine-t-elle en me souriant d'un air aguicheur. Tu étais incroyable dans le reportage de June. Tu es très télégénique, tu devrais passer des castings.

— C'est gentil, Sue, mais le strass et les paillettes, ce n'est pas fait pour moi.

— On s'y habitue très vite, m'assure-t-elle en faisant référence à son bref passé en tant qu'actrice. Tu te mets au jardinage ?

Elle observe la barquette de fleurs que je tiens dans les mains.

— Oui. On a été appelés pour une intervention dans une pépinière et le gérant nous a offert ces quelques pots. J'en ai bien plus qu'il n'en faut pour mon petit deux pièces alors j'ai pensé à en faire profiter mes chers voisins.

Je lui mens, mais c'est pour la bonne cause.

— Je te préviens tout de suite, je ne m'en occuperai pas ! rouspète-t-elle.

Et c'est tant mieux !

— Vous n'avez pas la main verte ? la taquiné-je pour la forme.

— Ce n'est pas ça ! J'ai simplement d'autres choses auxquelles penser qu'à arroser une foutue plante.

— Comme de garder un œil ouvert à Palisades Park ?

— Vous êtes tous toujours occupés ailleurs, il faut bien que quelqu'un soit vigilant !

Mais quelle mauvaise foi ! Comme si elle n'avait pas déjà le nez fourré partout avant que les dégradations ne commencent.

— Et nous avons tous beaucoup de chance d'avoir une voisine si attentive.

— Sue ! crie son mari, depuis leur fenêtre, j'ai ta sœur au téléphone pour toi.

— Cette vieille bique ! Pourquoi les gens se sentent obligés de garder le contact sous prétexte qu'ils sont de la même famille ? grogne-t-elle à voix haute.

Je me marre en la regardant partir tout en râlant après son mari de ne pas avoir dit qu'elle était absente.

Quand June frappe à ma porte, tout est prêt. Les épluchures des crudités que j'ai préparées pour elle traînent sur l'îlot, mais ce n'est pas bien grave.

Je suis ravi de la voir débarquer avec la sacoche de son ordinateur portable. Elle est venue directement depuis son travail, sans repasser par chez elle.

— Tu as passé l'après-midi aux fourneaux ? me questionne-t-elle.

— Presque. Je comptais bien avoir des arguments pour te retenir chez moi.

— Oh ! Tu en as déjà, crois-moi ! Mais pour te remercier, j'ai un petit cadeau pour toi ! déclare-t-elle, fière d'elle, en me tendant un sac donc j'extirpe plusieurs caméras espion.

— Oh ! oh ! oh ! Merci. Tu as pu terminer ton article et discuter avec ton patron ?

— Oui oui. Mon article paraîtra dans deux jours, et la semaine prochaine, on publiera la vidéo que je vais monter à la suite de la compétition.

— Je n'aime pas trop te savoir au milieu d'une horde de surfeurs, grogné-je en l'attirant entre mes jambes.

— Et moi, je n'aime pas trop savoir que tu risques ta vie à chaque minute pendant ton service.

— Je suis un homme prudent. Tu l'as vu par toi-même.

— J'ai cru comprendre que ton accident t'avait rendu plus vigilant, en effet, approuve-t-elle.

Je n'aime pas la tournure que prend cette discussion. Je n'ai aucune envie d'aborder ce sujet. Je décide donc d'orienter la discussion sur autre chose.

— Rassure-moi, tu aimes les carottes ?

— Oui oui, me confirme-t-elle en riant. Mais tu en as préparé combien de kilos exactement ? demande-t-elle en regardant le monticule d'épluchures devant elle.

Elle n'insiste pas sur mon accident, et une petite voix me dit que c'est trop facile. Ça ne lui ressemble pas de lâcher l'affaire. Mais je ne vais pas m'en plaindre. Quelque part, elle ne fait que respecter sa parole. Pourtant, je suis persuadé qu'elle finira par exiger des réponses. D'autant qu'elle s'est confiée à moi. Je ne sais pas de combien de temps je dispose, alors je compte bien profiter de chaque seconde.

— Comme j'ai compris que tu faisais attention à tes repas et que je n'ai pas été d'une grande aide sur ce point-là jusqu'ici, j'ai cuisiné léger, ce soir.

Je sors de mon réfrigérateur le saladier que j'y ai rangé il y a quelques minutes à peine, puis j'ouvre la porte du four pour en sortir un poulet doré à point entouré de carottes. June écarquille les yeux en découvrant mes préparatifs avant de les lever dans ma direction.

— C'est la chose la plus gentille que tu pouvais faire pour moi, me remercie-t-elle, sincèrement touchée.

— Oh non ! Crois-moi, je peux te faire des trucs beaucoup plus gentils, l'allumé-je en haussant les sourcils.

Elle éclate de rire avant de prendre place à la table du salon où les couverts sont déjà disposés.

Je m'installe à ses côtés en prenant conscience que j'adore l'avoir auprès de moi, ici, dans mon appartement. June éveille en moi des sentiments que je pensais ne plus m'être accessibles à cause de mon refus de montrer mes cicatrices. Elle me donne envie de croire que tout est possible entre nous. Et cet espoir me galvanise autant qu'il me terrifie.

***

L'alarme que j'ai paramétrée sur mon téléphone pour sonner à 3 heures du matin m'extirpe du sommeil. Je l'éteins aussitôt et embrasse June sur le front. Elle bouge un peu pour mieux se coller contre moi. J'ai envie de la réveiller pour me perdre en elle à nouveau, mais nous avons autre chose à faire, là tout de suite. Je caresse ses joues et replace ses mèches rousses derrière ses oreilles.

— Derek, souffle-t-elle, laisse-moi encore dormir, s'il te plaît. Mon corps est hors service pour l'instant.

— Il faut qu'on aille installer les caméras tant que tout le monde dort.

Ses paupières s'ouvrent avec difficulté. Elle cligne des yeux et me regarde comme si j'étais dingue.

— Je n'arrive pas à croire que tu oses me réveiller pour ça alors que tu m'as fait veiller tard.

— Tu t'en plains ? Je te rappelle que c'est toi qui étais à l'initiative du dernier round.

— Peu importe ! Il est 3 heures, grogne-t-elle en louchant sur mon téléphone.

— Justement, lève-toi ! Plus vite ce sera terminé, plus vite on sera de retour au lit.

— Et tu me laisseras dormir.

— Peut-être, lui réponds-je en tirant sur le drap dans lequel elle est enveloppée.

June me fusille du regard tout en se levant. Elle enfile un tee-shirt m'appartenant ainsi que son short tandis que je saute dans le mien.

Je passe par le salon pour récupérer les caméras et les pots de fleurs, puis nous sortons de mon appartement sur la pointe des pieds.

— On se sépare ? Je vais dans l'immeuble de Matthew et toi dans celui de Li. Si jamais on croise quelqu'un, on prétextera se rendre chez eux, lui proposé-je.

— À cette heure-ci ? me tacle-t-elle, visiblement de mauvaise humeur, ce qui m'arrache un sourire.

Elle me prend des mains une plante et une caméra, puis elle file en direction de chez son amie.

La quiétude étant rare à Palisades Park, je me félicite d'avoir attendu la nuit tombée pour procéder à l'installation.

Une fois tout mis en place, je retourne dans notre immeuble, où June ne tarde pas à me retrouver alors que je viens de finir de poser la caméra qui filmera notre entrée.

— Il reste celle qui enregistrera ce qu'il se passe dans le jardin commun, lui indiqué-je en chuchotant. Je vais la poser dans le palmier.

— On y va ensemble. Je ferai le guet pendant que tu l'installes.

Je hoche la tête et nous ne perdons pas de temps.

Je m'active pour trouver un endroit où l'appareil ait un bon angle de vue, sans être visible ni risquer de tomber. Pas si évident que ça.

Une fois que je suis satisfait, je me tourne et observe June, la tête en l'air, à l'affût du moindre voisin à sa fenêtre. Une idée scabreuse me vient en tête de nous savoir seuls avec la piscine à notre disposition. Je l'enlace par-derrière, ce qui la fait sursauter.

— T'es con, tu m'as fait peur ! m'engueule-t-elle sans hausser le ton.

— T'as déjà pris un bain de minuit ? lui demandé-je en caressant sa nuque avec mon nez.

— Non. Et je t'arrête tout de suite, on ne va pas faire ça ici.

— Pourquoi ? Tout le monde dort.

— Derek, souffle-t-elle en faisant déjà onduler ses fesses contre mon érection, tu as conscience que tu me pervertis ?

— Et j'adore ça, lui réponds-je en la guidant déjà vers les marches du bassin.

39

JUNE CAMPBELL

Le service de Derek va toucher à sa fin, et comme je suis parvenue à boucler en un temps record le montage de mon reportage sur la compétition de surf organisée ces derniers jours à Los Angeles, je décide d'aller le retrouver à la caserne. Ça me donnera l'occasion de revoir l'équipe. Et puis j'ai une idée derrière la tête que j'aimerais mettre en œuvre.

Depuis une semaine, nous avons une petite routine de couple, qui me rend plus heureuse que ce que j'aurais pu penser. Nous allons courir ensemble, mangeons ensemble, dormons ensemble… Et ce malgré ses horaires compliqués.

Le seul bémol reste son fameux tee-shirt qui ne le quitte jamais. J'ai promis de ne pas en parler il y a à peine sept jours, je ne peux donc décemment pas déjà lui montrer mon impatience. Pourtant, je bous de le découvrir pleinement. Qu'il se livre enfin sans retenue. Je veux essayer de faire évoluer les choses de ce côté. Même si c'est de manière infime.

— June ! s'écrie Mia en accourant vers moi. Ça me fait plaisir de te voir !

— À moi aussi !

Elle m'oriente dans un coin de la caserne en me faisant signe que nous devons parler.

— Alors... Derek et toi ?

Je lui souris pour toute réponse, ne sachant pas vraiment quoi lui dire. Je ne la connais pas assez pour lui parler de nous dans les détails.

— Allez ! Raconte-moi !

Derek nous rejoint à cet instant et passe devant Mia pour coller sa main sur ma bouche. *J'aurais préféré ses lèvres.*

— Ne dis rien à cette vipère ! s'écrie-t-il en me laissant à nouveau respirer. Elle veut juste savoir quand a eu lieu notre premier baiser.

— Pourquoi ?

— Ils ont tous parié sur la date et ils ne savent pas déterminer le vainqueur.

Je me mets à rire franchement en découvrant les mines dépitées de Mia et de Luis, qui nous a rejoints entre-temps. Ils me supplient tous les deux du regard.

Du bout des doigts, je tire une fermeture imaginaire sur mes lèvres et secoue la tête.

— Vous vous êtes bien trouvés, persifle Mia en tournant les talons après avoir tapé du pied comme une gamine.

— Tu as terminé ? demandé-je à Derek.

— Oui, je dois juste récupérer mes affaires dans le vestiaire. Tu me suis ?

Il me pose la question mais ne me laisse pas le choix puisqu'il m'attrape la main pour s'assurer que je vienne avec lui.

Le commandant Mitchell est au téléphone dans son bureau et ne nous remarque même pas. Nous traversons la cour où sont stationnés les véhicules de secours. Je salue les hommes que nous croisons d'un signe de tête.

Arrivé devant les vestiaires, Derek jette un œil à l'intérieur, semble satisfait, et il me pousse dedans avant de refermer la porte derrière lui.

— Vite, me presse-t-il en m'attirant dans un coin de la pièce.

Il ouvre la porte d'une cabine de douche.

— Qu'est-ce que tu manigances ? lui demandé-je, espiègle, en ayant parfaitement compris ce qu'il a derrière la tête.

— Tu m'as dit l'autre jour que tu aimais l'idée de partager mes premières fois et je n'ai jamais fait l'amour à la caserne.

— Je ne suis pas certaine que ce soit raisonnable, murmuré-je en me rappelant toutes les personnes présentes derrière ces murs.

La bouche de Derek est déjà dans mon cou tandis que ses doigts s'attaquent à ma poitrine. Je ne vais pas pouvoir lui résister longtemps.

— On fait ça vite, alors, lui soufflé-je au creux de l'oreille.

— Tes désirs sont des ordres, me répond-il d'une voix suave en baissant déjà son pantalon pour libérer son sexe.

En une fraction de seconde, il enfile une protection, soulève le tissu léger de ma jupe et écarte le tissu de ma culotte. D'un geste vif, il passe ses mains sous mes fesses pour me porter. Il plaque mon dos contre le mur entièrement carrelé et me pénètre.

Son intrusion me coupe le souffle, comme chaque fois. Tout à coup, nous entendons la porte des vestiaires s'ouvrir et plusieurs pompiers entrer. Ils se chambrent entre eux à propos d'une mission.

Derek n'arrête pas ses coups de reins. Au contraire, il les rend plus puissants. Un gémissement m'échappe. Je plaque aussitôt une main sur ma bouche pour atténuer les suivants.

Le sourire de Derek s'étire et il continue à me prendre encore plus sauvagement. Les hommes poursuivent leur discussion lorsqu'ils actionnent les douches communes juste à côté de nous. Je suis aussi terrifiée qu'excitée à l'idée de nous faire surprendre.

Le bruit de l'eau qui coule couvre ceux que nous émettons quand l'orgasme explose entre nous. Derek m'embrasse avec tant de passion qu'il parvient presque à rallumer la flamme qu'il vient pourtant à peine d'éteindre.

Je me remets sur mes pieds, les jambes tremblantes.

— Il va falloir attendre qu'ils terminent, me prévient Derek après avoir retiré le préservatif.

— Espérons qu'aucun d'eux ne souhaite utiliser la cabine.

— Aucun risque, il n'y a que moi qui m'en sers, m'apprend-il en jetant un œil par-dessus la porte.

Je prends soudain conscience qu'il cache également ses cicatrices à ses collègues alors que j'ai pu constater par moi-même à quel point les pompiers partagent tout. Mon cœur se serre quand je comprends la profondeur de son mal-être à l'égard de son torse.

— La voie est libre, chuchote-t-il à mon oreille une fois que les bruits se sont tus dans le vestiaire.

Lorsque nous sortons de la caserne, Derek passe un bras autour de mes épaules. Il l'ignore, mais j'adore quand il fait ça. Il n'a aucun problème avec le fait d'être en couple. C'était une de mes craintes, mais il l'a balayée avant même que je ne l'exprime.

— J'ai envie de faire un tour à la plage, déclaré-je l'air de rien une fois sur le trottoir. Ça fait longtemps que je ne me suis pas baignée.

— Depuis la dernière fois dans la piscine ? me répond-il, taquin.

— Je n'étais pas dans l'eau pour nager, ce soir-là, lui rappelé-je en souriant. Allez, on n'est jamais allés à la plage ensemble.

— Oui, ce n'est pas un endroit que j'apprécie particulièrement.

Je le sens se refermer. Je risque la sortie de route en insistant mais j'aimerais tellement qu'il se libère de ses chaînes… J'ai tout prévu pour. Il ne me reste plus qu'à espérer qu'il accepte la main que je lui tends.

— Tu ne peux pas vivre ici et ne pas aimer aller dans l'eau, insisté-je.

— June, grogne-t-il d'une voix sonnant comme un avertissement. Ce n'est pas le problème et tu le sais très bien.

— Est-ce que tu me fais confiance ? lui demandé-je en nous arrêtant.

— Ça n'a rien à voir avec la confiance.

— Si, je t'ai promis de ne pas aborder ce sujet et je tiens ma parole. Alors suis-moi et tu verras que je ne reviens pas dessus.

Ses yeux se perdent dans les miens. Il hésite. Je comprends qu'il n'a aucune envie de se retrouver au milieu de gens en maillot de bain, de mecs exhibant leur torse alors qu'il gardera son haut. Pourtant, je suis certaine que personne n'y prêtera attention. Et j'ai prévu le coup, de toute façon.

— D'accord.

Je vois à quel point prononcer ces mots lui coûte. J'espère ne pas me tromper et que nous allons passer un bon moment.

Une fois arrivée sur place, je sors la grande serviette que j'ai apportée pour nous allonger dessus. Je décide de retirer mes vêtements pour m'afficher dans mon petit bikini et lui faire oublier ses pensées sombres.

— Je sais ce que tu es en train de faire, grogne-t-il en me détaillant des pieds à la tête.

— J'avoue sans honte que je te manipule avec mes atouts pour te dérider. Ça fonctionne ?

Il ricane et tire sur mon bras pour me coller à lui. Je passe mes bras dans son dos et me mets sur la pointe des pieds pour l'embrasser.

— J'ai quelque chose pour toi, lui chuchoté-je ensuite à l'oreille.

Il hausse un sourcil interrogateur.

Je me dégage de son étreinte et fouille dans mon sac de plage. J'en sors le tee-shirt anti-UV et le bermuda que j'ai achetés spécialement pour lui. Je les lui tends, moins sûre de moi que ce que j'aurais pensé.

— Il y a une cabine de plage juste là, lui indiqué-je en la pointant du doigt.

Il ne prononce pas un mot tout en prenant le haut et en le tendant devant lui pour l'observer.

— J'ai pris du XXL afin de m'assurer que ta masse de muscles impressionnante rentre dedans, plaisanté-je, tout de même légèrement crispée. Je t'attends dans l'eau.

Je le laisse seul. C'est à lui de réfléchir, maintenant, et de prendre la bonne décision.

Je pique une tête sous l'eau, angoissée qu'il ne me rejoigne pas. Même si la plupart des hommes sont uniquement vêtus de shorts de bain, il y en a d'autres qui portent également cette protection solaire. Il n'y a aucune raison pour qu'il ne passe pas le pas.

Lorsque je regarde le rivage, je ne le vois plus. Soit il est parti, soit il a accepté l'idée et se change. J'imagine que je ne vais pas tarder à le savoir.

Pour ne pas lui montrer que je l'attends fébrilement, je me mets à nager vers le large.

Lorsque quelqu'un m'attrape le pied, manquant de me faire hurler de peur, je prends vite conscience qu'il s'agit de lui.

— Si j'avais su que tu voulais me noyer, je me serais abstenue de te proposer cette activité.

— Je veux surtout avoir une excuse pour te faire du bouche-à-bouche, rétorque-t-il alors que je m'accroche à son cou et passe mes jambes autour de son bassin.

Sans surprise, Derek est un bon nageur. Il nous emmène plus loin encore et nous profitons de ce moment agréable dans l'océan.

Lorsque je fatigue, nous revenons là où nous avons pied. Je me colle contre lui et l'embrasse. Une façon de lui dire que je lui suis reconnaissante de m'avoir fait confiance en me suivant.

— Merci, souffle-t-il lorsque nos bouches se séparent. J'ai toujours adoré la plage. J'y passais la majeure partie de mes journées quand je ne bossais pas. Dans l'eau ou sur un terrain de beach-volley. J'avais déjà pensé à mettre un tee-shirt anti-UV, mais je me disais que j'aurais l'air con au milieu des autres. Et j'avais aussi la trouille de ne plus ressentir cet apaisement quand je me baignais. Tu as bien fait de me pousser à me dépasser.

— Tu sais, je te comprends sûrement bien plus que tu ne le penses. Ce que tu caches n'a pas d'importance pour moi, ça ne change rien à ce qu'on partage toi et moi.

Je n'ajoute pas qu'à le laisser traîner entre nous, il risque d'en faire un rempart infranchissable. Je préfère savourer le baiser qu'il m'offre parce qu'il est différent des autres. Plus passionné et plus lent, comme s'il acceptait les mots que je viens de lui confier pour le rassurer quant à ce qui me lie à lui. Il ne me reste plus qu'à croiser les doigts qu'il accepte de s'ouvrir et de laisser tomber ses barrières.

40

DEREK HARMON

J'ai la sensation que l'odeur de vomi me colle à la peau. J'ai beau avoir pris une douche à la caserne avant de rentrer à Palisades Park, elle est encore incrustée dans mon nez. Je crois n'avoir jamais vu autant de personnes malades au même endroit.

À peine ai-je un pied dans l'entrée de l'immeuble que j'entends la porte de June s'ouvrir un étage au-dessus. Elle sort sur le palier, les traits tendus.

— Tu vas bien ? me demande-t-elle d'une petite voix.

Je fronce les sourcils, ne comprenant pas son inquiétude. Je l'ai pourtant prévenue que je terminerais plus tard que l'heure prévue.

Je grimpe l'escalier pour venir à sa rencontre.

— Tu n'as pas eu mon message ? m'étonné-je en prenant une de ses mains dans les miennes.

— Si, mais comme je ne savais pas quelle sorte de mission vous retenait, au fur et à mesure du temps qui passait, j'ai commencé à angoisser en imaginant qu'il t'était peut-être arrivé quelque chose.

— Hey, tout va bien, la rassuré-je en passant une main dans ses cheveux. Il y avait une conférence à l'hôtel de ville avec une centaine de personnes. Ils ont tous été victimes d'une intoxication alimentaire. Il a fallu trier les malades, transporter tout ce monde à l'hôpital et désinfecter les camions au retour. Personne n'était en danger.

— OK.

Du bout du doigt, je relève son menton pour croiser son regard.

— Tu dois lâcher prise sur mon métier et ne pas élaborer de scénarios catastrophe à chacun de mes services. C'est important si tu ne veux pas te ronger les sangs chaque fois que j'ai du retard. Parce que ça arrivera encore, et je n'aurai parfois même pas le temps de te prévenir.

— Tu as raison. Je vais en parler avec mon cerveau et mon cœur pour voir s'ils peuvent se mettre en pause quand tu travailles.

Je ricane de sa boutade. Si elle plaisante, c'est qu'elle redevient sereine.

— Tu as encore faim ? m'interroge-t-elle. J'avais préparé du saumon avec des haricots verts. Je peux te faire réchauffer une assiette.

— Honnêtement, je ne vais rien pouvoir avaler après avoir assisté à autant de vomissements.

Un sourire étire enfin ses lèvres tandis qu'elle retourne à l'intérieur de son appartement, sans relâcher ma main.

Je referme la porte, retire mes baskets et pose mon sac à dos dans l'entrée. En à peine deux semaines, je me sens chez elle comme chez moi, et il en est de même pour elle quand nous sommes chez moi. J'aime la facilité avec laquelle nous prenons nos marques dans cette relation, malgré mon incapacité à me dévoiler entièrement.

Je la suis dans la cuisine où elle se prépare un thé.

— Tu en veux un ?

Je hoche la tête, mes pensées dérivant sur l'élastique qu'elle a au poignet. Le même que celui qu'elle portait durant les missions, quand elle s'est enfin décidée à aller sur le terrain.

— Pourquoi tu le portes de nouveau ? lui posé-je la question en attrapant sa main.

Son front se plisse et elle m'observe le lui retirer. Elle finit par hausser les épaules et par se dégager de ma poigne pour servir l'eau chaude dans deux tasses.

— Ce n'est rien d'autre qu'un élastique.

— Habituellement, ça se porte dans les cheveux, à ce qu'il paraît.

— Je n'ai jamais aimé suivre les tendances, plaisante-t-elle pour faire diversion.

— Ça ne fonctionnera pas, June, l'avertis-je. Tu en as eu besoin pendant ta mission à la caserne, et ce soir, alors que tu t'inquiétais.

— C'est juste un moyen de déstresser...

— Non, c'est une façon de revenir à l'instant présent et de tenir ses traumatismes à distance. Ça me laisse donc supposer qu'il t'est arrivé quelque chose dont tu ne m'as pas parlé...

Après quelques secondes interminables, elle relâche tout l'air qu'elle retenait. Ses épaules s'affaissent et elle baisse la tête.

— Si je n'étais pas emballée à l'idée de vous suivre pour un reportage, c'est parce que j'ai une peur bleue du feu à cause d'un événement que j'ai vécu.

Lorsqu'elle le dit, ça me semble soudain évident. J'aurais dû le comprendre plus tôt. Mais je me regardais tellement le nombril en pensant que son rejet était dirigé contre moi que je n'ai pas su voir plus loin que le bout de mon nez.

— Viens, lui dis-je en récupérant sa main et en l'attirant vers le canapé. Raconte-moi.

Ses grands yeux chocolat se voilent. Elle est certainement assaillie par des souvenirs douloureux, alors j'entrelace nos doigts pour lui transmettre de la force.

— C'était il y a cinq ans. Avec mes parents, on dormait. Jusqu'à ce que des bruits nous réveillent. Un incendie s'était déclaré dans la cage d'escalier de l'immeuble où on vivait. Il était vieux et le feu se propageait à une vitesse alarmante.

J'ai beau avoir June devant moi, mon cœur prend peur comme si je ne connaissais pas l'issue de la situation.

— Les pompiers sont intervenus rapidement. Il fallait qu'on sorte par l'échelle, mais il y avait encore d'autres voisins à sauver.

— Ils n'ont pas fait venir un second camion ? m'étonné-je.

— Si, mais le temps qu'il arrive, notre appartement était déjà en flammes, se rappelle-t-elle avec effroi. Quand ça a enfin été à notre tour, mes parents et les pompiers ont voulu que je passe la première. Laisser mes parents derrière moi alors que l'incendie prenait encore de l'ampleur, avec la peur horrible de ne pas les retrouver, ça a été la chose la plus terrifiante que j'ai faite de toute ma vie.

— J'imagine, oui, mais c'était ce qu'il fallait faire, lui confirmé-je pour qu'elle n'en doute pas une seconde.

— Notre extraction a été compliquée, ajoute-t-elle en évitant mon regard. Je te l'ai dit, j'étais obèse. Nous l'étions tous, à vrai dire. Descendre une échelle tendue dans le vide quand tu pèses lourd et que tu ne pratiques aucune activité physique, ça te prend beaucoup plus de temps qu'à quelqu'un en bonne santé.

Une partie de moi se brise en même temps que sa voix.

— June… lui dis-je en l'obligeant à me regarder. Tu n'as pas à te justifier ou à avoir honte.

— Chaque seconde était importante, Derek ! Et moi, je galérais à mettre un pied derrière l'autre. J'étais essoufflée. J'ai bien cru ne jamais parvenir jusqu'en bas.

Des larmes qu'elle ne parvient plus à retenir coulent le long de ses joues. Je l'attire contre moi et la serre fort entre mes bras.

— C'est terminé. Tu es là, tu vas bien. Tu l'as fait !

— Après, ça a été au tour de ma mère. J'avais envie de lui hurler d'aller plus vite, de se dépêcher pour que mon père puisse aussi commencer à descendre. C'était injuste de ma part, mais je tremblais de peur. Puis la seconde échelle s'est approchée d'une autre fenêtre de notre appartement et mon père a pu sortir à son tour. Je les ai regardés évoluer ensemble, soutenue par nos voisins qui étaient déjà tous hors de danger. J'ai cru tout perdre, cette nuit-là. Et tout ça parce qu'on était en surpoids...

— Non ! m'écrié-je en m'écartant un peu pour la regarder et m'assurer qu'elle m'écoute bien. Tu as failli tout perdre à cause d'un incendie. Le reste, ce ne sont que des facteurs que les pompiers doivent prendre en compte. Des personnes physiquement handicapées auxquelles il faut accorder plus d'attention, des personnes âgées qui ne seraient pas en mesure d'utiliser l'échelle ou des personnes qui auront besoin de temps pour l'emprunter. Tu n'as pas à te sentir coupable de quoi que ce soit.

— Objectivement, je sais que tu as raison, me dit-elle en reniflant. J'ai juste parfois du mal à me le rappeler.

— Compte sur moi pour ne pas te laisser l'oublier, lui assuré-je en tapotant le bout de son nez. Le plus important, c'est que tout se soit bien fini pour vous.

Elle hoche la tête en essuyant ses larmes. Et tout à coup, je percute.

— C'est pour ça que tu as perdu du poids ?

Elle pince les lèvres puis se love contre mon flanc et pose sa tête sur mon épaule, tandis que je passe un bras autour de la sienne.

— Ça a été un électrochoc pour mes parents et moi. Eux avaient déjà des problèmes de santé liés à leur obésité. Cet incendie a été le déclic pour nous prendre en main. On s'y est mis à trois. On a été suivis par une nutritionniste et on a changé radicalement notre nourriture. On s'est inscrits dans une salle de sport et on y est allés tous les jours... J'ai réussi grâce à eux, parce qu'ils m'ont soutenue.

— Tes parents ont perdu beaucoup de poids aussi ?

— Moins que moi, mais ça a été un sacré changement pour eux aussi tout de même. Ma mère a toujours aimé ses rondeurs, alors elle ne voulait pas tout perdre. Elle disait qu'elle ne voulait pas devenir quelqu'un d'autre. Et je crois que mon père ne le voulait pas plus. Il l'aime comme ça. Ils ont juste maigri ce qu'il faut pour être en meilleure santé.

Elle se lève et va chercher quelque chose dans un tiroir du meuble de son salon. Il s'agit d'un carnet qu'elle me tend avant de reprendre sa place contre moi.

— Là-dedans, il y a des photos de toutes les étapes de notre parcours. On a créé cet album pour les moments de mou. Quand on avait l'impression que nos efforts ne payaient plus, il nous suffisait de le prendre et de faire défiler les mois pour nous rappeler d'où on partait et tout ce qu'on avait déjà accompli.

Alors que je m'apprête à l'ouvrir, elle arrête mon geste d'une main.

— Derek, dans cet album, il y a des photos de moi… avant.

— Ça n'a aucune importance, la coupé-je. Ça ne change rien à ce qu'on vit aujourd'hui. Je dirais même que j'ai hâte de rencontrer celle que tu étais. Après tout, c'est grâce à elle que tu es devenue cette femme si mordante.

Elle me claque un coussin dans le visage avant de rire. Je me félicite d'avoir allégé l'ambiance avant de parcourir son passé. Celui qui l'a façonnée et endurcie. Je suis triste de savoir qu'elle a dû en passer par là pour ça.

Dans un coin de ma tête, j'ai également conscience qu'elle se livre à moi alors que je n'ai pas avancé d'un iota dans sa direction. Elle fait preuve de tellement plus de courage que moi. J'espère que lorsqu'elle n'y tiendra plus, je saurai trouver la même force pour lui rendre la pareille.

41

JUNE CAMPBELL

Encore trempés après notre tour à la plage, Derek et moi saluons à peine nos voisins qui traînent au bord de la piscine. Depuis qu'il a retrouvé le plaisir de nager dans l'océan, nous y allons dès que nous le pouvons. Même s'il garde le tee-shirt anti-UV que je lui ai offert, je suis heureuse de lui avoir permis de s'émanciper de cette peur, et j'adore le regarder surfer, telle une groupie ébahie.

Travis passe par là au pas de course, le visage encore plus fermé que d'habitude.

— Ça va, mec ? l'interroge Derek. T'en fais une tête.

— Je sors de vingt-quatre heures de garde et le central me demande de rappliquer.

— J'en connais qui vont passer un sale quart d'heure, se marre mon pompier.

— J'espère pour eux que c'est une urgence ! Allez, je file. Plus vite j'y vais, plus vite je pourrai revenir pioncer.

Il détale en direction du parking tandis que, main dans la main, Derek et moi pénétrons dans l'entrée de notre immeuble en laissant des traces de pas derrière nous.

— On va chez moi, ça sera plus rapide, me lance-t-il en sortant ses clefs.

Il ouvre sa porte et me plaque dessus aussitôt qu'elle est refermée. Je lâche ma serviette et noue mes bras autour de son cou. Nos langues n'attendent pas plus longtemps pour s'entremêler dans une danse endiablée. On a joué à se chauffer plutôt qu'à nager tout l'après-midi, et là, il faut que nos corps se délivrent de toute cette tension accumulée.

Derek découvre un de mes tétons en glissant de côté le triangle en tissu de mon maillot de bain. Il souffle dessus avant de le mordiller. Et répète l'opération sur le second avant de dénouer le nœud dans ma nuque.

Une de ses jambes s'immisce entre les miennes. Je ne me fais pas prier pour me frotter dessus. Mes mains tirent sur la racine des cheveux de mon pompier avant de descendre dans son cou.

Je finis par me maintenir à ses biceps alors qu'il dévore mon cou de baisers tout en malmenant ma poitrine de ses mains.

Ma respiration s'accélère et mes gémissements traduisent mon état d'excitation grandissant.

Ses bras s'enroulent autour de ma taille et il me porte jusqu'à son canapé. J'abaisse aussitôt son short de bain et reste à genoux devant lui. Je veux qu'il soit au bord du supplice à son tour. Ma bouche se referme sur son gland et je pousse son sexe au fond de ma gorge.

— Bordel, June, siffle-t-il en empoignant mes cheveux.

Il se retire et revient plus loin en avançant son bassin. Je n'aurais jamais pensé que de procurer du plaisir à un homme pouvait m'en apporter autant. Il ressort et s'enfonce à nouveau en me regardant comme un prédateur qui se régale en dévorant sa proie. Je griffe ses cuisses tandis qu'il impose son rythme à cette fellation. J'accueille chaque coup de reins avec délectation parce que je vois à quel point il perd le contrôle.

Une de ses mains glisse sur ma gorge tandis que l'orgasme le dévaste et se déverse sur ma langue. Je continue à le lécher jusqu'à ce qu'il ne reste plus rien.

— Si tu continues, je vais m'évanouir tellement c'est bon.

— Oh non ! J'ai encore quelques projets pour toi et moi, lui annoncé-je, le sourire aux lèvres, en me relevant et en l'obligeant à s'allonger sur le divan.

Un sourire carnassier étire ses lèvres en même temps qu'il enfile un préservatif.

Je me place à califourchon au-dessus de lui et plaque mes mains sur ses pectoraux pour prendre appui. Je descends petit à petit sur son sexe dressé. Il est déjà prêt à remettre ça malgré la fellation d'il y a à peine quelques instants, et ça m'enivre de savoir qu'il me désire à ce point.

Comme chaque fois, j'ai besoin de quelques secondes pour m'habituer à sa présence imposante, mais je ne tarde pas à accélérer mon jeu de bassin d'avant en arrière. Que mon clitoris frotte sur lui de cette manière me fait toujours décoller très vite. Derek ne l'entend cependant pas de cette oreille et m'attire contre son torse. Le tee-shirt anti-UV qu'il porte encore est toujours trempé. Le frais de l'eau ravive l'excitation de mes seins.

— Ne viens pas trop vite, bébé, susurre-t-il tout contre ma bouche avant de m'embrasser avec fougue.

Mon visage se perd dans son cou. Je me délecte du goût de sa peau en le parsemant de baisers. Derek noue ses bras dans mon dos et surélève un peu son bassin avant d'entamer de profonds mouvements de va-et-vient. J'en vois des étoiles sous mes paupières. Ses mains dévient sur mes fesses avant d'en claquer une fort en même temps qu'il m'assène un coup de reins. Mon cri retentit dans son salon et le galvanise. Il répète le geste sur mon autre fesse et un autre cri perdu au milieu de mes gémissements m'échappe.

— Fais-moi jouir, le supplié-je, n'y tenant plus.

Il accélère le rythme. Mes cheveux virevoltent dans tous les sens sous ses assauts sauvages.

Quand je sens l'un de ses doigts s'immiscer entre mes fesses, je n'ai même pas le temps d'avoir une pensée cohérente qu'un orgasme me balaie telle une vague. Et Derek ne s'arrête pas là. Au contraire. Son doigt s'aventure plus loin. Mon corps est pris de spasmes incontrôlables face à ces sensations nouvelles.

Je tremble de la tête aux pieds alors que Derek calme le jeu et me fait pivoter pour m'allonger à ses côtés, en veillant à se retirer sans prendre de risque avec la protection. J'ai à peine la force de lever un bras pour poser une main sur sa joue.

Son souffle chaud caresse mon visage. La fatigue menace de m'emporter, mais je lutte pour savourer encore ces instants.

— Tu me fais complètement vriller, tu le sais ça ? me lance-t-il en posant son menton sur le sommet de mon crâne.

Je crois que nous n'avons jamais été si proches, autant en phase qu'à cet instant. Il ne reste que ce haut tel un rempart entre nous. Sa dernière retenue face à moi. Je prends alors mon courage à deux mains pour tenter une avancée. De son visage, ma main glisse dans son cou puis sur ses pectoraux. Je le sens retenir son souffle en se demandant jusqu'où je vais aller. J'éloigne un peu ma paume pour ne faire qu'effleurer son ventre jusqu'à la poser sur sa taille. Du bout des doigts, j'attrape le bas du tissu du tee-shirt que je lui ai acheté et caresse ce bout de peau. Je n'ai pas le temps d'en profiter qu'il reprend ma main et la porte à sa bouche pour l'embrasser. Sa tendresse n'apaise pas ma déception.

— Tu ne veux pas que je voie tes cicatrices, mais laisse-moi te toucher au moins, réclamé-je d'une petite voix.

— Elles ne sont pas douces à caresser… souffle-t-il.

— Je m'en fiche.

— Pas moi.

— Parle-moi, alors, le supplié-je. Pour comprendre ton obstination à refuser, j'ai besoin que tu m'expliques ce par quoi tu es passé. C'était durant l'accident avec la vieille dame, c'est ça ? J'ai bien compris que tu ne souhaitais pas que ta mère s'étale sur le sujet.

— Tu es bien trop perspicace, dit-il d'une voix faussement légère. En traversant le plancher, des clous que l'on plantait dans les vieux parquets dans le temps m'ont presque éventré. J'ai dû être transféré en urgence à l'hôpital pour être recousu. Par chance, aucun organe n'avait été touché.

Je sens bien que ça lui coûte de me confier ces détails sordides. Et je me doute qu'il me parle uniquement parce que je me suis dévoilée entièrement à lui, et aussi parce qu'après sa session de surf où il s'est senti libre et notre étreinte fougueuse, il est encore sur un petit nuage. Il a conscience qu'il doit avancer à son tour dans ma direction s'il veut que nous puissions nous donner une réelle chance. Il ne va pas aussi vite que moi, mais je suis prête encore à l'attendre sur le chemin.

— Est-ce que quelqu'un d'autre les a déjà vues ? Hormis le personnel de santé de l'hôpital, j'entends.

— Ma mère, quelques fois. Et ma petite amie de l'époque.

Je suis prise au dépourvu par cet aveu. Un sentiment de jalousie me transperce en imaginant qu'une femme a pu être là pour le réconforter et l'aider à se remettre. Je ne laisserai ce rôle à personne d'autre maintenant que je le connais.

— Ça faisait quelques mois qu'on sortait ensemble. Ashley a été pas mal ébranlée lorsqu'elle les a vues.

— Elle a eu peur pour toi, c'est normal.

— Non, s'exclame-t-il avec dédain. Elle les trouvait laides et n'arrivait pas à s'en cacher. Une fois rentré chez moi, les choses n'ont plus été pareilles entre nous. J'ai remarqué qu'elle était moins tactile. Ensuite, quand on a voulu refaire l'amour, elle est restée focalisée dessus et je ne voyais que de l'écœurement dans ses yeux. J'ai rompu ce soir-là avec elle.

Je suis dévastée par ce qu'il me raconte. En colère aussi, contre cette femme qui a bousillé sa confiance en lui. Il ne vaut mieux pas que je la croise un jour parce que je lui dirai ma façon de penser. Je comprends mieux le refus catégorique de mon pompier de se montrer. *Tu m'étonnes qu'il craigne le regard des autres.*

— Tu as conscience que le problème ne vient pas de tes cicatrices ? lui demandé-je en l'obligeant à croiser mon regard. Le souci c'est uniquement que cette femme ne t'aimait pas. Ou pas assez, en tout cas. Elle aurait dû n'en avoir rien à foutre que tu gardes des traces de cet accident tant que tu étais en vie. Il n'y a rien d'autre qui aurait dû compter pour elle.

— Elle aimait l'homme que j'étais avant. Le Derek au corps parfait, sans accroc.

— On ne cesse pas d'éprouver des sentiments pour quelqu'un juste parce qu'il change physiquement. Ou alors c'est parce qu'elle ne t'aimait pas pour les bonnes raisons, et dans ce cas, tu as gagné du temps en la virant de ta vie.

Ses lèvres viennent se presser contre les miennes dans un baiser qu'il tente d'approfondir, mais je ne le laisserai pas me divertir pour échapper à cette conversation.

— Tu te rends compte que tu t'empêches d'être heureux à cause d'elle ? Elle plane sur toi comme une ombre. Sur nous, ajouté-je d'une voix timide. Tu lui accordes du pouvoir en t'interdisant de mener une vie normale.

— Une partie de moi sait que tu as raison et a une confiance totale en toi. Je sais que tu ne réagirais pas de la même manière. Mais une autre part de moi est encore trop effrayée à l'idée de te perdre.

— Je ne partirai pas si tu me les montres, lui assuré-je en remettant ma main sur sa joue.

En revanche, ça risque d'être le cas si tu t'obstines à me les dissimuler.

42

DEREK HARMON

Le commandant Mitchell m'a convoqué dans son bureau dès mon arrivée à la caserne. Je n'ai pas été surpris, le statu quo entre nous ne pouvait pas durer. Ça ne lui ressemble pas de laisser un malaise traîner avec un de ses hommes. Et comme je l'évite toujours autant que je peux quand je suis de service et que j'appelle systématiquement ma mère avant de passer chez elle pour m'assurer qu'il n'est pas là, la confrontation devenait inévitable.

Dommage pour lui, car il n'a pas choisi le bon jour. Je suis de mauvaise humeur car je sens bien que June commence à montrer des signes de frustration quant à ma réticence à ôter mon tee-shirt où à la laisser toucher mes cicatrices.

Je frappe à la porte de mon supérieur pour m'annoncer, même si celle-ci est ouverte.

— Entre.

D'un geste, il m'invite à m'installer sur une des deux chaises devant son bureau. Une fois assis, juste pour le plaisir de l'agacer, je pose un de mes pieds sur mon genou, l'air nonchalant.

— Un problème ? demandé-je pour accentuer mon attitude.

Si ma mère me voyait, elle me frapperait l'arrière du crâne pour m'obliger à mieux me tenir et à ne pas être insolent.

William ne bronche pas et se contente de se lever pour fermer la porte afin que cette discussion reste confidentielle.

Il prend le temps de se rasseoir sur son siège en cuir et de s'y adosser tranquillement avant de poser ses bras sur les accoudoirs.

— Je ne voulais pas mélanger le côté pro et le côté perso, mais tu m'y obliges.

— Vous n'êtes pas le genre d'homme qu'on oblige à quoi que ce soit, raillé-je, connaissant son tempérament.

— C'est vrai, admet-il en me fusillant du regard. Mais je n'aime pas voir ta mère soucieuse à cause de ton comportement.

— L'état de ma mère va donc être ma faute ? m'exclamé-je face à son culot. Il n'y a pas assez de femmes à Santa Monica pour que vous jetiez votre dévolu sur elle ?

— Oh non ! s'exclame-t-il en souriant. Des femmes comme ta mère, avec un caractère affirmé mais d'une tendresse sans fin, on n'en croise pas à tous les coins de rue.

Il est loin d'être con. Il sait qu'en complimentant la femme qui m'a tout donné, je ne pourrai pas rester insensible.

— Je vois très bien ce que vous essayez de faire et je vais être franc avec vous, assené-je pour en finir au plus vite. Ma mère est ce que j'ai de plus cher, et les hommes l'ont déjà beaucoup fait souffrir. Si les choses venaient à mal se passer entre vous, on aurait un grave problème vous et moi.

Il me regarde droit dans les yeux avant d'affirmer :

— La seule chose qui pourrait arriver, c'est que ta mère ne veuille plus de moi. Je ne suis pas un homme à femmes. Je crois pouvoir dire que je suis aussi droit avec mes proches que dans mon métier. Paula n'a rien à craindre de moi. Et à mon tour d'être franc, je ne crois pas que ton problème soit vraiment celui-là.

— Ah oui ? Et quel serait mon problème, alors, selon vous ?

— Tu me connais et tu sais que je suis un homme sérieux. Je crois que tu as du mal à accepter que, peut-être, pour la première fois, ta mère ait trouvé quelqu'un de bien.

Je pouffe en secouant la tête. Qu'est-ce qu'il ne faut pas entendre ?

— Et donc je saboterais volontairement votre relation alors que c'est tout ce que je lui souhaite depuis des années ?

— Tu as peur pour elle et c'est tout à ton honneur. Elle ne t'aime que davantage de la protéger de cette manière, mais je peux te jurer sur mon honneur que j'aime ta mère et que je mettrai tout en œuvre pour la rendre heureuse.

Je serre les dents et me passe une main sur le visage. Ce qu'il dit ne sonne pas faux. Je me fous de savoir avec qui ma mère se met en couple. Tout ce que je désire, c'est qu'elle soit comblée.

— Elle l'est déjà grâce à toi, mais tu veux bien me laisser t'aider à le faire ? ajoute-t-il comme s'il me demandait officiellement la permission.

— Je vous crois quand vous dites que vous ferez tout pour elle. Et pour vous connaître tous les deux, vous avez pas mal de points communs. L'exigence et le perfectionnisme, notamment, plaisanté-je à moitié. Je sais ce qu'il va se passer. Elle va tomber amoureuse de vous bien plus fort que d'aucun autre. Alors ne lui brisez pas le cœur.

— Tu as ma parole, me dit-il en se levant pour tendre sa main dans ma direction.

Je me mets debout à mon tour et accepte sa poigne. Nous échangeons encore un regard avant que je me dirige vers la porte pour quitter son bureau.

— Oh ! Derek, me retient-il. Une dernière chose.

— Oui ?

— Appelle-la et viens boire un verre avec nous un de ces soirs. Et demande à June de t'accompagner, ça lui fera plaisir.

— Bien commandant, réponds-je avec un clin d'œil.

L'alarme signalant un départ de feu retentit dans la caserne. Il est temps de se mettre au travail.

***

Malgré mes années d'expérience et mes séances de musculation, mes bras me brûlent.

Voilà des heures que nous luttons sans relâche contre les flammes dans un entrepôt de stockage de marchandises. Nous avons beau nous relayer, la fatigue se fait sentir. Il y a des tonnes de cartons à l'intérieur, qui s'enflamment et nourrissent l'incendie. Quand on le maîtrise à peu près d'un côté, il reprend de plus belle ailleurs.

Luis et moi parvenons à créer une percée plus au centre du bâtiment. Nous avançons comme un seul homme avec nos lances et déversons des litres d'eau devant nous.

Je pénètre à l'intérieur, mais la fumée opaque m'empêche d'y voir quoi que ce soit. Je continue à arroser tout en plissant les yeux pour tenter de me repérer dans le hall. Je regarde sur ma gauche et ne perçois même plus Luis à mes côtés.

À pas prudents, je gagne petit à petit du terrain.

La structure du bâtiment se met à grincer dans un bruit sourd. Ça ne présage rien de bon. Malgré tout, je persiste à aller plus loin pour tenter de sauver ce qui peut l'être.

L'acier qui se tord continue à émettre des plaintes. Je crois que, malgré nos efforts, nous allons devoir battre en retraite. Le feu est trop puissant. Il nous faut davantage de renforts. Le temps qu'ils arrivent, il nous faudra contenir l'incendie à cette seule zone afin de ne pas risquer une propagation aux entreprises adjacentes.

— Luis ! hurlé-je.

Mon collègue ne doit pas être très loin, mais je ne le vois pas. Hors de question que je sorte d'ici sans lui. Je bifurque dans sa direction pour le rejoindre tout en continuant à asperger tout ce qui se trouve devant moi. Des craquements plus pressants résonnent et une partie du toit s'effondre à l'arrière.

— Luis ! répété-je, plus fort.

Nous devons déguerpir au plus vite de cet entrepôt. Les battements de mon cœur accélèrent car je ne trouve pas mon collègue.

Enfin, je l'aperçois. Il revenait également vers moi et nous comprenons en même temps que nous nous étions bien trop éloignés l'un de l'autre à cause de cette fumée.

— Faut dégager ! crie-t-il à mon attention en me faisant un signe de main vers l'extérieur. La structure ne va pas tenir.

Je lève mon pouce pour lui signifier que j'ai compris. Alors que nous reculons pour sortir, le toit continue à céder dans un fracas assourdissant.

Nous prenons conscience que tout risque de s'abattre sur nous avant que nous ne parvenions à rejoindre la sortie. En bons professionnels, nous ne laissons pas pour autant la panique nous gagner. Nous marchons sur la tôle déjà à terre pour échapper à l'effondrement en cours.

Les rails de rangement de l'entrepôt vacillent puis se fracassent au sol. Très vite, nous n'avons plus d'échappatoire. Des objets en tout genre se déversent sur nous. Il devient impossible de rester concentré sur le feu qui nous entoure.

Un bac de marchandises dégringole sans que je parvienne à éviter l'impact. Dans ma chute, ma tête frappe la poutre en acier située juste à côté de moi. Je suis sonné quelques secondes malgré mon casque. Je n'ai pas le temps de me relever que le reste du toit se décroche et s'échoue sur nous.

43

JUNE CAMPBELL

— C'est une certitude, Amaia Cox est à Santa Monica, conclue Drew, exalté.

Mon collègue vient de m'exposer ses avancées sur l'enquête de la starlette disparue. Il a recoupé beaucoup d'informations grâce à Harper, ma voisine influenceuse passionnée par le sujet. Soyons clairs, je m'en fiche comme de ma première culotte, mais dès que je lui ai demandé s'ils étaient en contact, il s'est lancé dans un discours animé et je n'ai pas eu le cœur de l'interrompre.

— Et personne ne se dit que cette femme a droit à un peu d'intimité pour se remettre d'un chagrin d'amour ? Exposé aux yeux du public, qui plus est ! demandé-je, scandalisée.

— C'est le revers de la médaille. Tu as une vie publique, tu ne peux plus choisir de ne partager que ce que tu souhaites.

— Je ne suis pas d'accord avec ça. Chacun devrait avoir le droit à sa tranquillité.

— Je n'ai pas inventé les règles de la célébrité, June, se dédouane-t-il comme s'il était étranger au problème.

— Mais tu acceptes de les suivre sans les questionner.

— Ça rapportera plus de lecteurs au journal qu'un papier sur la pollution de la jetée de Santa Monica.

— Mais pas sûr que ça fasse progresser la société, raillé-je. Enfin, chacun ses convictions.

Je me félicite de ne jamais être allée boire un verre avec lui. Vu nos divergences d'opinion, j'aurais passé une soirée catastrophique.

La sonnerie de mon téléphone me sauve. Sans savoir de qui il s'agit, je bénis la personne qui m'appelle et me permet par la même occasion de couper court à cette conversation houleuse. Je décroche tout en me dirigeant vers mon bureau.

— June Campbell.

— June, bonjour, c'est le commandant Mitchell.

— Oh ! Bonjour. Comment allez-vous ?

— J'aurais préféré vous contacter dans d'autres circonstances, déclare-t-il d'une voix cassée, accaparant instantanément toute mon attention. Mais j'ai pensé qu'il fallait vous prévenir. Derek a été emmené à l'hôpital.

— Oh mon Dieu ! m'exclamé-je, sentant mon cœur manquer un battement.

— Il va bien, June, tente-t-il de me rassurer.

— Dans quel hôpital ?

— À l'UCLA Medical Center.

— Merci de m'avoir prévenue, lui dis-je avant de raccrocher et d'attraper mon sac à main.

Je quitte les locaux comme une voleuse, sans dire au revoir à personne.

Le trajet en voiture jusqu'à l'hôpital me semble durer des heures. La panique me broie les tripes. Le commandant m'a dit qu'il allait bien, mais si son état a nécessité qu'il soit transféré jusqu'à une unité de soins, c'est qu'il a forcément quelque chose de grave.

Je manque de renverser un piéton que je n'avais même pas vu tellement je suis accaparée par mes angoisses, ce qui ne m'aide pas à contrôler les tremblements de mes mains.

Sur place, je me gare au plus près de l'entrée et je cours jusqu'à l'accueil. Je n'ai même pas le temps d'interroger une infirmière que Mia déboule de la salle d'attente.

— Comment il va ? l'interrogé-je aussitôt, craignant sa réponse.

— Calme-toi, il n'a rien de grave, essaie-t-elle de me rassurer en posant ses mains sur mes épaules.

— Qu'est-ce qu'il s'est passé ?

— Luis et lui étaient dans un entrepôt en feu et le toit s'est effondré.

— Oh mon Dieu ! Et comment va Luis ?

— Ils sont sains et saufs tous les deux, juste quelques contusions. On a pu les sortir de là rapidement.

— Est-ce que je peux voir Derek ?

— Je t'attendais pour t'emmener jusqu'à lui, m'apprend-elle. Viens, je te guide jusqu'à sa chambre.

Nous déambulons le long du couloir et Mia s'arrête devant une porte en me faisant signe d'entrer. Je ne frappe même pas et pénètre dans la pièce tandis que Mia repart en direction de l'accueil.

Voir Derek allongé dans ce lit médicalisé, les traits tirés, me provoque un coup au cœur. Je voudrais pouvoir le soulager de toutes ses douleurs d'un coup de baguette magique.

Je retiens les larmes qui menacent de m'échapper sous l'effet du stress qui retombe. Il est entier, c'est le plus important.

— Viens par là, m'ordonne-t-il alors que je reste sur le seuil.

Je m'approche et m'assieds sur le bord du lit tout en prenant sa main dans la mienne.

— Dommage que tu n'aies pas été là pour filmer ça, des pompiers ensevelis sous un tas de tôle, ça aurait été accrocheur pour ton reportage.

— Dis-moi plutôt ce que tu as au lieu de raconter des bêtises, le sermonné-je.

— Rien qui ne nécessitait de m'amener ici. Mais notre chef tient absolument à ce qu'on passe une radio de contrôle pour s'assurer qu'on n'a rien de cassé. Ce sont des examens de routine, ne t'inquiète pas.

— Tu as mal quelque part ? lui demandé-je, soucieuse.

— Aux côtes, mais après deux jours de repos, il n'en paraîtra plus rien.

— J'ai eu si peur quand le commandant m'a appelée, soupiré-je en portant sa main à ma bouche.

— Je n'ai rien, m'assure-t-il en grimaçant. Enfin, rien de trop grave. En revanche, il va falloir que tu prennes le contrôle au lit le temps que je me remette.

Derek arrive à plaisanter, pourtant je vois bien qu'il souffre. Je lui souris en me rendant compte de la place qu'il a prise dans mon cœur.

Les battements de ce dernier s'apaisent à mesure que Derek me parle et que mon cerveau enregistre qu'il est bien là. En un seul morceau.

Je m'avance un peu sur le matelas afin d'atteindre ses lèvres en me penchant.

— Ne me refais plus jamais une peur pareille, lui chuchoté-je.

Il n'a pas le temps de rétorquer une réplique sarcastique que je le voyais déjà préparer dans sa tête, car un médecin fait son entrée.

— Monsieur Harmon, bonjour. Je suis le docteur Smith.

Derek se redresse tant bien que mal en même temps que nous saluons le docteur à notre tour.

— Je vais avoir besoin que vous retiriez votre tee-shirt afin de pouvoir vous examiner, précise le médecin.

Les doigts de Derek se crispent entre les miens. Son visage se tourne vers moi, et il affiche un air embarrassé.

— Tu pourrais sortir quelques instants, s'il te plaît ? me demande-t-il à voix basse.

Sa demande me met un coup. Je suis chamboulée par son besoin de me tenir à l'écart.

— On en est encore là ? m'exclamé-je en dégageant sèchement ma main de la sienne. Sérieusement, Derek ?

— Ne le prends pas comme ça, se désole-t-il sous l'œil incrédule du médecin.

Je soutiens son regard en retenant les larmes qui ne manquent pas d'affluer. *Il veut que je sorte ? Très bien ! Mais ça ne sera pas uniquement de cette chambre.* S'il persiste à me tenir à l'écart continuellement, c'est de sa vie que je vais m'éclipser.

Je patiente encore quelques secondes pour lui laisser l'opportunité de se rattraper, mais il n'en fait rien.

— Quand le médecin sortira, ne t'attends pas à me voir revenir, lâché-je en me levant pour prendre mes distances.

J'ouvre la porte et n'écoute pas sa voix que j'aime tant crier mon prénom. Son rejet alors que je viens de me faire un sang d'encre pour lui, c'est trop pour moi. Je ne peux pas toujours lui témoigner mes sentiments sans qu'il me les rende en retour.

Je chasse du revers de la main les larmes qui m'échappent. Derek est le premier garçon dont je suis tombée amoureuse. Dommage que je m'en rende compte au moment où il brise mon cœur.

Mia tente de m'intercepter en me voyant dans cet état, mais je file bien trop vite pour elle.

44

DEREK HARMON

Je tourne en rond dans cette chambre aseptisée. Le docteur Smith a souhaité me garder en surveillance cette nuit. Tout comme Luis. J'ai accepté uniquement parce que ça m'évitera d'aller frapper à la porte de June comme le mec pathétique que je suis.

Le regard blessé qu'elle m'a lancé au moment où je lui ai demandé de sortir me hante encore. Je crois que si j'avais voulu lui faire plus de mal, je n'aurais pas pu y parvenir. *Quel con !*

C'est pour ça qu'il est préférable que je reste ici pour le moment. Je dois la laisser tranquille. Je la fais souffrir avec mon égoïsme. Je lui fais du mal, alors que c'est la dernière chose que je souhaite. Je garde mes remparts hissés autour de moi à ses dépens.

Une fois le médecin sorti, comme prévu, elle n'est pas revenue.

Dans le silence de ma chambre, j'ai pris conscience que si j'ai si peur qu'elle puisse constater l'étendue des dégâts, c'est parce que je l'aime. Je flippais tellement de la perdre que je m'étais convaincu qu'elle n'avait pas besoin de voir mes cicatrices pour qu'on soit heureux ensemble. J'ai eu la preuve que je ne pouvais pas me tromper plus que ça.

À chaque confession qu'elle m'a faite ces dernières semaines, elle me tendait une perche pour que je me dévoile. Je les ai toutes ignorées et voilà le résultat aujourd'hui. J'ai abusé de sa patience.

Le pire dans tout ça, c'est que je ne sais même pas si j'aurais été capable d'affronter son regard si j'avais pu rentrer à Palisades Park. Elle est en colère contre moi et je ne suis pas sûr qu'il soit judicieux de choisir ce moment pour lui parler. Peut-être qu'après lui avoir laissé un peu d'air, elle acceptera de m'écouter, et de m'accorder encore un peu de temps.

La porte de ma chambre s'ouvre dans un grincement sinistre. Je ne peux m'empêcher d'éprouver une pointe d'espoir, mais c'est la tête de Luis qui apparaît. *Comme si elle allait revenir en pleine nuit après que tu l'as foutue à la porte !*

— L'heure des visites est terminée, lui lancé-je tandis que Mia entre derrière lui.

— J'ai fait le guet pour qu'on puisse venir te voir tous les deux, m'apprend ma collègue.

— Comment tu vas ? s'inquiète Luis en avançant une chaise près de mon lit.

— Je n'arrête pas de me dire que ça aurait pu être pire. Et toi ?

— Ça va. Térésa va me couver comme une poule avec ses poussins dès que je serai à la maison, j'ai hâte.

— Bon, tonne Mia, vous êtes au top de votre forme, c'est génial, on est soulagés. Maintenant, raconte-nous pourquoi June est sortie d'ici en pleurant ?

Elle pleurait ! Bravo, mec !

Je souffle et oriente mon regard vers la fenêtre. Je n'aperçois rien d'autre que le noir de la nuit, en osmose avec le vide que je ressens au fond de mon cœur.

Je suis un bel enfoiré. June débarque ici paniquée, et moi, je manque de tact comme jamais. Elle doit me maudire à l'heure qu'il est.

— Accouche ! insiste Luis. Tout avait l'air de rouler entre vous, non ?

— Qu'est-ce que vous voulez que je vous dise ? Que j'ai merdé ? Vous l'avez compris.

Cette discussion me fait chier parce que je les connais, ils ne vont pas me lâcher avant de connaître le fin mot de l'histoire.

— Explique-nous. On pourra peut-être t'aider à rattraper le coup, me propose Mia d'une voix adoucie.

Je réfléchis trop, comme toujours. Dès qu'il est question de ce problème de cicatrices, je me pose mille questions, et ça me ronge de l'intérieur. June avait raison à propos de l'ombre d'Ashley qui plane sur ma vie. Je reste focalisé sur son regard à elle. Je refuse de croire qu'une autre femme pourrait me voir autrement.

— Vous savez déjà tout, finis-je par me confier à mes collègues. J'ai gardé des traces de ma chute dans cette maison, sur l'abdomen. Depuis, je ne prends plus mes douches avec vous dans les vestiaires communs parce que je refuse que qui que ce soit puisse les voir.

— Attends, je ne suis pas sûr de comprendre. Que tu ailles dans la cabine individuelle à la caserne, OK. Mais tu ne peux pas cacher tes cicatrices quand tu bai... enfin quand tu fais l'amour, quoi, se rattrape Luis alors que Mia le frappe à l'avant-bras.

— Détrompe-toi, j'y parviens comme un chef, lui assuré-je en me sentant pathétique.

— Tu veux dire que depuis ton accident personne n'a vu ton ventre ? Personne, personne. Même pas June ? me questionne Mia pour être certaine d'avoir bien compris.

Je me contente de hocher la tête. Mes collègues semblent perplexes et échangent un regard médusé.

— Je garde mon tee-shirt et l'empêche de me toucher à cet endroit, confirmé-je. C'est bon, c'est assez clair pour vous ou il vous faut plus de détails ?

Leur peine pour moi est presque palpable dans l'air.

— Hey mec, ne t'énerve pas contre nous. On est de ton côté, d'accord ? me calme Luis, en levant les mains. June est une femme réfléchie, je suis sûre qu'elle peut comprendre.

— Elle m'a confié beaucoup de choses à son sujet. Sur son passé, sur des erreurs qu'elle a commises et un drame qu'elle a vécu. Et moi, en retour, je n'ai pas été foutu du moindre petit effort pour lui montrer que je tiens à elle.

— Y'a quand même un truc qui m'échappe, m'interpelle Mia tout à coup. J'imagine que vous avez déjà couché ensemble, donc elle était au courant pour ton problème. Qu'est-ce qui s'est passé tout à l'heure pour qu'elle parte précipitamment de l'hôpital ?

Elle tape dans le mille, ce qui ne m'étonne pas. Elle est toujours perspicace.

— Quand le médecin est venu, il avait besoin de m'ausculter.

— Non, s'insurge tout de suite Mia en comprenant où je veux en venir. Dis-moi que tu n'as pas fait ça !

— Si, confirmé-je. Je lui ai demandé de sortir.

— Mais putain, vous êtes vraiment de sombres idiots parfois, les mecs ! Cette nana est géniale, et toi tu la traites comme une vulgaire conquête ! La fille est assez bien pour partager ton lit, mais pas pour prendre part à ta vie.

— Je sais que j'ai merdé, mais j'ai peur, putain ! m'emporté-je contre elle.

— De quoi ? me pousse-t-elle dans mes retranchements.

— Qu'elle me quitte quand elle verra mes cicatrices, comme l'a fait Ashley à l'époque.

Mia et Luis l'ont connue. Et ils ne l'ont jamais particulièrement appréciée.

— Tu ne peux pas comparer June à cette fille, s'indigne mon collègue. Elle a tellement plus de cran, plus de caractère. Elles n'ont rien à voir.

— C'est comme comparer Lavande Brown et Hermione Granger ! approuve Mia.

— Tu dois lui faire confiance, ajoute Luis.

— Et si elle ne reste pas ?

— Mec, on entend parler de ta voisine casse-pieds depuis des mois. Si elle avait été attirée uniquement par ton physique, ça se serait fait tout de suite entre vous. Or, elle a d'abord appris à te connaître. C'est en te découvrant dans ton milieu professionnel qu'elle a commencé à t'apprécier. Tu lui plais pour la personne que tu es à l'intérieur, ça crève les yeux. Alors ravale ta peur comme lorsque tu affrontes un feu. Fonce, bats-toi et remporte la bataille contre toi-même.

Les mots de mes deux amis me touchent. Ils se fraient un chemin tout doucement dans mon esprit. Vais-je être capable de me mettre à nu pour ne pas perdre June ? J'aurais du mal à m'en remettre si elle me quittait pour de bon.

J'aime la retrouver en fin de journée à Palisades Park, partager nos soirées et nos nuits. Me réveiller à ses côtés et la serrer contre moi. Et puis je dois reconnaître que je serais frustré si elle m'interdisait l'accès à une partie de son corps. Comment je réagirais à sa place si elle doutait de mes sentiments ? Je le prendrais mal, c'est certain.

45

JUNE CAMPBELL

Enroulée dans ma couverture, je la serre comme si elle était le seul réconfort que je puisse trouver. Hier, à force de pleurer, j'ai fini par m'endormir, épuisée. Je me déteste d'avoir versé autant de larmes pour un mec. J'ai toujours eu horreur des filles qui se mettaient dans cet état. Je comprends aujourd'hui qu'on ne peut pas lutter quand il s'agit d'amour.

J'ai ouvert mon cœur à Derek. Je lui en ai même laissé les clefs pour lui prouver que je ne voulais qu'une seule chose : rester auprès de lui. Et lui, qu'est-ce qu'il a fait en retour ? Il m'a balancé le trousseau au visage.

Je sais qu'il faut que je sorte de mon lit, que je me bouge pour ne pas broyer du noir, mais si je reste ici, je peux encore faire comme si rien de tout ça n'était arrivé.

Je redoute de croiser Derek. Et en même temps, j'aimerais avoir de ses nouvelles pour m'assurer qu'il va bien et que les radios n'ont rien décelé de grave.

Après le désarroi, vient la colère. Je préfère encore ce sentiment, parce qu'il me fait ressentir une sorte d'énergie.

Il m'empêche de continuer à me morfondre et me propulse jusque sous la douche.

Les yeux bouffis d'avoir sangloté une partie de la nuit, je me passe de l'eau fraîche sur le visage.

Je dois faire face. Je suis une femme forte, indépendante, qui n'a pas besoin d'un mec pour être heureuse. Voilà mon mantra du jour. Je vais me le répéter inlassablement jusqu'à ce que je redevienne la June d'avant Derek. Si c'est encore possible.

Face à mon placard, je prends les premières fringues qui me tombent sous la main.

En me rendant dans ma cuisine, je prends conscience que j'ai trop de souvenirs ici avec mon voisin. Je ne vais pas pouvoir rester dans mon appartement. La plaie qu'il m'a infligée hier soir est encore à vif. Si besoin, je ferai des changements, comme bouger les meubles de place. Ne lui en déplaise s'il ne peut pas dormir à cause du bruit qui en résultera.

J'enfile mes baskets et me précipite chez Ava. Je sors de l'immeuble sur la pointe des pieds pour ne pas risquer de tomber sur lui dans le hall, s'il est rentré. Je ne suis pas prête à le voir.

Je file à toute vitesse à travers le jardin et frappe à la porte de mon amie. Cette dernière ouvre aussitôt et me lance un regard incrédule.

— C'est quoi cette tenue ? s'exclame-t-elle en me détaillant de la tête aux pieds.

Je l'imite et je me rends compte que mon petit short de sport jaune qui me sert pour aller courir ne s'accorde pas vraiment avec mon haut en mousseline. Je relève le visage vers elle et de nouvelles larmes menacent de m'échapper.

— Viens là, m'ordonne Ava en posant une main sur mon avant-bras pour m'inciter à entrer.

Elle referme la porte derrière elle tandis que je suis soulagée de me retrouver dans un environnement où je n'ai rien vécu avec Derek.

— Je vais avoir besoin de sortir la pelle et la corde, c'est ça ? tente-t-elle de plaisanter, comprenant d'emblée qu'il s'agit du pompier.

Elle doit déceler au regard que je lui lance qu'il ne s'agit pas d'une petite dispute car elle m'attire dans ses bras. Son réconfort est le bienvenu. Il apaise une infime partie de mon cœur.

— J'ai voulu croire que j'y arriverais, lui confié-je en reniflant. Il m'avait prévenue et moi, bête comme je suis, j'ai pensé que je parviendrais à le faire changer d'avis et qu'il finirait par s'ouvrir à moi. Pourquoi on pense toujours que les mecs vont être différents avec nous ?

— Parce qu'on est dotées d'un sixième sens dont ils sont totalement dépourvus, estime-t-elle, tout à fait sérieuse.

Elle m'arrache un ricanement avant de me proposer d'aller prendre place sur son canapé.

— Tu me racontes en détail de ton plein gré ou je dois t'arracher les vers du nez ? me lance-t-elle depuis sa cuisine où je l'entends s'affairer.

Il n'y a qu'elle pour parvenir à me faire sourire dans ces circonstances.

Je lui relate en détail la promesse que Derek m'a soutirée avant de me révéler le fond du problème. Je passe ensuite à mes confidences au fil des semaines. Ava apprend au passage certaines choses qu'elle ignorait.

— Je n'arrive pas à croire que tu ne m'aies jamais confié ça.

— Je n'étais plus cette fille-là quand on s'est connues. N'y vois pas un manque de confiance de ma part, la supplié-je, craignant qu'elle ne se vexe.

— Je ne t'en veux pas, me rassure-t-elle aussitôt en revenant au salon avec un plateau chargé. On a tous notre jardin secret. Je t'ai raconté beaucoup de choses sur ma famille, et tu en as appris d'autres grâce à ton reportage, mais ça n'empêche pas que tu ne sais pas tout. On préfère parfois oublier certains aspects de notre vie. J'ai appris que le plus important en amitié, c'est de savoir que l'autre sera là si un jour on a envie de parler.

— Et tu es là pour moi aujourd'hui...

— Évidemment ! C'est pour ça que je t'ai concocté un chocolat chaud malgré la chaleur, m'indique-t-elle en me tendant une tasse fumante. Tu t'en souviens ?

— Comment oublier ? Ton premier *Starbucks* à Salt Lake City. Tu étais complètement paumée devant tous les choix possibles alors tu as pris cette boisson chaude, la plus simple et la seule que tu connaissais, avec le café.

— Le meilleur chocolat chaud de ma vie.

— Parce qu'il avait le goût de l'interdit.

— Mon parfum préféré, précise-t-elle avec un clin d'œil, avant de reprendre d'un air plus sérieux : tu sais, il m'arrive parfois de penser que j'ai été folle de quitter ma famille et les seuls repères que j'avais. Et que c'est stupide d'avoir remplacé la foi dans laquelle mes parents m'ont éduquée par mon addiction à l'astrologie.

— Tu es tout sauf idiote, la coupé-je en prenant sa main dans la mienne. Et je ne connais personne d'aussi courageux que toi. Tu as tout plaqué pour venir vivre à Santa Monica alors que tu n'avais jamais quitté les quelques rues du quartier dans lequel tu as grandi.

— Et je n'y retournerais pour rien au monde, s'exclame-t-elle. Mais ce que j'essaie de te dire, c'est qu'on a tous des moments où l'on redevient faible, où la peur reprend le dessus...

— Je rêve ou tu prêches pour Derek ?

— Drôle de choix de mot me concernant, glousse-t-elle.

— Ne change pas de sujet, la rabroué-je en souriant tout de même.

— Mets-toi à sa place une minute. Imagine que, durant une journée, tu sois à nouveau dans le corps que tu t'es évertuée à effacer. Est-ce que tu ne mettrais pas tout en œuvre pour ne pas croiser Derek ?

— Je vois où tu veux en venir et tu n'as pas complètement tort. Je ne voudrais pas qu'il me voie, de peur que son regard sur moi ne change. Mais je lui ai montré des photos, tout de même.

— Qu'il a pu oublier dès qu'il te regardait, analyse-t-elle à juste titre. Ses cicatrices à lui resteront visibles à vie.

— Alors, selon toi, j'ai eu tort de m'emporter ? J'ai agi de manière égoïste ?

— Après tout ce que tu as fait pour moi, je ne penserai jamais que tu es égoïste, June Campbell. Tu as agi comme tu le pouvais sur le moment pour lui faire comprendre que tu ne voulais pas te contenter d'une relation superficielle entre vous. Est-ce que tu es amoureuse de lui ?

— Oui, réponds-je immédiatement car je n'en ai aucun doute.

— Alors je te conseille de ne pas être trop dure avec lui et de bien prendre en compte toute la dimension de son problème.

— Je vais y réfléchir, lui assuré-je en méditant à ses paroles.

— Maintenant, tu as l'obligation de rester ici avec moi pour regarder des films romantiques, s'exclame-t-elle en tapant dans ses mains.

— Je vais probablement m'endormir avant la fin du premier, mais vas-y, accepté-je son invitation.

Ava ne se fait pas prier et lance *Coup de foudre à Notting Hill*. Mes paupières se ferment sur la voix de Julia Roberts.

46

DEREK HARMON

Je tourne en rond depuis une semaine. J'ai d'abord passé quelques jours chez ma mère. En sortant de l'hôpital, j'ai accepté de m'installer chez elle soi-disant pour la rassurer. En réalité, c'était aussi une façon de me laisser du temps pour réfléchir sans croiser June. Ma mère a eu la délicatesse de ne pas aborder le sujet. Elle me connaît par cœur et savait que j'étais encore trop à vif sur ce point.

Je suis rentré à Palisades Park hier soir, tard dans la soirée, et je tergiverse toujours autant. June me manque. Être dans mon appartement sans elle, en sachant qu'elle ne va pas rappliquer d'une minute à l'autre, me fout le cafard. Dès que j'ouvre mon frigo ou mes placards, les confessions qu'elle m'a faites me reviennent en mémoire et je me déteste de ne pas avoir pu être en mesure de me livrer à mon tour sans retenue.

J'avais bien remarqué qu'elle commençait à montrer quelques signes d'impatience, mais j'ai précipité ma perte en lui demandant de sortir de cette putain de chambre. Si je pouvais revenir en arrière, je ferais les choses différemment.

Pas forcément en permettant à June de rester, mais en le formulant d'une autre manière.

Mais ce qui est fait est fait. À moi maintenant de trouver une issue à notre problème. La solution la plus simple serait d'ôter ce foutu tee-shirt, mais si c'était si facile, ça serait déjà fait.

Ne pouvant me résoudre à accepter notre séparation, j'ai bien envoyé quelques messages à June. Un premier pour la prévenir que je n'avais rien de cassé. Un deuxième pour lui dire que j'allais passer quelques jours chez ma mère, et un troisième hier pour l'informer que je rentrais à Palisades Park. Elle n'a répondu à aucun. Ni à l'appel que je lui ai passé au bout de deux jours pour tenter de mettre un terme à son silence.

Je crois que le plus terrible dans ce merdier, c'est que lorsque je me mets à sa place, je la comprends. Je réagirais de la même manière. Pour autant, aujourd'hui, fini de faire l'autruche pour nous deux. Je lui ai laissé l'espace dont elle avait besoin pour digérer mon affront et j'ai pu réfléchir de mon côté à la situation. Il est temps que nous ayons une discussion.

J'avale le reste de ma tasse de café avant de monter à son étage. Dans le jardin, les parents d'Isabella profitent de la fraîcheur du matin pour jouer dehors avec elle. Luisa lit un roman, assise sur le banc.

Le bruit d'un bagage qu'on traîne au sol résonne entre les murs de Palisades Park. Je me penche vers la fenêtre pour regarder qui fait ce raffut. *June ? Putain, c'est quoi ce bordel !*

Ni une, ni deux, je me précipite sur ma porte puis me précipite à travers le jardin.

— June ! hurlé-je pour la retenir alors qu'elle passe par la grille principale.

Elle se retourne et m'aperçoit. Son regard mélancolique me fout un coup aux tripes. Elle est malheureuse. Par ma faute. Et malgré ça, je me sens toujours incapable de lui donner la seule chose qu'elle réclame. Elle pivote et poursuit son chemin comme si je ne comptais pas.

— Attends s'il te plaît, crié-je en courant derrière elle.

Elle marche plus vite pour m'éviter, alors j'accélère le pas, la dépasse et m'arrête devant elle pour l'empêcher de poursuivre son chemin.

— Ne pars pas, m'entends-je la supplier, en ayant du mal à ne pas la toucher.

— Cette phrase arrive un peu trop tard, Derek, cingle-t-elle en m'assassinant du regard.

— Ne laisse pas tomber, s'il te plaît, continué-je pour espérer une seconde chance. N'abandonne pas ce qu'on pourrait avoir, toi et moi.

— Mais c'est toi qui ne crois pas en nous ! Comment veux-tu qu'on construise quoi que ce soit alors que tu ne te livres pas plus avec moi qu'avec tes précédentes conquêtes ?

— Tu es injuste, là.

— Ah oui ? Le fait que tu m'aies sautée plus de fois que les autres est une preuve d'amour suffisante, c'est ça ? réplique-t-elle, acerbe, ses paroles m'atteignant en pleine poitrine. Ce que je m'évertue à essayer de te faire comprendre depuis des semaines, c'est que, contrairement à elles, ce n'est pas ta queue qui m'intéresse mais ton cœur. Et tu t'obstines à m'en refuser l'entrée.

— Je t'avais prévenue et tu avais promis, tenté-je de faire valoir comme un gamin de quatre ans.

— Mais ça, c'était avant de tomber amoureuse de toi ! explose-t-elle. Si tu m'aimais autant que je t'aime, tu ne craindrais pas ma réaction, parce que tu saurais que ça ne changerait strictement rien.

— J'ai des sentiments pour toi, déclaré-je de façon maladroite parce que je ne me sens pas légitime de lui dire que je l'aime alors que je suis incapable de me livrer pleinement à elle. Accorde-moi encore un peu de temps.

Mon ton est suppliant et j'ai du mal à me tenir loin d'elle. June secoue la tête en baissant le regard. J'ai la sensation qu'elle s'était préparée à ce face à face et qu'elle s'est blindée pour ne pas craquer.

— Je veux partager tes blessures avec toi parce que c'est ce que font les couples, me dit-elle d'une voix moins cassante. Ils affrontent ensemble les moments les plus durs. Alors même si je n'étais pas présente à ce moment-là dans ta vie, je veux l'être aujourd'hui, mais tu m'en empêches. C'est ton choix, pas le mien. Je ne peux rester avec toi et souffrir en silence de cette distance que tu imposes entre nous.

Les mots me manquent pour la convaincre. Tous résonnent faux à mes oreilles.

June finit par tourner les talons. C'est le bruit de sa valise qui roule sur l'asphalte qui me sort de ma torpeur.

— Où est-ce que tu pars ?

— Je rentre à Salt Lake City pour fêter Thanksgiving avec mes parents.

— Mais c'est dans plus de dix jours !

Pour toute réponse, elle hausse les épaules avec un air triste sur le visage. Elle part à cause de moi et de mes conneries.

Je me sens impuissant alors que son taxi se gare le long du trottoir, près du portail de l'entrée. Le chauffeur l'aide à mettre sa valise dans le coffre puis June ouvre la portière et me regarde une dernière fois.

— Jure-moi que tu vas revenir, lui crié-je, en ayant la peur viscérale que ce soit notre dernier contact.

— Je vais revenir, souffle-t-elle. Mais uniquement parce que j'ai ma meilleure amie et mon travail à Santa Monica, me précise-t-elle avant de s'installer sur la banquette arrière et de claquer la portière.

Le message est clair, son retour n'aura rien à voir avec moi.

Alors qu'elle s'éloigne, je reste planté là, à me maudire d'être assez courageux pour affronter des incendies, mais pas le regard de celle que j'aime.

47

JUNE CAMPBELL

— Stop, c'est fini, abandonne mon père à bout de souffle.

J'exulte de joie et ralentis à mon tour la vitesse du tapis de course sur lequel je trime depuis quarante minutes avant de l'arrêter complètement. Je suis H.S., moi aussi, mais courir me permet d'oublier un certain Californien.

Je lance une bouteille d'eau à mon paternel, qui a accepté presque contre son gré de m'accompagner à la salle, le sourire aux lèvres.

— Ça m'avait manqué ces petites compétitions familiales.

— À moi aussi, m'avoue-t-il en s'épongeant le front.

C'est une habitude que nous avait fait adopter notre coach lors de notre inscription à la salle : nous challenger sur les différentes machines. On a tout de suite adhéré à l'idée qui nous a permis de rester motivés sur le long terme en ayant toujours de nouveaux records à battre, et de nous amuser en même temps tous les trois.

— On ferait bien de filer sous la douche sinon on va être en retard pour le déjeuner, constate-t-il en regardant l'heure sur l'horloge derrière nous.

— Et maman ne manquera pas de râler.

Je me dirige vers les vestiaires des femmes et ouvre mon casier. Je récupère ma serviette et me déshabille avant de me glisser sous le jet d'eau chaude. Deux femmes sont déjà en train de se laver et je les salue d'un signe de tête.

Je n'ai absolument aucun problème avec ma nudité. Du moins, maintenant. Les premières douches ici ont été un vrai calvaire, mais il était impossible de ne pas les prendre sur place après nos séances tellement nous étions en nage.

À force de venir, nous avons lié des amitiés avec les autres membres de la salle, ils se sont révélés être d'une grande aide dans notre réussite. Ils nous ont tous soutenus d'une manière ou d'une autre et cela a effacé les complexes que je pouvais avoir. Ça a pris du temps, mais je suis parvenue à ne plus réfléchir à quoi pouvait bien ressembler mon corps avant de rejoindre le vestiaire ou à attendre sur le banc qu'il y ait de moins en moins de monde en faisant semblant d'être occupée. Ce n'était pas la faute des autres femmes présentes, c'est juste moi qui n'étais pas encore prête. Y serais-je parvenue plus vite si quelqu'un m'avait martelé que j'étais belle ? Sûrement pas. J'avais besoin de faire ce chemin moi-même. Et en prendre conscience me fait culpabiliser envers Derek.

Les paroles d'Ava tournent encore dans mon esprit et me font remettre pas mal de choses en perspective. Je le pousse à se dévoiler car je sais ce que nous aurions à y gagner tous les deux, mais peut-être n'est-il pas prêt, indépendamment de ce qu'il ressent pour moi.

De retour à l'appartement de mes parents, nous sommes accueillis par l'odeur d'un délicieux poulet rôti. Au cours de notre régime, ma mère s'est découvert une passion pour la cuisine. Auparavant, elle n'achetait que des produits transformés ou des plats déjà préparés.

— Si tu savais comme tes bons petits plats me manquent à Santa Monica, me lamenté-je en la rejoignant dans la cuisine.

Elle me tape sur la main alors que j'essaie de lui voler un morceau de la tomate qu'elle découpe en petits morceaux.

— Pas touche avant le repas. Prends plutôt les assiettes derrière toi pour aller tout installer.

Je ris et m'exécute sans plus attendre, affamée.

Nous ne tardons pas à passer à table. Chacun à notre place, comme d'habitude. Après quelques minutes à parler de tout et de rien, ma mère lance soudain, en semblant un peu embarrassée :

— Il y a quelque chose dont on aimerait te parler.

Je fronce les sourcils car elle me paraît bien sérieuse mais je choisis de répondre par l'humour.

— Si vous avez envie d'emménager à Palisades Park, ça ne me pose aucun problème.

— Ah non ! J'aime trop Salt Lake City pour en partir, s'exclame mon père.

— Tu l'apprécies beaucoup moins depuis que je n'y vis plus, le taquiné-je en le poussant un peu d'un léger coup d'épaule.

— C'est vrai ! En tout cas, on se disait l'autre jour qu'on pourrait aussi venir te rendre visite de temps en temps et passer une semaine en Californie.

— Oh ! Ce serait génial ! Je vous laisserais ma chambre et je dormirais au salon sans problème. Sinon, je pourrais me renseigner, il y a un appartement libre à Palisades Park, je pourrais peut-être le louer pour une semaine. Enfin, s'il est bien libre, car certains en doutent...

— Comment ça ? m'interroge ma mère, confuse.

— Oublie ça, j'ai quelques voisins en manque d'aventure qui s'imaginent des choses. Vous vouliez me dire quelque chose, la relancé-je sur le sujet.

— En réalité, ça me concerne personnellement.

— Maman, soufflé-je tout à coup inquiète, tu commences à me faire peur.

— Mais non, me rassure-t-elle en attrapant ma main à travers la table. Rien de grave. Mais avant, j'aimerais bien que tu m'expliques pourquoi tu es revenue plus tôt que prévu.

— Je savais que tu reviendrais à la charge avec ça.

— De qui crois-tu que tu tiennes ta tête de mule ?

— J'avais des congés à prendre et vous me manquiez, voilà tout.

En réalité, mon reportage sur la victoire de Seth Slater lors de la compétition de surf a engendré tellement de vues que Tom Young n'a même pas moufté quand je lui ai demandé si je pouvais allonger mes vacances en partant plus tôt. Le surfeur m'a d'ailleurs allégrement remerciée par message. Ça va jaser au journal, j'en suis sûre, mais je m'en fiche.

— Alors pourquoi tu traînes ton âme en peine comme si le ciel t'était tombé sur la tête ? On voit bien que quelque chose te chagrine, tu sais, insiste mon père.

— J'avais juste besoin de mettre un peu de distance entre Santa Monica et moi pour m'éclaircir les idées.

— Ce ne serait pas plutôt avec un garçon que tu avais besoin de mettre de la distance ? suppose à juste titre ma mère.

— Rien ne vous échappe, n'est-ce pas ?

— Les parents savent reconnaître ces choses-là.

Surtout les miens. Ils me connaissent mieux que personne. Nous sommes proches et complices depuis toujours. Nous avons partagé nombre d'épreuves ensemble et j'ai toujours pu compter sur eux, mais cette fois-ci, mon problème est trop intime pour que j'en discute avec eux.

— C'est compliqué, soupiré-je. On peut en revenir à ton sujet ?

— Si tu veux. Suis-moi.

Nous nous rendons dans le bureau et ma mère allume l'ordinateur portable. Elle trépigne d'impatience comme une enfant, ce qui me redonne le sourire.

Je suis sous le choc quand je découvre des photos d'elle à l'écran. Elle est maquillée et coiffée différemment de d'habitude. Je fais défiler les clichés et la découvre dans des tenues que je ne lui connais pas. De belles robes, des tenues d'été fleuries et même toute une collection de maillots de bain. Je suis émue de la voir si belle et de ressentir à quel point elle se sent à l'aise avec son corps, quand bien même les diktats de la société la trouvent trop enveloppée.

— Tu es sublime, lui dis-je en tournant mon visage vers le sien.

— C'est l'amie d'une connaissance qui lance sa marque de prêt-à-porter et elle cherchait des femmes rondes pour mettre sa collection en avant. On a fait ce shooting pour essayer et voir ce que ça donnait. Autant pour elle que pour moi. Elle aura aussi de la lingerie à vendre et je t'avoue que j'hésite un peu.

— Mais pourquoi ?

— Sérieusement ? Tu m'imagines devenir mannequin ?

— Tu es rayonnante, c'est tout ce qui compte. C'est toi-même qui me répétais ça quand j'étais plus jeune. Fonce, maman, m'exclamé-je en la serrant contre moi. Tu as toujours été belle, peu importe ton poids. Regarde-toi ! j'insiste en reprenant le diaporama.

— Je lui ai déjà dit tout ça, renchérit mon père.

Nous nous étreignons tous les trois pour un câlin plein de tendresse.

— Tu penses donc que c'est une bonne idée de confirmer à la styliste que je suis d'accord pour la suite ? me demande-t-elle confirmation.

— Évidemment, lui réponds-je en riant, encore émue par ces clichés.

Nous retournons ensuite à table pour finir le repas, et une fois la vaisselle faite, je me réfugie dans ma chambre. Hormis le fait que je n'y ai plus mes affaires puisqu'elles sont toutes à Palisades Park, rien n'a bougé.

Je m'allonge sur mon lit et attrape mon téléphone. J'ai plusieurs messages de Derek auxquels je n'ai pas répondu.

Derek : S'il te plaît, pardonne-moi ma réaction à l'hôpital. J'ai été pris au dépourvu, je me rends bien compte que j'ai manqué de tact et que c'était injuste de ma part de te demander de sortir alors que tu t'inquiétais pour moi. Je m'en veux qu'on se retrouve dans cette situation parce que j'ai mal réagi.
Derek : J'ai cuisiné pour deux aujourd'hui, par habitude. Tu me manques.
Derek : Donne-moi de tes nouvelles, s'il te plaît. Dis-moi que tu es bien arrivée.
Derek : Tu rentres quand ?

Je souris doucement. Il me manque aussi terriblement.

Plus j'y pense, et plus j'ai l'impression d'avoir manqué d'indulgence. Pour autant, est-ce que je dois accepter les conditions de Derek pour pouvoir être avec lui, quitte à pâtir de certains aspects de notre relation, ou est-il préférable que j'arrête tout maintenant pour éviter de prendre le risque de morfler plus tard ?

Le fait qu'il s'excuse de sa réaction aux urgences et que je sente qu'il regrette apaise en partie mon cœur meurtri. Je décide donc de suivre mon instinct et de ne pas le laisser dans cet état de détresse.

June : Tu n'imagines pas à quel point tu m'as blessée en me demandant de sortir de cette chambre.

Je continue sur ma lancée :

June : Tu avais préparé quoi comme repas ?
June : Je suis bien arrivée.
June : Je rentre le lendemain de Thanksgiving.

Les trois points de suspension, signe qu'il m'écrit, ne tardent pas à apparaître à l'écran.

Derek : Est-ce que tu penses que tu pourras me pardonner ? Un gratin de courgettes. Viens chez moi dès que tu arrives à Palisades Park.

Je pouffe en découvrant cette conversation complètement décousue.

Je réfléchis à sa question et la réponse s'impose à moi. Je suis prête à le pardonner parce que rompre avec lui me ferait plus souffrir que sa pudeur. Mais ça n'empêche pas que j'ai besoin d'un effort de sa part, un signe qu'il souhaite lui aussi aller de l'avant et démolir ce seul obstacle entre nous.

June : Je peux te pardonner, mais tu dois me rassurer
et me promettre que tu travailles sur toi-même
pour franchir ce cap. Je peux me montrer patiente
si tu sens qu'un jour tu seras capable de ne plus te cacher.
Et j'adore les courgettes, tu m'en refais un pour mon retour ?
Derek : Tu as ma parole. Je tourne en rond sans toi.
Le temps va être long jusqu'à ce que tu sois là.
J'ai pris note du menu ;)

Je pourrais l'appeler, mais je crois que cette sorte de pause entre nous est bénéfique. Il doit aussi réfléchir de son côté à ce qu'il est prêt à mettre en œuvre pour faire un pas dans ma direction. Au-delà des mots, j'espère qu'il saura me montrer par des actes concrets qu'il ne veut pas me perdre.

48

DEREK HARMON

J'observe William et ma mère se sourire et échanger ensemble comme si cela faisait déjà des années qu'ils se fréquentaient. Je crois n'avoir jamais vu ma mère si épanouie. Ils ont passé la journée à cuisiner tout un tas de trucs, comme il est coutume de le faire pour Thanksgiving, tandis que je suis resté vautré sur le canapé. J'étais censé venir en renfort pour donner un coup de main, mais si je tolère leur relation, les voir étaler leur bonheur sous mes yeux alors que mon moral n'est pas au beau fixe est difficile. Je me suis donc contenté de préparer le dessert puis j'ai migré devant la télévision.

Depuis la semaine dernière, June et moi échangeons tous les jours par message. Après son silence, j'ai accueilli son premier message le cœur battant à toute vitesse. Elle ne m'a pas appelé, signe qu'elle est encore sur la réserve, et j'ai respecté son souhait tacite.

— On peut passer à table ! s'exclame gaiement ma mère. Derek, ça ne te dérange pas si le fils de William passe tout à l'heure pour partager le dessert avec nous ?

Je la sens hésitante et je m'en veux qu'elle pense devoir prendre des pincettes dès qu'il s'agit d'eux.

— Pas du tout ! Ça me fera plaisir de le rencontrer.

William et elle échangent un regard étonné tandis que nous prenons place autour du festin.

Je me demande comment June et ses parents gèrent leur repas de Thanksgiving. Je décide de prendre une photo du buffet avec tous les plats posés dessus, mais au moment de la lui envoyer, je me demande si c'est judicieux. Si elle est en train de bouffer une salade, pas sûr que ça lui fasse plaisir.

Derek : J'étais sur le point de t'envoyer un aperçu
de ce qu'on s'apprête à manger, mais j'hésite…
Je ne sais pas si c'est une bonne idée.

Quelques secondes plus tard, sa réponse arrive. Il s'agit d'un cliché de leur table, également garnie à foison. J'agrandis et repère bien des crudités et des légumes, mais également des pommes de terre et plusieurs plats en sauce. Le texte qui suit me donne le sourire.

June : Pas de restriction à Thanksgiving !

Je lui réponds avec la photo que j'avais prévue au départ en lui promettant d'aller courir avec elle dès qu'elle reviendra à Palisades Park. Par politesse, et surtout eu égard à la bonne éducation que m'a donnée ma mère, je range mon portable dans la poche de mon short avant de me servir généreusement.

— C'est dommage pour nous que June soit rentrée chez ses parents, lance ma mère entre deux bouchées de haricots verts.

Je ne réponds pas, car évoquer le départ de ma voisine me fait encore mal. Tout le monde m'a posé des questions à ce sujet. Sue, Ethan, et même Matthew. Ava m'a gratifié d'un regard de tueuse les premiers jours avant de s'adoucir.

J'imagine que sa meilleure amie lui a confié que nous étions en contact.

— Ça va entre vous ? insiste-t-elle, en me passant la purée de carotte car elle sait que j'adore ça. Je ne te sens pas dans ton assiette.

— Mouais... réponds-je sans affronter leurs regards inquisiteurs.

— Tu as envie d'en parler ?

— Pas forcément, mais j'imagine que ça ne peut pas me faire de mal.

William et ma mère cessent de manger tant ils semblent surpris que je sois prêt à me livrer.

Je crois que mon problème commence par le fait que je n'aborde jamais le sujet de mes cicatrices. Comme si j'en avais honte. Or, les paroles de ma mère me reviennent en mémoire : elles sont le signe visible de ma dévotion à mon métier, à la communauté de Los Angeles. Il faut que je m'en persuade et que je les assume.

— Continuez à manger sinon je ne vous dirai rien, grogné-je faussement pour alléger l'atmosphère.

Ils me sourient tous les deux avant de continuer à vider leur assiette. Je prends le temps de mâcher un morceau de viande pour réfléchir à mes mots.

— Ma relation avec June est en sursis...

— Pour quelles raisons ? cherche à savoir ma mère.

— Mes cicatrices.

Je la vois se redresser sur sa chaise et resserrer sa main autour de son couteau.

— Comment ça ? Si elle a un problème avec ça, elle n'est pas la fille que je pensais ! crache-t-elle, déjà prête à sauter à la gorge de la pauvre June.

— Du calme, maman, réponds-je en riant. Range ton canif. June a bien un souci avec mes cicatrices, mais pas celui que tu crois.

Je suis gêné d'évoquer mes difficultés durant l'intimité auprès de ma mère et de William, mais j'en ressens également le besoin. Je ne dois pas garder ça pour moi si je veux avancer.

— Je crois que je comprends, finit par déclarer ma mère. Tu ne les lui as toujours pas montrées, je me trompe ?

Je secoue la tête de gauche à droite pour lui confirmer qu'elle a vu juste.

— Derek, soupire-t-elle, tu ne peux pas construire une relation saine si tu te caches.

— Je sais, mais ce n'est pas facile pour autant.

Je leur raconte rapidement ce qui est arrivé à l'hôpital. Comment j'ai merdé dans les grandes largeurs.

— Est-ce que je peux me permettre de te donner mon avis ? me demande William qui était resté silencieux jusqu'à présent.

— Je t'en prie, lui accordé-je, car je sais que c'est un homme réfléchi.

— J'ai perdu ma femme des suites d'un cancer généralisé, nous explique-t-il d'une voix un peu chevrotante. Il s'est d'abord déclaré au sein, puis s'est étendu. Elle a dû subir une mastectomie, ce qui a été une étape très difficile pour elle. Elle ne supportait plus son corps. J'ai dû lutter avec elle pour qu'elle me laisse la voir durant notre intimité. Je l'ai aidée à s'aimer de nouveau en l'aimant moi-même encore plus qu'avant. Tu ne peux pas demander à une personne qui t'aime de te laisser souffrir tout seul dans un coin. June a envie d'être là pour toi, et si tu le lui refuses, c'est comme si tu minimisais l'importance de ce qu'il y a entre vous.

Il marque une pause, le regard perdu dans le vide, avant de poursuivre :

— Ce que j'essaie de te dire, c'est que je suis convaincu que l'amour guérit toutes les blessures. Oublie ta peur pour te concentrer sur tes sentiments pour June et je suis certain que tu ne craindras plus de t'exposer à son regard. Parce que tu te verras à travers ses yeux, en quelque sorte.

Les paroles de William agissent comme un électrochoc. Comment June peut-elle se rendre compte de la place qu'elle a prise dans ma vie si je la laisse chaque fois sur le bas-côté ?

Je dois utiliser la puissance de mes sentiments pour balayer mes appréhensions. Et après avoir cru la perdre, je sais que mon amour pour elle est plus fort que tout. Une idée émerge dans mon esprit pour le lui prouver. Demain, June ne doutera plus.

49

JUNE CAMPBELL

Revoir les palmiers et le soleil de Santa Monica apaise un peu ma tristesse d'avoir quitté mes parents. Les retrouver m'a fait un bien fou. Je vais tout mettre en œuvre pour qu'ils viennent bientôt passer quelques jours à Palisades Park. J'ai hâte qu'ils puissent rencontrer tout le monde, et notamment Derek, bien évidemment.

Ne plus passer de temps avec lui, dormir seule chaque nuit, ne plus l'avoir sur le dos lors de mes séances de sport ni le regarder me préparer un plat équilibré, ne plus profiter de son corps chaud, de ses lèvres sur mon corps, c'est un vrai supplice.

J'avance sur le parking de l'aéroport pour emprunter la navette qui conduit jusqu'au centre-ville, mais j'aperçois Derek venir dans ma direction. Je me mordille la lèvre inférieure pour cacher l'effet qu'il me fait. Il ne me laisse pas le temps de prononcer un mot. Une de ses mains se glisse derrière ma nuque tandis que l'autre s'enroule autour de ma taille. Sa bouche fond sur la mienne et il m'embrasse comme si j'étais son oxygène. Je lâche ma valise et agrippe le tissu de son polo pour rester debout tant son baiser fait flageoler mes jambes.

Lorsqu'il se détache de moi, il pose son front contre le mien, les yeux fermés.

— Ne pars plus jamais comme ça, murmure-t-il tout en prenant mon visage en coupe. Je te le jure, June, je ne peux plus me passer de toi dans ma vie.

Je sens mon cœur bondir dans ma poitrine en entendant ses mots. Ils résonnent agréablement à mes oreilles. Toutefois, je sais qu'il compense son incapacité à s'exposer par des paroles. Et je vais avoir besoin qu'il fasse quelque chose de plus concret pour apaiser la difficulté que j'ai à ne pas tout connaître de lui.

Voyant que je ne réponds pas, il se recule un peu et semble rassuré par mon sourire.

— C'est gentil d'être venu me chercher.

— C'est Ava qui m'a dit à quelle heure atterrissait ton avion, m'explique-t-il en prenant mon bagage. Est-ce que tu as quelque chose à faire ou je peux t'emmener quelque part ?

— Ça dépend, dis-je curieuse de savoir ce qu'il a en tête, où allons-nous ?

— C'est une surprise.

L'air nonchalant qu'il prend en prononçant cette phrase ne me trompe pas. Son front s'est plissé et il m'a semblé hésitant, ce qui attise encore plus mon intérêt.

— Dans ce cas, je te suis.

Durant le trajet, Derek prend des nouvelles de mes parents.

— Tu pourrais au moins me donner un indice sur la destination, essayé-je de grappiller des informations alors que nous nous dirigeons vers Los Angeles.

— Aucune chance, m'arrête-t-il tout de suite en riant de la grimace que j'affiche.

Je n'ai aucune idée de ce qu'il mijote et ça me rend fébrile. J'espère que nous serons vite arrivés afin que je sois fixée.

Après une vingtaine de minutes, il se gare dans une rue passante. Je ne connais pas le quartier, mais ça a l'air branché vu les nombreux bars et restaurants aux alentours. Nous sortons de son véhicule et Derek prend ma main dans la sienne avant de m'attirer à sa suite sur le trottoir. Il a la peau moite, mais il paraît sûr de lui. J'observe chaque boutique qui défile devant moi et je suis bouche bée lorsqu'il s'arrête devant un salon de tatouage.

— Qu'est-ce qu'on fabrique ici ? le questionné-je, effrayée. C'est le moment où je te confie qu'en plus du feu j'ai un petit problème avec les aiguilles ?

— Ne t'inquiète pas, c'est pour moi, me rassure-t-il en me prenant dans ses bras. Je voudrais que tu m'aides à choisir le dessin que je vais faire encrer sur mon torse, juste au-dessus de mes cicatrices.

J'en ai le souffle coupé. Je ne m'attendais clairement pas à ça.

— Je veux que le tatouage te plaise à toi aussi parce que tu l'auras sous les yeux chaque fois que je me pavanerai devant toi pour te faire rire et chaque fois qu'on fera l'amour, c'est-à-dire très souvent, reprend-il afin que je comprenne bien ce qu'il projette de faire.

Je pouffe, émue et le cœur chamboulé. Il fait ce que j'attendais. Il me prouve par cet acte qu'il va passer le cap et se livrer à moi entièrement.

— Derek, un tatouage, c'est définitif. Tu n'as pas besoin d'aller jusque-là pour nous.

— J'aurais dû y penser depuis longtemps. Seulement j'étais tellement occupé à me morfondre à ce sujet que je n'ai même pas pensé que j'avais la possibilité de reléguer mes cicatrices au second plan et de les embellir par la même occasion.

Je jette un œil à la vitrine, et, si j'ignore à quoi doit ressembler un décor de salon de tatouage, celui-ci semble bien rangé, vu d'ici. Il y a plusieurs personnes à l'intérieur, j'imagine que c'est bon signe.

— Tu es sûr de l'endroit ?

— Il m'a été recommandé par le patron de la salle de sport. Tu sais, le type tatoué de la tête aux pieds.

Je vois très bien de qui il parle. Il faudrait être aveugle pour ne pas le remarquer tellement il est charismatique.

— Je pense qu'on peut y aller les yeux fermés, dans ce cas.

Nous pénétrons à l'intérieur et Derek se présente à l'accueil. Le patron nous installe dans un coin de la pièce un peu en retrait où sont disposés des fauteuils et une table basse.

— Merci encore de me recevoir aussi vite.

— Julian est un ami. Il m'avait prévenu que tu appellerais. Il n'y a aucun problème. Tu m'as dit au téléphone que tu avais une idée de dessin en tête. Tu peux m'en dire plus ?

— Dans la vie, je suis pompier, et mon métier, c'est toute ma vie.

— OK.

— J'aimerais bien avoir des flammes dans de belles nuances d'orange et de rouge.

— Tu sais déjà à quel endroit tu les veux ?

— Ouais, sur le ventre. J'ai des cicatrices qui partent de mon abdomen et qui remontent le long de mes côtes. J'aimerais qu'on les mette juste au-dessus.

— Je peux te demander de voir tes marques, s'il te plaît ? Pour déterminer la taille du dessin que je peux te faire.

— Elles ne sont pas très belles à voir, prévient-il le tatoueur.

— Aucun souci, mec.

Je ravale ma salive dans l'expectative de ce qui va suivre.

Derek se lève et marque un petit temps d'arrêt. La tension qui émane de lui est palpable. J'attrape le bout de ses doigts tout en restant assise et l'encourage d'une légère pression.

Je le sens retenir sa respiration, puis il soulève son tee-shirt en restant dos à moi. Il est crispé à l'extrême tandis que le tatoueur semble mesurer d'un simple regard l'étendue de la surface sur laquelle il pourra intervenir.

— C'est bon. Merci, mec. Tu t'es fait ça en mission ?

— Ouais, acquiesce-t-il sans entrer dans les détails avant de se rasseoir à mes côtés. J'ai encore un élément que j'aimerais ajouter au dessin, précise-t-il au tatoueur.

— Je t'écoute.

Derek entrelace nos doigts et s'agrippe fermement à moi.

— Je voudrais qu'au milieu de ces flammes il y ait une silhouette féminine. L'idéal serait que les flammes donnent l'illusion d'être ses cheveux.

Le tatoueur esquisse un sourire en m'observant tandis que je dois rougir comme de la braise.

— Un peu comme cette jeune femme à la crinière de feu.

— C'est ça, confirme Derek alors que je broie ses doigts entre les miens.

Il oriente son visage vers moi et je lui fais les gros yeux.

— Tu ne peux pas me tatouer sur ton torse, voyons !

— Pourquoi pas ?

— Mais parce qu'on ne sait pas de quoi demain sera fait, m'emporté-je. Tu es complètement fou, ma parole !

— Je suis fou, oui, de toi, June. Je vais laisser cette histoire de cicatrices derrière moi et comme c'est toi qui m'as permis de tourner la page, je veux le graver en moi à jamais.

Une larme que je n'ai même pas sentie venir coule le long de ma joue. Je l'essuie aussitôt parce que je suis heureuse et qu'il n'y a aucune raison que je pleure.

J'interpelle à mon tour le tatoueur qui ne sait plus où se mettre.

— Est-ce qu'il est possible d'ajouter un tatouage pour moi ?

— Si je dois dessiner ce type baraqué, ça va être compliqué, blague-t-il en pointant Derek du doigt.

— Non, dis-je en riant. Je voudrais une flamme toute simple juste derrière l'oreille, dans les mêmes couleurs que ce que vous allez faire.

— Aucun souci pour ça. On fixe un rendez-vous pour dans deux semaines, ça vous va ? Ça me laisse le temps de préparer les esquisses.

Nous hochons la tête et le suivons jusqu'à son bureau à l'accueil.

Une fois le rendez-vous pris, nous sortons du salon main dans la main.

— Tu n'as pas besoin de faire ça, tu sais, me lance Derek alors que nous avançons vers sa voiture.

— Je sais, mais quelque chose me dit que tu vas aimer voir cette marque sur ma peau chaque fois que tu viendras me susurrer des mots salaces à l'oreille.

Il part dans un éclat de rire, et en le voyant ainsi, détendu, alors qu'il vient d'exhiber son torse à un inconnu, je me félicite d'avoir su prendre le recul nécessaire pour comprendre que je devais encore lui accorder du temps.

J'ignore si je devrai attendre le jour du tatouage pour voir ses cicatrices pour la première fois ou s'il me les montrera avant, mais ça n'a plus d'importance. Je sais qu'il est déterminé à le faire sous peu et ça me suffit. Ce simple rendez-vous est la preuve qu'il m'aime, sans qu'il ait besoin de le dire.

50

DEREK HARMON

Avoir sa main dans la mienne, m'enivrer de nouveau de son parfum, sentir la douceur de ses cheveux, entendre le son de sa voix, voilà ce qui m'a permis d'oublier toutes mes inhibitions.

Ces deux semaines que June a passées à Salt Lake City ont été un supplice et m'ont permis d'ouvrir les yeux. Je suis prêt à tout pour la garder près de moi et je veux qu'elle soit heureuse à mes côtés.

J'ai toujours voulu me faire tatouer, mais ma mère m'en a dissuadé pendant des années. Je n'arrive toujours pas à comprendre pourquoi je n'y ai pas pensé plus tôt. Peut-être parce que je ne savais pas encore ce que j'aurais voulu comme dessin. Aujourd'hui, tout est clair dans mon esprit. June possède mon cœur et je l'ai dans la peau. Elle est celle qui allume et alimente mon feu intérieur. Je ne veux plus jamais qu'elle doute de mes sentiments. C'est elle et aucune autre.

Lorsque nous arrivons à Palisades Park, je gare ma voiture dans le parking et nous traversons le jardin.

— Oh ! June, tu es rentrée, se réjouit Harper qui se prélasse sur un transat au bord de la piscine. Je voulais justement te parler d'un truc.

— On n'a pas le temps ! la coupé-je sans relâcher ma prise autour de la main de June.

— Désolée, s'excuse June en accélérant le pas pour suivre mon rythme.

Je ne perds pas de temps et nous isole dans mon appartement avant qu'un autre de nos voisins ne nous interrompe. À croire qu'on ne peut jamais être tranquille dans cette résidence !

J'emmène June jusqu'à ma chambre et la fais basculer sur le matelas. Je la surplombe de tout mon corps et elle passe aussitôt ses bras derrière ma nuque.

— Je t'aime, lui confié-je ce que j'ai compris alors qu'elle sortait de cette chambre d'hôpital en me détestant.

— Je sais, me répond-elle avec ce petit air espiègle qui m'agaçait quand on se tirait dans les pattes et que j'adore maintenant. Et je t'aime aussi.

Je picore sa bouche puis dévie le long de sa mâchoire jusque dans son cou. Je mordille son oreille derrière laquelle il y aura bientôt le symbole de notre amour.

— Retire-moi mon haut, lui demandé-je avant de reprendre mes légères morsures.

Elle patiente quelques secondes, comme pour me laisser le temps d'être sûr de ma décision, puis je sens ses mains se faufiler sous le tissu et remonter le long de mes flancs. Elle ne s'arrête pas lorsqu'elle effleure les premières boursouflures et continue jusqu'à mes pectoraux.

Ses doigts se baladent plusieurs minutes ainsi sur mon torse. Elle le découvre par le toucher et en trace chaque contour. Ses caresses apaisent mes appréhensions. Parce que j'ai beau être prêt à le faire, une infime partie de moi craint tout de même sa réaction.

June doit déceler mon impatience à travers mes baisers enfiévrés car, enfin, elle agrippe le bas de mon tee-shirt et le fait passer par-dessus ma tête.

— Je t'aime, me répète-t-elle tandis que le vêtement atterrit au sol.

Elle ne baisse pas le regard pour voir l'étendue des dégâts. Ça lui importe peu. Voilà ce que j'ai mis tant de temps à comprendre.

Pris par la frénésie de pouvoir enfin lui faire l'amour sans la barrière du tissu, je la dévêts avec empressement et unis nos deux corps après m'être protégé.

— Putain, June, soufflé-je en m'enfonçant au creux de sa féminité, faut qu'on aille se faire dépister parce que je ne veux plus rien entre toi et moi.

Sous l'intensité de mes assauts, elle ne parvient même pas à me répondre. Ses gémissements ajoutés à ses mains posées sur ma taille, qui me somment d'aller plus vite et plus loin, me font perdre pied avec elle. Plus aucune pensée cohérente ne traverse mon esprit. Juste ce besoin de la retrouver et de ne faire plus qu'un avec elle de nouveau.

Ses plaintes se transforment en cris tandis que l'orgasme nous cueille au même moment.

Essoufflé, je m'allonge à ses côtés. June vient aussitôt se blottir contre moi et pose son bras par-dessus mon ventre. Elle m'embrasse sur le menton et je répète son geste sur son front.

— Je suis complètement dingue de toi, murmuré-je.

Elle relève son visage pour poser ses lèvres sur les miennes. Notre baiser est doux. La tempête est derrière nous.

Je suis réveillé par les chatouillements des cheveux de June sur mon épaule. Mes paupières s'ouvrent dans l'obscurité de la chambre. Je la vois penchée au-dessus de moi. Ses lèvres parcourent mon cou. Elle embrasse mes pectoraux avec délicatesse, enroule sa langue autour de mes tétons en me décochant un sourire qui me donne immédiatement la trique.

Volontairement suave, elle glisse plus bas, pose sa bouche sur mon nombril et dévie sur mes cicatrices. Du bout de l'index, elle les parcourt, puis les parsème de baisers légers. Elle les chérit comme elle l'a déjà fait avec chaque parcelle de mon corps, ce qui me permet de me sentir bien dans ma peau. June me réconcilie avec mon corps. Elle apaise les tourments en moi qui me faisaient craindre le regard des autres.

— J'ai dû être un putain de bon samaritain dans une autre vie pour avoir la chance que tu aies croisé mon chemin dans celle-ci. Je ferais tout pour toi, June.

Elle remonte son visage pour ancrer son regard au mien :

— Tu as fait la seule chose que j'avais besoin que tu fasses, me répond-elle en jouant avec mes cheveux du bout des doigts.

— Je me suis senti comme au bord d'un précipice, mais je savais que si je ne vainquais pas ma peur, je te perdrais un jour ou l'autre. Alors j'ai sauté et tu m'as rattrapé avec tes caresses et tes baisers.

— Il n'y a rien qui puisse me détourner de toi. Encore moins un détail physique. Tu me plais car tu es une belle personne, à l'intérieur.

— Moi qui pensais que c'étaient mes prouesses sexuelles qui te faisaient craquer, lui lancé-je pour la faire rire et laisser définitivement ce sujet derrière nous.

— Aussi, pouffe-t-elle en empoignant mon membre.

Elle se met à le caresser et je ferme les yeux en sifflant de plaisir. Cette nana est la femme qu'il me fallait.

D'une main, je pars à la recherche d'un préservatif dans le tiroir de ma table de chevet quand un cri strident se met à résonner dans le couloir de l'immeuble. June cesse ses mouvements et se redresse pour tendre l'oreille.

— Rien à foutre, l'avertis-je. On finit ce qu'on a commencé, d'abord.

Elle ricane en secouant la tête avant de gémir quand ma langue vient laper un de ses tétons.

Des bruits de portes qui claquent se font entendre, suivis de plusieurs exclamations outrées.

— Je rêve ou tous nos voisins semblent être dans l'entrée ? se plaint June alors que j'enfile la protection.

— Tu crois qu'ils peuvent avoir remarqué la caméra ? me demandé-je tout à coup.

— C'est une possibilité, souffle-t-elle en glissant une main entre ses jambes.

Hypnotisé par le spectacle qu'elle m'offre, je ne bouge plus. Je cligne des yeux en priant pour ne pas rêver. Ouais, ma chieuse de voisine est bien là, dans ma piaule, nue et plus belle que jamais. Et non seulement elle m'accepte avec tous mes défauts, mais en plus elle m'aime.

J'amorce un geste pour la ramener contre moi et me perdre en elle, mais des voix supplémentaires se joignent au brouhaha derrière la porte.

— Attends-moi deux minutes, je vais les tuer et je reviens.

Elle rit alors que j'inverse nos positions et quitte le lit.

Je passe rapidement mon boxer et sors de la chambre.

— Derek ! crie-t-elle. Tu oublies ton tee-shirt.

Je reviens sur mes pas, choqué de n'y avoir même pas pensé. Je l'enfile et fonce disperser mes voisins bruyants. J'ouvre la porte comme Travis a l'habitude de le faire quand il est énervé et le choc de ce que je découvre me rend muet avant que je me mette à beugler :

— C'est quoi ce putain de bordel ?

June débarque, vêtue de son short et de son top, les cheveux en pagaille, sûrement alertée par mon cri. Elle écarquille les yeux en voyant le saccage de l'entrée. Le tapis est éventré, de la peinture rouge a été balancée sur les murs. L'odeur est encore très forte, signe que les dégâts sont récents. Mon pot de fleurs, où la caméra était installée, gît au sol et de la terre est renversée un peu partout.

J'aperçois June se baisser pour ramasser l'appareil un peu plus loin, l'air de rien.

Ethan et son mari ont une vive discussion avec Sharon. Ils n'en peuvent plus de ces dégradations. Comme nous tous.

Li et Matthew arrivent en catastrophe, accompagnés par Sue.

— Oh non ! s'exclame cette dernière. Vous aussi !

— Votre entrée a également été saccagée ? demande June à son amie.

Celle-ci hoche la tête et lui précise :

— Celle de Matthew aussi. La même chose : de la peinture partout et la décoration cassée.

— Il y en a plus qu'assez ! s'écrie Sue. Nous devons prendre des dispositions pour que ça s'arrête !

— Vous ne voulez toujours pas entendre parler de caméra ? lance Victoria Reyes en nous rejoignant plus furieuse que jamais.

Notre petite mamie semble prête à lui sauter à la gorge alors que je calme les choses :

— Ce n'est pas le moment de nous écharper. Je propose que chacun aide à nettoyer l'entrée de son immeuble et on se réunit tous ce soir pour trouver une solution. OK ?

Mes voisins hochent la tête, non sans échanger quelques regards venimeux pour certains.

— Je vais chercher mon aspirateur pour la terre, indiqué-je à Ethan et Sharon qui se mettent à ramasser les morceaux du pot cassé.

Suivi par June, je referme la porte derrière nous et la regarde avec un sourire machiavélique.

— Il est l'heure de démasquer le ou la coupable, lui dis-je en pointant du doigt la caméra espion qu'elle cache dans la paume de sa main.

51

JUNE CAMPBELL

Une fois de retour dans l'appartement de Derek, j'ai hâte de voir si son plan a fonctionné et si nous allons pouvoir démasquer qui commet toutes ces dégradations à Palisades Park. Ce soir, le fautif s'est vraiment surpassé. Ça ne peut plus durer.

— Je les rejoins avec l'aspirateur, m'informe un Derek en colère. Pendant ce temps, ouvre mon ordinateur et regarde les vidéos. Le coupable doit bien être visible sur l'une d'elles.

— Ça marche !

Je prends son PC et pars m'installer sur son canapé.

— Le mot de passe, c'est 911, m'informe-t-il avant de partir.

— T'es sérieux ?

— Je n'ai aucune mémoire.

— Si tu oublies celui-là, faudra t'inquiéter.

Il se marre en dépit de la situation et claque la porte derrière lui. Je l'entends vite s'affairer avec Ethan et Sharon.

Cette histoire de peinture sur les murs va nous coûter cher. Sauf si on démasque le fauteur de troubles grâce à mes petits bijoux de technologie.

Je repère le dossier où Derek stocke les enregistrements et clique sur le premier fichier. Il s'agit de la vidéo capturée dans l'immeuble de Matthew. Je reviens en arrière jusqu'à apercevoir ce que je cherche. À 4 h 30 du matin, un homme pénètre dans le hall et tout va très vite : il saccage les locaux avec une hargne qui me fait froid dans le dos. Malheureusement, il est de dos et porte une casquette. Qu'à cela ne tienne, je change de caméra et, cette fois-ci, il s'agit de notre immeuble. Je reconnais immédiatement le coupable. Il a été immortalisé de pleine face dès qu'il a posé un pied dans l'entrée.

Derek passe à nouveau la porte à ce moment-là.

— J'ai pu récupérer les caméras qu'on avait placées à l'extérieur et celle de l'immeuble de Matthew.

— Il manque celle dans celui de Li, m'inquiété-je, car elles ne m'appartiennent pas.

— Ne t'en fais pas pour ça, si on ne la retrouve pas, j'irai acheter le même modèle et tu pourras tout restituer au journal, me rassure-t-il. Alors, les images ont parlé ?

— Oui, et je n'aurais jamais parié sur cette personne. Je ne comprends pas ses motivations. C'est notre agent immobilier. Roy Bennett.

— Putain, il va regretter d'être né.

Il attrape son téléphone et l'appelle immédiatement. Quand sa mâchoire se serre, j'en déduis qu'il est tombé sur son répondeur.

— Roy, bonjour, c'est Derek Harmon de Palisades Park, dit-il d'une voix douce, pourriez-vous passer à la résidence ce soir, s'il vous plaît ? Pour 19 h 30, ça serait parfait. Je compte sur vous, merci.

Il raccroche, plus furieux encore qu'il y a quelques secondes.

— Je vais me le faire, fulmine-t-il en jetant son portable sur le canapé.

— Ouh la… On se calme, le tempéré-je.

— Je te jure, il vaut mieux qu'il ne se pointe pas là tout de suite, parce que je ne réponds plus de rien.

Je pose son ordinateur sur la table du salon et m'approche de lui. Je me hisse sur la pointe des pieds et noue mes bras autour de son cou.

— Va te calmer sous une douche et on avisera ensuite comment régler ce problème.

— J'aime assez ce programme, me dit-il d'une voix taquine en glissant ses mains sur mes fesses. Et tu vas m'y accompagner pour terminer ce qu'on avait sur le feu, sans mauvais jeu de mots.

Je crie quand il me fait basculer sur son épaule pour m'emporter dans le couloir jusqu'à la salle de bain.

Une fois dans la pièce exiguë, nous ne sommes plus que soupirs, caresses et baisers. J'ai fantasmé cette douche avec lui, et clairement, la réalité est bien au-dessus de mes attentes.

En fin de journée, les entrées ont toutes été balayées. Nous nous retrouvons comme prévu sur la terrasse extérieure avec tous les habitants de Palisades Park.

— Toi, tu as la tête de quelqu'un qui mijote quelque chose, me soupçonne Ava alors que je les rejoins Li et elle.

— Ouvrez grand les yeux, il va y avoir du spectacle, déclaré-je aux filles de façon exagérée.

— Est-ce que ça a un rapport avec la caméra que j'ai trouvée gisant au sol au milieu des débris de mon hall d'entrée ? me questionne Li avec un sourire complice aux lèvres.

— Je n'y crois pas ! Tu nous as filmés à notre insu, s'étonne ma meilleure amie.

— Je suis soulagée que ce soit toi qui l'aies trouvée ! dis-je à Li. Elles appartiennent au journal et je dois toutes les rendre.

— Toutes ? s'étrangle maintenant Ava, avant de faire profil bas pour ne pas attirer l'attention sur nous. Il y en avait combien au juste ?

— Cinq, avoué-je penaude. Une dans chaque entrée, une donnant sur le jardin et une autre sur le portail principal.

— Sue va te faire la peau, souffle Li en grimaçant. J'ai été ravie de te connaître.

— Même pas peur, rétorqué-je. Je laisse Derek prendre toute la responsabilité de l'opération.

Nous pouffons toutes les trois de rire.

— Mais ça signifie que vous savez qui est le coupable ? insiste Li pour être sûre.

Je hoche simplement la tête car j'aperçois son homme approcher. Matthew s'installe près de nous et assied Li sur ses genoux. Ils forment vraiment un beau couple tous les deux.

— Alors avec notre voisin chaud lapin, me murmure Ava discrètement, ça semble s'être arrangé…

Un large sourire étire mes lèvres alors que nous le détaillons toutes les deux en train de discuter avec Roy qui vient tout juste d'arriver.

— Oui, murmuré-je.

— Je suis contente pour toi, me dit-elle en glissant un bras sous le mien.

— Et toi ? Tu as définitivement abandonné la mission Travis ?

Le policier reste en retrait et attend visiblement que la réunion démarre. Il se contente d'un sourire crispé pour saluer chacun.

— Oui, il est trop… Enfin pas assez… Bref, j'en sais rien. Il est peu communicatif.

— C'est lui qui perd au change, crois-moi ! réconforté-je Ava.

Mon pompier nous empêche de continuer cette conversation. Il prend place devant nos voisins avant de parler d'une voix forte afin d'être entendu par tout le monde.

— J'aurais aimé qu'on se retrouve pour une autre raison que les nouvelles dégradations qui ont été commises très tôt ce matin. Tout comme vous, j'en ai plus qu'assez.

— Nous aurions dû surveiller les alentours chacun à notre tour pour que ça ne se reproduise plus, se plaint Sue qui ne décolère pas.

— Hélas, Sue, ce n'est pas possible pour tout le monde. Nous travaillons toute la journée et la plupart d'entre nous ont aussi des enfants à gérer…

— D'où l'idée de mettre des caméras… souffle Victoria Reyes, exaspérée.

Sue s'apprête visiblement à rétorquer quelque chose de désagréable, mais le regard de Derek l'en dissuade.

— J'ai demandé à Roy Bennett de venir. Vous le connaissez tous puisque c'est lui qui a eu en charge la vente de nos appartements.

Il invite Roy à le rejoindre au centre de la discussion, lequel ne se fait pas prier et avance avec un air professionnel scotché au visage.

On va te faire ravaler ta cravate, mon gars, tu n'es pas prêt !

— Je suis sincèrement navré pour tous les désagréments que vous rencontrez depuis vos emménagements. J'ai bien conscience que ce n'est pas agréable de savoir que tout cela a des répercussions sur vos charges et fait baisser la valeur de vos biens.

Derek l'observe, un air dangereux sur le visage. Il a envie de lui en coller une, j'en suis sûre.

— La bonne nouvelle, reprend-il la parole en arborant un large sourire car l'heure de la revanche est arrivée, c'est que je sais qui est le coupable.

Le visage de Roy se décompose une fraction de seconde, mais il redevient vite maître de lui-même.

— Eh bien, crache le morceau ! s'impatiente Sue.

— C'était quoi le plan, alors ? demande-t-il à l'agent immobilier sous les yeux de tous les habitants de Palisades Park. Faire baisser les prix pour vendre le dernier appartement plus facilement ? Vous touchez une commission auprès des entreprises que vous faites intervenir pour tout remettre en état ? Ou vous prenez juste un malin plaisir à nous faire chier ?

— J'ai bien peur de ne pas comprendre, répond l'agent immobilier en semblant confus et légèrement apeuré.

— Je vais vous éclairer tout de suite.

Je tends à Derek son ordinateur portable. Il l'ouvre et n'a plus qu'à cliquer sur la vidéo pour la lancer. Il surélève son écran afin que tout le monde puisse bien voir. C'est limpide. Sans l'ombre d'un doute sur l'identité de la personne qui s'introduit dans notre immeuble, malgré sa casquette. On distingue Roy jeter de la peinture sur les murs et renverser le pot de fleurs en déversant du terreau partout.

Derek met la vidéo sur pause. Des exclamations scandalisées résonnent parmi nos voisins. Nathan, le père de la petite Isabella, est proche de sauter à la gorge de monsieur Bennett, mais Travis, en bon policier, le calme aussi sec.

L'agent immobilier esquisse quelques pas en arrière par mesure de sécurité. Le visage baissé, il ne fait pas le fier. Il ose un regard vers Derek pour tenter de savoir à quelle sauce il va être mangé.

— Je ne vous voulais aucun mal, tente-t-il de se défendre. J'aime cette résidence. J'ai participé à son élaboration. Je l'ai vue sortir de terre. Vous êtes tous sympathiques et vous vous entendez tellement bien. J'avais simplement envie de pouvoir y vivre, moi aussi, mais je n'en avais pas les moyens. C'était juste une façon de diminuer la valeur marchande de Palisades Park afin que je puisse y acheter un appartement. Tout serait rentré dans l'ordre ensuite et la valeur serait vite remontée. Vous n'auriez rien perdu sur le long terme, je vous le jure.

— Vous avez conscience que si nous portons plainte, nous sommes en position de vous demander des dommages et intérêts en plus de rembourser tous les travaux qu'il a été nécessaire d'entreprendre ? lui demande un Travis un peu trop calme à mon goût, les bras croisés sur sa poitrine.

— On peut surtout le faire virer ! s'écrie Matthew qui me paraît bien remonté lui aussi.

— Je prendrai tous les frais à ma charge, mais s'il vous plaît, ne me faites pas perdre mon emploi.

— Il fallait y penser avant, lui rétorque Sue en l'assassinant du regard.

— Non mais quel toupet ! ajoute Sharon, encore toute chamboulée par ces révélations.

— J'ai une fille de cinq ans dont j'ai la garde car sa mère a mis les voiles sans laisser d'adresse. Je ne peux pas perdre mon travail, s'il vous plaît. Je comprends votre rancœur, mais acceptez que nous réglions ça entre nous. Je rembourserai jusqu'au dernier centime, vous avez ma parole.

Je sens mon cœur se serrer face à son ton suppliant. Je peux comprendre qu'il ait eu envie de vivre ici. Surtout avec une petite fille qui aurait pu se faire plein de copains.

— Je vous propose de voter, interpellé-je mes voisins en me levant. On peut donner une semaine à Roy pour remettre en état les trois entrées. Nous ferons le point sur toutes les dépenses occasionnées et lui laisserons un délai de… disons trois mois pour nous rembourser. Après ce délai, si les engagements ne sont pas tenus, nous le dénoncerons à son patron.

— Pourquoi nous lui ferions une fleur ? m'interroge Ethan, pas convaincu.

— Parce que nous sommes les gentils ?

Il sourit de ma remarque naïve et je lui rends l'expression comme pour lui confirmer que j'assume pleinement mes propos.

— Je suis d'accord, dit-il alors, soutenu par son mari.

— Je vote pour aussi, lancent Li et Ava de concert.

— J'aurais voté contre, mais j'ai appris ces dernières semaines que ma copine avait plus souvent raison que moi, donc je la suis, vote Matthew. En revanche, vous vous débrouillez comme vous voulez, mais je ne veux plus vous voir ici. Faites-vous remplacer par un collègue.

Roy ne bronche pas et n'ose même pas affronter nos regards. Nathan et son épouse préféreraient le dénoncer sur-le-champ et laisser son employeur se débrouiller pour les dépenses.

— La caméra n'a filmé que ses dernières dégradations. Ils pourront donc tout à fait nous dire que nous n'avons pas de preuves pour celles qui ont déjà eu lieu et ils ne nous les rembourseront pas, contre-attaqué-je.

Petit à petit, chacun prend position. Et finalement, la solution que j'ai proposée l'emporte.

— Je vous préviens, maintenant que la décision a été prise, si je ne vous vois pas, vous ou une entreprise, à l'œuvre dès demain matin pour effacer vos conneries, je vous balance, menace Derek.

— Vous avez ma parole, lui jure-t-il en se ratatinant face à mon pompier.

Travis s'approche de nous et s'adresse à Roy :

— Vous risqueriez également gros auprès d'un tribunal pour toutes ces dégradations. Je vous déconseille de revenir sur vos engagements. Si c'est le cas, je saurai où vous trouver. Dégagez, maintenant, avant qu'on ne change d'avis.

L'agent immobilier ne demande pas son reste et file d'un pas pressé vers la sortie.

Derek s'adresse aussitôt à tous nos voisins :

— Je tiens à vous présenter mes excuses pour ces caméras cachées dans vos immeubles à votre insu. Vous avez des raisons valables d'être furieux, mais je voulais juste en finir une bonne fois pour toutes avec ce problème.

Globalement, les résidents de Palisades Park ne semblent pas lui en tenir rigueur. Ils sont trop soulagés de savoir que tous ces soucis sont désormais derrière nous. Mis à part Sue, bien entendu.

— Tu sais que je pourrais porter plainte contre toi ? le menace-t-elle en le pointant du doigt.

— Allez, Sue, lui lance-t-il en déployant tout son charme, pensez à la sérénité que vous allez retrouver.

— Tu as de la chance que je ne veuille pas priver cette ville d'un de ses valeureux pompiers ! vocifère-t-elle en lui souriant tout de même.

Le reste des voisins se disperse en petits groupes. Chacun y va de son petit commentaire sur les révélations.

— Remontre-moi cette vidéo, demande Travis. J'ai rien vu d'où j'étais.

Derek revient un peu en arrière et appuie sur *play*. Nous regardons à nouveau Roy s'en donner à cœur joie. Une fois qu'il sort de l'entrée, Derek s'apprête à couper, mais Travis l'en empêche.

— Attends, c'est quoi ce bordel, là ?

Avec Ava et Li, nous nous approchons de l'écran pour voir ce qu'il pointe du doigt au fond de l'image sur la droite.

— C'est la porte de l'appartement voisin au mien, précise Derek.

— Mais regarde, elle s'entrouvre.

Et en effet, sous nos yeux incrédules, la porte de l'appartement qui est censé être vide s'ouvre, et nous apercevons une silhouette sortir la tête par l'embrasure. Celle-ci est cependant rendue méconnaissable par l'obscurité ambiante et l'éloignement de la caméra.

— Putain, il y a bien quelqu'un qui vit là, alors ? s'exclame Matthew, choqué.

— Croyez-moi, qui que ce soit, il va m'ouvrir ! jure un Travis contrarié. Et s'il ne le fait pas, je me charge moi-même de défoncer la porte.

— Je me trompe peut-être, mais ça s'appelle entrer par effraction, lui signale Ava.

Travis la jauge d'un regard à faire trembler les murs, mais c'est mal la connaître s'il pense l'impressionner. Elle ne baissera pas les yeux.

— Qu'est-ce que ça peut bien nous faire après tout s'il y a quelqu'un ? l'interroge Sue.

— Je préfère savoir à qui j'ai affaire, lui répond le policier. Si j'ai comme voisin un type louche, je tiens à l'avoir à l'œil.

— La notion de vie privée, ça vous dit quelque chose ? le tacle la résidente la plus âgée de Palisades Park sans se démonter face à son regard assassin.

— Garder les volets fermés de jour comme de nuit et ne jamais sortir, avouez que c'est bizarre, tout de même, interviens-je, ma curiosité piquée au vif.

D'un autre côté, n'était-ce pas moi qui m'offusquais de l'attitude de mon collègue Drew et d'Harper avec cette Amaia en arguant que chacun a le droit à son intimité ?

— Chacun vit bien comme il l'entend. Si une personne loge à côté de chez Derek, elle n'a causé aucun souci jusqu'ici, alors pourquoi l'obliger à se présenter ? insiste Sue.

— Peut-être qu'il ou elle souffre d'agoraphobie, propose Ava.

— Il ou elle me parlera à travers la porte, dans ce cas, lui rétorque Travis en tournant déjà les talons après avoir demandé à Derek et Matthew de le suivre.

Nous laissons les garçons aller frapper à la porte de l'inconnu mystère. Li observe Ava, un sourire aux lèvres, mais Sue la devance :

— C'est moi ou y'a un truc érotique entre Travis et toi ?

— Tous aux abris quand ça va exploser, m'exclamé-je en mimant l'impact d'une bombe.

— Il n'y en a pas une pour rattraper l'autre, râle Ava avec le sourire aux lèvres.

— Dire que j'avais parié que tu serais la première à te caser, souffle Sue à notre fleuriste. Mais à ma décharge, je n'avais pas encore rencontré le spécimen Travis. Je te souhaite bien du courage avec lui.

Notre doyenne n'attend pas de réponse et rentre chez elle. Nous échangeons un regard toutes les trois avant de rire. *Sacrée Sue !*

— Tequila ? s'exclame Li.

Nous ne nous faisons pas prier et la suivons jusqu'à chez elle.

52

DEREK HARMON

— À quelle heure ont-ils prévu d'arriver, déjà ? me questionne ma mère en posant le dernier plateau d'apéritifs sur la table.

— D'un instant à l'autre.

Woofy attaque une nouvelle fois le sapin de Noël installé dans la maison de famille de William. Affublé d'un manteau de père Noël, il est à croquer, selon ma mère.

Comme nous serons nombreux autour de la table, le commandant a proposé de célébrer les fêtes chez lui. Ni June ni moi n'avons assez d'espace chez nous pour recevoir tout ce monde.

Si j'abattais le mur entre mon appartement et celui d'à côté, ça aurait pu être envisageable, mais nous ignorons toujours si quelqu'un y vit. Nous avons eu beau frapper à la porte le soir même de la découverte de la vidéo, personne n'a ouvert.

Travis est bien décidé à lever le mystère autour de cette histoire. Il souhaite surtout s'assurer qu'il ne s'agit pas d'un psychopathe. De mon côté, j'ai déjà assez donné avec les dégradations, que Roy commence bien à rembourser sur le compte de la copropriété. Je laisse donc mon ami policier gérer ce souci-là.

William semble heureux de l'agitation qui anime de nouveau sa maison. Tradition oblige, ma mère et lui ont passé leur journée en cuisine pour que tout soit prêt. Les odeurs me mettent en appétit, je vais manger comme un ogre. Comme dirait June, « pas de restriction pour Noël » !

Ses parents ont fait le déplacement depuis Salt Lake City, et je suis ravi à l'idée d'enfin les rencontrer. Ils resteront ensuite pour une semaine, jusqu'au Nouvel An.

Je vérifie une dernière fois que tous les cadeaux sont bien sous le sapin quand la sonnette se met à carillonner.

— June, tu es ravissante, s'exclame William en ouvrant la porte.

Elle fait son entrée dans une robe rouge près du corps qui lui va à merveille.

— Merci William, je vous présente mes parents : Elizabeth et Patrick.

— Enchanté de faire votre connaissance. Je suis le compagnon de Paula, la mère de Derek.

— C'est un plaisir partagé, lui répond la mère de June.

— Et le commandant de la caserne de pompiers, si j'ai bien tout suivi, ajoute son père.

— C'est exact.

Ma mère les rejoint après avoir ôté son tablier. Mon cœur se remplit d'un sentiment de gratitude en les voyant tous heureux de faire connaissance. Je n'aurais pas pu espérer meilleur Noël que celui que je m'apprête à vivre.

Je sors de ma béatitude et m'avance à mon tour. Je décoche un sourire à June pour lui faire comprendre que sa tenue ne me laisse pas indifférent. J'adore être à l'origine du rouge qui s'étale alors sur ses joues et dans son cou.

— Maman, papa, je vous présente enfin Derek en chair et en os, plaisante-t-elle.

— C'est un plaisir de pouvoir enfin vous serrer la main, affirmé-je, moins sûr de moi que je ne le pensais.

Patrick accepte ma poigne et me surprend en m'attirant contre lui. Je comprends sa mascarade quand il m'avertit à l'oreille :

— Ma fille est ce que j'ai de plus cher au monde. Si tu lui fais le moindre mal, aussi baraqué que tu sois, je te refais le portrait, compris ?

Putain, je ne m'attendais pas à celle-là ! Il paraissait si calme et presque discret lors des quelques visios que nous avons faites. Il cache bien son jeu.

Je sors de ma stupeur et le rassure :

— Vous n'avez aucune raison de vous inquiéter à ce sujet.

— Dans ce cas, je sens que nous allons bien nous entendre ! s'exclame-t-il en me relâchant et en me donnant une frappe étonnamment puissante dans le dos.

À quelques mètres de là, June a une main posée sur la bouche pour se retenir de rire.

J'embrasse sa mère sur les deux joues et lui exprime à quel point ça me fait plaisir qu'ils aient pu faire le déplacement jusqu'ici pour les fêtes.

Alors que William et ma mère proposent une coupe de champagne, June s'accroche à mon bras.

— Qu'est-ce que t'a dit mon père ? me demande-t-elle en ayant du mal à garder son sérieux.

— Qu'il allait me casser la gueule si je ne me comportais pas bien avec toi, lui avoué-je avec un air horrifié. Je ne m'attendais pas à ça de sa part.

L'hilarité de June augmente d'un cran.

— Je n'arrive pas à croire qu'il l'ait fait, s'exclame-t-elle sans parvenir à se ressaisir.

— De quoi ?

— Dans la voiture, il m'a demandé ce qu'il était censé faire ou dire en tant que père au moment où vous vous rencontreriez pour la première fois. Je lui ai dit de te menacer de représailles si tu ne te montrais pas gentil avec moi.

— Mais ça va pas, non ! l'engueulé-je pour la forme.

— Dans les films que je regardais adolescente, ça arrivait souvent et je m'imaginais vivre cette scène. Je n'ai pas su résister à l'occasion qui se présentait.

— Si c'était pour réaliser un de tes rêves, ça me va. Je compte bien faire en sorte qu'ils deviennent tous réalité.

— Mais c'est que tu deviens romantique !

— C'est le cul d'enfer que te fait cette robe qui me court-circuite le cerveau, lui glissé-je en me mordant la lèvre inférieure.

— Dans ce cas, j'imagine qu'il est préférable que je ne te révèle pas que je n'ai rien mis en dessous ?

J'accroche son regard. *Putain, elle ne ment pas !* Cette nana me rend complètement fou.

— June, articulé-je, les dents serrées. Je ne vais pas pouvoir me tenir correctement sans avoir assouvi les idées que tu viens de faire émerger dans ma tête.

Elle me sourit et mime un baiser avant de s'avancer dans la salle à manger où les verres de champagne vont être servis.

— On va monter vos valises à l'étage, s'écrie-t-elle à l'attention de ses parents et de William et ma mère.

— Oh ! Merci ma puce, c'est adorable, lui répond sa mère. Et merci encore à vous, William, de nous loger pour ces quelques jours.

Je n'écoute déjà plus leur conversation et emboîte le pas à June en emportant les deux bagages.

Elle ouvre la porte de notre chambre pour la soirée et me laisse entrer le premier avec une lueur espiègle dans les yeux. Le battant aussitôt refermé, je fonds sur elle et remonte le tissu de sa robe jusqu'à sa taille. Nos bouches se dévorent comme si elles ne s'étaient pas quittées il y a à peine deux heures. June déboucle la ceinture de mon pantalon et dégage mon sexe de mon boxer.

— Va falloir qu'on soit rapides, lui murmuré-je entre deux baisers.

Elle me pousse un peu et se tourne dos à moi, les mains plaquées sur le bois en courbant sa chute de reins dans une invitation que je ne refuserai jamais.

J'aurais dû comprendre dès notre première rencontre qu'il était vain de lutter et que June, avec sa fougue et son tempérament de feu, me mettrait à genoux.

ÉPILOGUE

JUNE CAMPBELL

Je pousse un râle de souffrance tout en soulevant cette énorme roue de tracteur. *Pourquoi est-ce que j'ai suivi Derek dans cette nouvelle lubie ? Et dire qu'après je dois enchaîner sur une série de burpees ! Je vais décéder, c'est certain.*

— Tu peux le faire, bébé, c'est dans ta tête que ça se joue, me lance-t-il, à mes côtés, en plein poirier, pour effectuer des pompes.

Les exercices que nous donne Calvin Cooper sont tous plus tordus les uns que les autres. Mais il faut bien avouer que depuis deux mois et notre inscription à son cours, les résultats sont là. En réalité, j'adore venir ici et partager ça avec Derek.

Ce fichu pneu s'échoue enfin de l'autre côté et je peux passer à l'étape suivante. Sur mon tapis de sol, je m'allonge, effectue une pompe et me redresse pour sauter sur place. J'enchaîne ainsi une série de quinze répétitions.

Le regard de mon pompier m'encourage à ne pas baisser les bras et à aller au bout de moi-même. De son côté, il passe aux *dips* entre les deux barres prévues à cet effet. En dépit de la présence des autres adhérents, il est torse nu dans la salle. Des gouttes de sueur dévalent sur ses pectoraux et s'échouent sur le tatouage qui me représente. Depuis qu'il n'a plus besoin de le garder protégé et à l'abri du soleil, il l'exhibe dès qu'il le peut. Il aime quand les gens comprennent qu'il me représente. Et je dois bien avouer que moi aussi. Il m'a dans la peau, comme il aime le répéter.

À la fin de notre training, nous filons chacun de notre côté pour nous doucher. Calvin veille à ce que personne ne se trompe de vestiaire, comme s'il devinait qu'on trouverait encore de l'énergie pour une touche torride. Il doit avoir les idées aussi mal placées que nous.

— Je te préviens, demain tu vas devoir me masser les jambes, lancé-je à mon pompier une fois dans sa voiture. Je pressens des courbatures de malade.

— Tu sais, moi, dès qu'il s'agit de te toucher, je suis partant.

Je pouffe en le couvant d'un regard énamouré. Je ne peux pas m'empêcher d'être transie d'amour dès que nos yeux se croisent. Sa main droite se pose dans mon cou. Comme depuis que j'ai cette flamme encrée sur ma peau, son pouce vient la caresser. Je glisse mon visage dans sa paume avant de me coller contre lui.

— Tu vas vraiment suivre Harper, alors, la semaine prochaine ?

— Oui, lui réponds-je. Elle a su convaincre mon patron que le contenu serait intéressant et que ça amènerait tous ses abonnés sur le site de notre journal.

— Ne le prends pas mal, mais en quoi es-tu utile puisqu'elle se filme elle-même à longueur de journée ?

— Tout l'intérêt, c'est que je le fasse dans tous les moments qu'elle ne partage pas, justement. Montrer la vie qu'elle mène une fois son téléphone coupé.

— Avoue que suivre la caserne, c'était quand même plus palpitant.

— Un peu trop, même, le taquiné-je.

Un message arrive sur son téléphone. Je le déverrouille à sa place puisqu'il conduit.

— C'est Luis, le bébé est né dans la nuit ! m'écrié-je, heureuse pour nos amis.

— C'est génial.

— Il dit que tout s'est bien passé et qu'ils se portent bien.

— Tu crois qu'on peut déjà y aller ? me demande-t-il, impatient de féliciter son pote. J'ai trop envie de rencontrer son petit mec.

— Arrête-toi dans un magasin pour qu'on achète quelque chose et on y va.

Il change de voie et nous dirige vers le centre commercial le plus proche. J'ai hâte de revoir Térésa, avec laquelle j'ai tissé une amitié sincère ses dernières semaines. Mia sera sûrement présente, elle aussi.

Durant le trajet, je porte mon regard sur Santa Monica. Lorsque je suis arrivée dans cette ville, Ava était mon seul repère. Aujourd'hui, non seulement je suis entourée d'une belle bande de copines, mais je suis aussi plus amoureuse que jamais.

Je nous revois, Derek et moi, nous engueuler férocement à Palisades Park après notre emménagement et je me fais la réflexion que mon cœur reconnaissait déjà en lui l'homme de ma vie. Mon cerveau a eu du mal à comprendre l'information, mais à ma décharge, il faut dire que Derek n'avait pas le profil. Maintenant que plus aucune barrière ne se dresse entre nous, il ne nous reste plus qu'à entretenir la flamme et à être heureux.

PAR LA MÊME AUTRICE

Cooper Training, Julian, 2019, Hugo Poche
Cooper Training, Calvin, 2019, Hugo Poche
Cooper Training, *Harry*, 2020, Hugo Poche
Sans Faute, 2020, Hugo New Romance (2021, Hugo Poche)
Comme une ombre au tableau, 2021, Hugo New Romance (2022, Hugo Poche). Écrit à quatre mains avec Marjy Noname.
Au péril de nos cœurs, 2021, Hugo New Romance (à paraître en avril 2023, Hugo Poche)

Retrouvez Maloria Cassis sur les réseaux sociaux :
Facebook.com/MaloriaCassis
Instagram.com/maloria67
Tiktok.com/@maloriacassis
Ou sur son site : www.maloriacassis.com

Composition et mise en pages
Nord Compo à Villeneuve-d'Ascq